ハヤカワ・ミステリ

DOROTHY L. SAYERS

箱の中の書類

THE DOCUMENTS IN THE CASE

ドロシイ・セイヤーズ
松下祥子訳

TOKYO
HAYAKAWA
BOOKS

A HAYAKAWA
POCKET MYSTERY BOOK

THE DOCUMENTS IN THE CASE

by

DOROTHY L. SAYERS

1930

箱の中の書類

装幀　勝呂　忠

登場人物

ジョージ・ハリソン……………………電気技師
マーガレット……………………………ハリソンの後妻
ポール……………………………………ハリソンと先妻の間の息子
アガサ・ミルサム………………………家政婦
ハーウッド・レイザム…………………画家
ジョン・マンティング…………………作家
エリザベス・ドレーク…………………マンティングの婚約者

序言

ポール・ハリソンより
サー・ギルバート・ピュー宛

（添付書類の説明状）

ロンドン西中央区ブルームズベリー
レッドゴーントレット・ホテルにて
一九三〇年三月十八日

拝啓
　昨日付のお手紙ありがとうございました。早速ご要望どおり、一件書類まとめて送付させていただきます。お目通し後、ご都合のよい時期にこちらからおうかがいいたし、私の力の及ぶ限りで、さらに詳しくお話し申し上げる所存です。
　特に主張いたしたい点は、すべて前回の手紙で触れたとおりです。しかし、あの手紙は本件に対するあなたの関心を引くというそもそもの目的をすでに達成したことでもあり、今はできるだけ忘れていただくのが最善かと存じます。ここに添付した書類は、まったく先入観なしにお読みいただきたいのです。過去六、七ヵ月にわたるこれらの書類を検討してきた私には、ここから引き出せる結論は明らかにただ一つしかないと思われますが、もちろん、サー・ジェイムズ・ラボックと私の双方が間違っているという可能性もなくはないでしょう。その点のご判断はお任せいたします。どうぞ慎重にご考慮くださいますよう、心よりお願い申し上げます。本件の徹底的な捜査が私にとってきわめて重要なものであることはご理解いただけると存じます。
　添付の手紙や供述書の中には、非常に散漫で、本件と無関係な部分もありますが、それでも削除や改変の手を加えず、原本をそのままお送りするのが最善と考えました。枝葉末節は、それ自体に意味はなくても、状況全体に測光を投じてくれ、あなたのような外部の方にも、亡父の家で起きたことを正確に理解する一助となるものと思います。

書類はできる限り日付順に並べてあります。私自身の供述書（49番）にて、これらの書類が手に入った経緯を説明いたしました。

いずれお返事いただけますこと、心待ちにいたしております。

敬具

ポール・ハリソン

第一部　統合

1　アガサ・ミルサムより
オリーヴ・フェアブラザー宛

ベイズウォーター
ウィッティントン・テラス一五番地
一九二八年九月九日

親愛なるオリーヴ
　お手紙どうもありがとう。ご心配いただいたわたしの具合ですが、今度のお医者様はとても気に入っています。彼はドクター・クームズよりわたしのことをずっとよく理解してくれますし、まったく違う治療法を始めてくれました。彼に言わせれば、わたしは今〝難しい段階〟にさしかかっているというだけで、あと一、二年、物事に押しつぶされないようがんばれば、すっかりよくなる、とのことです。でも、安静療法には入りません！　この点に関して、ドクター・クームズはまるで間違っていたみたい——もちろん、彼女は間違いだなんて、ドクター・トレヴァーははっきり口に出すような素人じみたことをなさったわけじゃないけれど、そう思っていらしたのはわかったわ！　安静療法は〝自分の殻に閉じこもる〟ようにするだけで、かえって事態を悪化させる、と彼は言います。わたしは自分自身や自分の感情から抜け出て、抑圧された衝動を〝昇華〟させ、なにかほかの種類のエネルギーに変えてやらなければいけないんですって。初めのうちは、夢や潜在意識が示すものを分析して、わたしの抱える問題をはっきり知ろうとするのはかまわないけれど、今はもう、そういう鬱積した欲望を外へ向かって投げ出し、行動の目的を与えてやるべきときに来ている、とのこと。彼はその点を非常に明快に説明してくれました。「それって、セックスのことでしょうね、先生？」とわたしは言いました（なんでもまったく率直に尋ねるのに慣れてしまって、ちっとも気になりません）。

先生は、まあだいたいにおいてはね、と言いました。もちろん、たいていの人がなんらかの形で苦しんでいるのはこの点だけれど、そのくせ、このごろでは性の抑圧状態から抜け出すために、昔のように明白かつ直接的な方法を取れるとは限らない。そんなことをするのは社会的にも経済的にも不便である場合が多いから。今この国に女性が二百万人もよけいにいるんでは、全員が結婚するのは無理でしょう、とわたしは言いました。すると彼はにっこり笑って言いました。「ミス・ミルサム、わたしの患者の半分は、結婚していないのが問題でここに来ます——あとの半分は、結婚しているのが問題で来るんですよ!」これには二人で大笑いしたわ。彼はとても感じがよくて、なかなかハンサムですが、患者がみんな自分に惚れ込む必要があるとは思っていないみたい。わたしが前にかかっていたウィンポール・ストリートの先生とは違うわね。おかしな男で、口臭がひどかったっけ。

まあとにかく、何に興味があるかと訊かれたので、文章を書いてみたいと前々から思っていた、と答えました。それは実にいい考えだ、毎日ちょっとした写生文を書いてみるとか、周囲の人々や物事を観察した言葉を書き留めておくだけでもいい、と先生は言いました。この家にいれば材料はたっぷり見つかるわ、少なくとも結婚生活に関してはね。ほんとに、こうして男の人を見ていると、わたしの問題を解決するのに、ドクター・トレヴァーのいう直接的方法以外にも方法があるのがありがたいと思えるわ!! わたしの手紙は捨てないでくださいね——読み終わったら、わたしが昔使っていた机の引出しにでも突っ込んでおいてちょうだい。ここで起きるおかしな出来事を、あとで小説にまとめるかもしれないもの。そういうことって、印象がはっきりしているあいだに書き留めても、いずれ忘れてしまうでしょう。

わたしたちの生活は、例によって穏やかに、単調に続いています——ときどき爆発が起きるのも、いつもどおり。食事の支度がうまくいかないときね。どれだけ注意しても、失敗することはありません。ミスター・ハリソンは料理にすごくうるさい人なんですもの、手が二本しかない人間には、なんでもかんでもおめがねにかなうようにするのは難しい。わたしはミセス・ハリソンは好きだし、これからもその気持ちは変わらないでしょうが、彼女がもうほんの少しでも実際的な人であったらと願わずにはいられません。なにか仕事を任せられたって、すぐ本に没頭するか、白昼夢にぼうっとして、仕事のことなんかけろりと忘れてしまう。あの人はいつも、自分は一万ポンドの年金のある身分に生まれつくべきだったのだと言います――でも、そう思わない人なんていないわよね? わたしはいつも、自分は〝クッションにすわって、きれいな縫い物をする〟のが本来の姿だと感じます――子供のころ、アラビアン・ナイトのお姫様ごっこをしたのをおぼえている? ルビーを詰めた雪花石膏《アラバスター》の鉢を捧げ持った黒人の奴隷百人を従えてね――でも残念ながら、人生は人生、せいぜい有効に活用するしかないわ。確かにときどき、わたしばかりがこんな重荷を背負わされているのは不公平だと感じることもあります。女の人生にはロマンが必要なのに、そんなものはほとんどないわ。もちろん、ご存じのとおり、わたしはミセス・ハリソンを気の毒に思っています――ご主人はまるで無味乾燥な人で、同情心てものがないのよ。わたしはできるだけのことはしてあげるけれど、立場が違うし、とても心配です。もっと突き放した態度にならないとだめね。距離を置くようにすることは重要だと、ドクター・トレヴァーは言います。

　今朝、買い物をしていたとき、ミスター・ベルに会ったら、最上階のメゾネットにようやく借り手がついたと教えてくれました――若い男性二人! やかましい人でなければいいですね、と言ったら(そりゃ、あの子持ちのひどい女のあとだから、誰が来たってほっとするけれど)、静かで紳士的な青年のようですよ、と彼は言いました。一人はきっと芸術家だ、とのこと。北向きの大きな窓のある最上階の裏手の部屋にとても興味を示していたからですって。あそこはミスター・ハリソンがいつもすごくうらやましがっている部屋です。もちろん、そのほかの面では、あそこはわたしたちのうちほど便利ではありません。

　トムの靴下にとりかかりました。とてもしゃれたものになるはずです。折り返しの部分にオリジナルのデザインを考案しました——薄茶と茶色と黒の渦巻き模様、台所に来る猫の毛皮にヒントを得たの——とら猫よ。先日、ミスター・ペリーがいらしたとき、それを見て、わたしにはそういう方面になかなか才能があるとおっしゃったわ。

ロニーとジョーンによろしく。どうぞお体に気をつけて。

姉より愛をこめて、

アギー

2

アガサ・ミルサムより オリーヴ・フェアブラザー宛

ベイズウォーター

ウィッティントン・テラス一五番地

一九二八年九月十三日

親愛なるオリーヴ

わたしがドクター・トレヴァーを気に入っているのは男性だからだ、とはずいぶん意地の悪い解釈だと思います。女性の医者は男性より必ず劣っているなんて、わたしは考えたこともありません。とんでもない。ほかの条件が同じなら、わたしには女性のほうが好ましいわ。でも、たまたま男性のほうが正しくて、女性のほうが間違っているなら、そう認めないのはばかげています。ドクター・トレヴァーの治療は効いていると思えるし、わたしは性別の問題に関して、男女どちらだろうと、少しも偏見なんか持っていません。きっとトムがどうこう言ったのでしょうが、わたしにはどうでもいいことよ。男の人は自分の傲慢な態度を中心に全世界が回っていると思い込んでいるもの。トムが悪いというのではなく、男はみんな自己中心的なの。しかたないわ。それは男性の心理構造に必要な部分なのだと、ドクター・トレヴァーは言います。男は自愛的でなければならないし、女は他愛的でなければならない——子供を育てたりするためにね。でも、わたしに関することについては、トムの意見が絶対に正しいものとは考えないでいただきたいと思います。

先日、ストーム・ジェイムソン（小説家）が書いたとても気のきいた記事を読みました。彼女が言うには、女は誰しも心の奥底では男を恨んでいる。まったくそのとおりだと思うわ。男が女に話をするとき、平然と相手を見下した態度になる、あれには本当に腹が立ちます。このあいだの晩、うちではちょっとした口論がありました——よりによって、アインシュタインについてね！　ミセス・ハリソンが日曜新聞で読んだアインシュタインに関するおもしろい記事のことを話し始めたところ、ミスター・ハリソンはふんと鼻を鳴らしただけで、政府がどうのというつまらない記事から目を離しません。それでも彼女は質問をやめないので、彼としてはとうとう答えないわけにいかなくなったの。それで、つっけんどんにこう言ったわ。あの男は理論を振りまわして人を騙すぺてん師だ。でも、もしそうなら、あちこちの大学教授が彼の言うことを信じて、講義に招待したりしないでしょう、とわたしは言いました。そうしたら彼は、「信じられないなら、わたしの古い友達のオールコック教授に訊いてみればいい」と言いました。ミセス・ハリソンは、会ったこともないのに、オールコック教授に訊くわけにはいかないわ、だいたい、たまにはおもしろい人をうちに連れてきたらどうなの、と言い返しました。これは彼の気にさわったみたいだった。うがった言いぐさだとは思ったけれど、わたしは雇われの身分にすぎないから、我慢して、わたしたちみんな、それぞれに意見を持つ権利はあります、と言うにとどめました。すると彼は皮肉っぽい笑みを浮かべて、わたしたちみんなの中でも、一部の人間はほかの人間より判断力がある、日曜新聞は知識を求める者の最良の道しるべとは限らない、と言いました。「でも、あなただって新聞を読むじゃないの」とミセス・ハリソンが言うと、「おまえが読んでいないときがあればね」と彼は言いました。

わたしがミセス・ハリソンの立場なら、彼が《タイムズ》をがさがさいわせた様子を警告と受け取ったところでしょうが、若い肩の上に年取った頭がのっかっていると期待するのは無理な話——いや、円熟した頭、というほうが、わたし自身に対してフェアな表現でしょう。彼女は気が利かないことがままあるのです、かわいそうだけれど。それで、新聞を読まないなら、どうやって精神を鍛錬すればいいの、と彼女は言いました。もちろん、どんな答えが返ってくるか、わたしにはわかりきっていたわ——昔ながらの家庭的な女性の美徳、現代の女たちが自分の本領外の物事について、ひっきりなしにしゃべってばかりいること。これは致命的な話題よ。でも、なぜかいつもこれが出てくるの。ミセス・ハリソンはすごく傷ついて、そりゃ、あたしはハリソン夫人第一号の完璧さにはかないっこないとわかっています、と言いました。当然、これは火に油よ。女はすぐ、自分への当てつけだと受け取るのね。ミセス・ハリソンは泣き出し、ミスター・ハリソンは「みっともない真似はよしなさい」と言って席を立ち、ドアをばたんと閉めて出ていきました。

わたしとしては、ミスター・ハリソンのところへ行って、こう言ってやりたかった。「もう少し人間味を見せて、奥さんをかわいがってあげてください。泣きたいときは泣かせ、それから仲直りすればいいんです」でも、彼は話のできる相手じゃないわ。そんなことをしたら、わたしをでしゃばりだと思うでしょう。それに、夫婦げんかの仲裁に入っても損するだけだというのは本当です。彼が話を聞いてくれさえすれば、わたしの力で事を丸くおさめてみせるのに。こういう生活をしていると、経験豊富になるし——岡目八目ね——ミセス・ハリソンは、ご主人さえその気があれば、すぐに優しい奥さんになると、わたしにはわかる。

彼女はよく、ご主人の感情に訴えようと、何時間もああだこうだと考えてみるのに、いざ話をすると、彼はすごく冷たい態度で接するの。タイミングのいいときがないのよ。彼はいつも、絵か博物学かなにかに没頭しているんですもの。男は〝物〟のために生き、女は〝人〟のために生きるって、まったくよく言ったものね！　一人の〝人〟に心を尽くすと、感じやすい性格の人は、この世では苦しむばかり。オリーヴ、あなたは感じやすい性格でないのを喜ぶべきよ。情熱的な気質は偉大な賜物だけれど、あまりありがたいものではないと、わたしは経験からよくわかります。ミセス・ハリソンには頭が下がるわ——決して希望を失わず、来る日も来る日も、勇気と愛情を持とうと努力し、世の中のことに興味を示し続けている。ほんとに活発で鋭敏な頭の持ち主で、なんでも、それこそアインシュタインみたいに新しくて難しいことでも、積極的に知ろうとするの。でも、こう水を差されてばかりでは、誰だって物事に興味を持ち続けていけるはずはありません。

　もうたくさん！　男なんてごめんだわ！　あなたの状況は別よ。あなたには子供がいるし、トムは男とはいえ、彼なりによく気を遣っていると思います。そこへいくと、ミスター・ハリソンはまったくの朴念仁。そのうえ、奥さんよりだいぶ年上ですものね。

　だから、あなたはわたしについて思い違いをしているのがわかるでしょう。そりゃ、わたしは新入居者に興味があるわ。だって、玄関ホールと階段は共同で使うし、同じ建物に住む人が感じがいいかどうかは大事な問題よ。でも、それだけのこと！　ところで、一人が芸術家だというのは本当です。今朝、人体模型——実物大のもの——が運び込まれるのを見ました。いっさい包装なしでヴァンから出てきて——素っ裸で、見るにたえなかったわ——カーター・パタソン運送会社の男が抱えて道路を運んでいくところといったら、〝征服されるサビニ人（紀元前三世紀ごろローマ人に征服された民族）〟さながら！　沿道の家々からみんなが首を突き出していたの、見せたかったわ！　このあたりはいつも静かだから、ちょっとした騒ぎでした。

　靴下は最初の一つのかかとまで来たところ。トムにそう伝えてください。あなたたちがノーフォークに出かける前に、両方仕上げるつもりよ。ミスター・ペリーというのは、教区の司祭です――前にもあなたに話したことがあったと思うわ。とてもいいかた。高教会派で、やや堅苦しいけれど、偏屈なところはまったくなくて、おしゃべりするのはいつも楽しいです。

そろそろ筆をおきます。夕食用に肉の塊をオーヴンに入れなくちゃ。今日はご主人様が台所にお出ましになって、マッシュルームを使った特別料理を手ずからこしらえてくださるの!! どんなごちそうになるか、楽しみ!

姉より愛をこめて、

アギー

3

アガサ・ミルサムより
オリーヴ・フェアブラザー宛

ベイズウォーター
ウィッティントン・テラス一五番地
一九二八年九月二十日

親愛なるオリーヴ

あなたは幸運な星のもとに生まれたことを感謝すべきよ。〝よい夫〟さえいれば充分というタイプなんですもの。でも確かに、おかあさんはわたしたちを頭のいい女に育てはしなかった。家でひっそり暮らしていただけですものね。昔から言うように、持ったことのないものは、なくて残念には思えない。わたしはたとえ会社に就職しても、そういう仕事が好きになれたとは思わないけれど、健康のためには、なにか専心するものがあったほうがよかったでしょうね。でも、今はずっと具合がよくなりましたし、なにより、やったとはっきりわかっているのに、やっていないかと心配になって、戻って確かめずにはいられないという、あのいやな感覚から解放されつつあります。誰しもときにはそんな気がするものだとあなたは言うでしょうが、強迫観念に襲われるのがどういうものか、あなたにはわからないわ！　このあいだの夜は、台所のテーブルに牛肉を出しっぱなしにしているという気がして、きちんと肉の貯蔵庫にしまったことを鮮明に記憶していたのにもかかわらず、ガウンをはおって階段を降り、確認せずにはいられませんでした。そうしなければ、まったく眠れなかったでしょう。それでもまあ、ぶり返したのはこの二週間でそのときだけでした。

　実は、今週はどきどきすることがたくさんありました。わたしたちにとっては好都合よ――考えることがあって、気が紛れるもの。階上の間借り人が入居しました!!　若い男が二人――芸術家と詩人！　おととい引っ越してきたのですが、がたがたとうるさいことといったら！　グランド・ピアノを運び込みました――一晩中ピアノを弾いたりしないといいけれど。わたしは深夜十二時前に眠らないと、翌日まるで役に立たないから――それに、蓄音機もあったわ。どうしてみんな、ラジオで満足できないのかしら？　ラジオなら、まともな時間に放送を終えてくれるのに。

　詩人のほうは、まだよく見ていませんが、わりと背が高く、黒っぽい髪で、やせています。玄関ドアを急いで出たり入ったりする姿をちらと見ただけ。でも、芸術家のほうは、最初の晩の夕食後にうちに来て、石炭箱のことを尋ねました。なかなかの美男――とても若くて、せいぜい二十四、五でしょう。髪はふさふさして、憂わしげなハンサムといった顔立ち。とても礼儀正しく、たいていの若い人のように、一方的にハリソン夫妻に話しかけてわたしを無視するようなことはしませんでした。ミスター・ハリソンすら愛想よく接して、一杯どうぞとすすめ、青年はひとしきりおしゃべりしていきました。名前はレイザム、お金があまりないので、美術学校で午後のクラスを教えなければならないが、もちろんそれは生活のためで、世の中に認められるまでのこと。作品をマンチェスター（と言ったと思う）や、北部のあちこちで展覧会に出したことはあるそうですが、自分の絵の仕事のことはあまり口にしませんでした。その点については謙虚な人みたい。家の中に絵描きがいるというので、ミスター・ハリソンは喜んでいるようです。すぐさま芸術に関していつものように独断的なことを言い始め、ミスター・レイザムに見てもらおうと、自分の水彩画を何枚か出してきました。ミスター・レイザムは、とてもいい絵ですねと言い、わたしはちょっと驚きました。だって、気の抜けたような絵だと、いつも思っているから。もっとも、彼はミスター・ハリソンのウィスキーを飲んでいて、相手はそのときまで会ったこともない人ときては、それ以外になんとも言いようがありませんよね。

ミセス・ハリソンはそのあいだじゅう緊張した様子でしたが、あとになって、ミスター・レイザムはとても感じのいい青年だと思う、でも、ジョージが自分の絵を誰彼かまわず押しつけるのは困ったものだ、と言いました。夫の物腰態度を恥ずかしいと思うなんて、ずいぶん屈辱的なことでしょうね。

トムの靴下のことで、実は告白しなければならないことがあります！　気をつけて編んだのに、片方の折り返し部分がもう片方よりもやや大きくてゆるくなってしまいました。いやになっちゃう！　どうして編み目は日によって変わるのかしら？　まあ、機械でなくて人間なのだから、仕事に変化があるのはしかたないでしょうが、すごく気をつけていたつもりなのよ。ぜんぶほどく気にはとてもなれないし、実際、そう目につくものではありません。トムに言ってちょうだい、左右のちょっとの違いを二、三週間我慢してくれれば、あとは洗うにつれて、たぶん同じになるはずです。

日曜日にはバスでヴァージニア・ウォーターへ行き、いい景色の中を歩きまわりました。そのときの印象を作文にまとめようとしているところ。ドクター・トレヴァーは、わたしはいい文章を書く、ぜひがんばって続けるべきだ、と言います。わたしには物事を強く感じる力があるので、紙に書きつける技術を会得すれば、とてもいい物書きになるだろう、とのこと。
みなさんによろしく。子供たちを伯母さんの代わりに一人ずつ抱きしめてやってね。風邪など召しませんよう。

姉より愛をこめて、

アギー

4

アガサ・ミルサムより
オリーヴ・フェアブラザー宛

ベイズウォーター
ウィッティントン・テラス一五番地
一九二八年九月二十九日

親愛なるオリーヴ

トムが靴下をちゃんと履けると聞いて、安心しました。ええ、あの柄はわれながら少々誇らしいわ。なんといっても、独創的だもの。商店では買えない。なんでも機械製の今日このごろ、それって、たいしたことでしょう！　ミスター・ペリーは完成品を見てすごく感心して、これをちょっとした商売にするつもりがあるのなら、教区の信者たちからたくさん注文を取ってきてあげられるだろう、と言いました。この話を婉曲に持ち出してくれたので、ほっとしました。自分にも一足編んでくれと頼んでくるかと、心配していたの！　それではあんまりぶしつけですよね、ことに彼は結婚していないんですもの！　とにかく、ぜひやりたいですわ、ただし、時間にせかされる、大量の注文をこなすのは無理です、とわたしは言いました。まず第一に、そんな暇はないし、模様を考案するのは芸術的な仕事で、注文が入ったからといってできるものではありません。ミスター・ペリーはよく理解してくれ、値段はいくらにするかと訊いてきたので、一足十シリングと答えました。正当な値段だと思うでしょう？　二重かがりで編む毛糸が十オンス、それに上の部分に使う色糸が少し、そのうえ、わたしの労働と創作も入っているのよ。商店で同じ品質のものを買ったら、安くても十五シリングは取られるわ。大丈夫、練習を積めば、両足同じ太さにできるようになります。

　そうそう！　ようやく詩人と知り合いになりました。金曜日の夜、よく眠れなくて早く目覚めてしまったので、早朝のお茶を飲もうと思ったのですが、前の日のデザートにライス・プディングを作ってミルクを使い切ってしまっていたので、朝配達されたのを取ってこようと、七時にキモノをはおって部屋を出たの。そうしたら、あの青年がランニング・シャツとショート・パンツだけという格好で、階段を降りてくるじゃないの！　逃げ場がないので、しかたなく、できるだけ無頓着を装って、そのまま階下へ降りました――実際、パジャマとキモノを着たわたしのほうが、よっぽどきちんと体を隠していたわ。「あら、失礼、ミスター・マンティング（そういう名前なの――詩人には不似合いね！）」、ミルクを取り込もうとしていただけですの」とわたしは言いました。すると、彼はミルクを取り上げ、おおげさにおじぎをしてわたしによこしました。なにか話さないわけにいかなかったので、「どちらへおでかけ？」と言いましたら、太りすぎないよう、広場をひとまわり走ってくるつもりだ、という返事でした。太りすぎの心配なんてないのよ。骨張って、肉なんかついていないんですもの。自分の魅力的な肉体にこちらの注意を引きつけようとして言ったに違いないわ。そのあいだじゅう、目はわたしを上から下までじろじろ見て、すごくいやな感じだった。

彼は顔色が悪く、おかあさんがよく、胆汁症みたい、と言っていたタイプです。瞳は黒く、目じりにしわがあり、口元が皮肉っぽい。話のあいだじゅう微笑を絶やさないところが、女を落ち着かない気分にさせます。同居の友人よりはだいぶ年上のようです——とうに三十は越えているでしょう。もっとも、放埒な生活が顔に出ているだけかもしれないけれど。あまり話はせず、できるだけ早く部屋に引っ込みました。玄関先であの男がわたしの目の前に裸体をさらしているところなんか、みんなに見られたくなかったから。あとで寝室の窓から見たら、彼は狂ったように広場を駆けまわっていました。

ミスター・ハリソンはこのところ、いつもよりなごやかです。新しく絵の具を一箱買って、上機嫌なの。本物の芸術家と知り合って刺激されたせいでしょうね。休暇中に描いたスケッチを水彩画にする作業にいそしんでいます。今度、自分のアトリエとやらに、今までとは違う電球を取り付けるのだと、はりきっています。日光と同じ光を出すので、夜でも仕事ができるんですって。そうなると、わたしたちが彼といっしょに過ごす時間はさらに減るわね。わたし個人にはなんの影響もないけれど、一日外で働いて、帰ってくれば夜は自室に閉じこもるんでは、満足のいく結婚生活とはいえないでしょう。わたしは「男ときたら——」と題したちょっとしたエッセイを書きました。ドクター・トレヴァーは、とても有望だ、夕刊紙に投稿してみたら、と言うので、《スタンダード》に送ってみました。

ジョーンが喉を痛めているとのこと、かわいそうに。ちゃんと厚着をさせていますか？　今度、特製スカーフを編んであげますので、何色のドレスを着ることが多いか、教えてください。

姉より愛をこめて、

アギー

5　ジョン・マンティングより
　エリザベス・ドレーク宛

ベイズウォーター

ウィッティントン・テラス一五番地A

一九二八年九月三十日

親愛なるバンジー

いいかげんな紙切れや葉書ばかり続いてごめん。ぼくはしょうもない怠け者だし、ここ二週間はすわる場所すらないんだ。レイザムの持ち物がそこらじゅうに散らかっていて、こっちが何時間も家具を動かしてくたびれはてて、やれやれと椅子に身を投げ出せば、次に立ち上がったときには、あいつのパーマネント・ブルーの絵の具のチューブがパンツにひっついてるって具合さ。

この場所は悪くない――ベイズウォーターくささはあるけど、レイザムの仕事には好適な北からの光がよく射す部屋がある。それが肝心なところだ。このヴィクトリア朝中期のやたらと背の高い建物の中で、ぼくたちはいちばん上の二フロアを借り、玄関と階段は階下に住む人たちと共同で使っている。われわれ若者の生活にはそれがいやなところだけど、まあたいしてさしつかえはないだろう。

不運なことに、レイザムのやつは人づきあいがよくて、もうハリソン家の人たちと知り合いになってしまい、ゆうべはぼくも引っ張り下ろされて、かれらにお目見えするはめになった。どうやら、ミスター・Hは水彩画をやっていて、自分のアトリエの照明のことで、レイザムの助言が欲しかったらしい。レイザムはさんざんぶうぶう言ったが、そもそも会いに行って話なんかしてきたおまえの責任だ、とぼくは言ってやった。

ミセス・Hにはあまり感心しなかった――郊外の男たらしって感じ。元タイピストかなんかで、自分の魅力に完全にうぬぼれているが、ご亭主を思うままにしているのは確かだ。美人ではないが、セックス・アピールがある。彼は奥さんより階級が一段上だろう。年は二十以上上だ。小柄でやせぎす、猫背でやぎひげを生やし、金縁の眼鏡をかけて、額は禿げ上がって頭頂をとっくに越えている。土木会社でけっこういい地位にいるらしい。彼女は後妻で、先妻とのあいだに息子が一人、彼も土木技師で、今は中央アフリカで橋の建設にたずさわり、成功しているそうだ。ご老体は悪いやつではないが、〝芸術〟の話題になると、げんなりだ。彼の傑作の数々を見せられた——デヴォンシャーの小道、木々やコテッジのあるコッツウォルズの風景。レイザムはよくがんばって、とてもいい絵だ、とか言っていた。あいつがそう言うのは、徹底的に酷評しているってことなんだけど、ハリソンは知らぬが仏だから、二人はすっかり気が合った様子だった。

ハリソン家の居間にはぞっとする。トッテナム・コート・ロードで買ってきたような、芸術品まがいの代物で飾り立て、クッションは青と藤色、とにかく全体にいやったらしくて、わざとらしく昔ふうを装った喫茶店みたいだ。ハリソンは女房の趣味に鼻高々で、それを見せつける様子はみっともないくらいだった。家には〝お手伝いさん〟がいる——あの夫婦なら当然だよな！——男を誘惑するような目つきの、いやらしい中年女。このあいだの朝、運動のために近所をひとまわりしてこようと、玄関を出ようとしたところで、その女につかまっちまった。ローズ・ピンクのパジャマに薄青い部屋着《ネグリジェ》という格好で、ミルクを取り込むふりをしながら、ホールをうろついていたんだ。ぼくはできるだけ長いあいだ階段の上でぶらぶらして、彼女が身を隠す時間を与えてやったのに、断固としてその場を離れようとしないし、状況はだんだんばかげてきたので、しかたなく意を決して出ていった。それでもちろん、話をすることになったさ。ぼくはできる限り自分を虫の好かない男に仕立て上げたが、このご婦人の好奇心には焼け石に水。ゆうべはまるで、宗教裁判の裁判長に招かれたみたいだった。ぼくの収入、将来、家族について、彼女の望むことはすべて教えてやり、レイザムの同上についても、知っている限りで教えてやった。このころには彼女は茶目っ気たっぷりに（いい表現だ！）近所の若い女性たちのことをしゃべっていたから、ぼくは婚約していると明らかにしておくのがいちばんだと思った。すると彼女はまたまた興奮の度合いを高めたが、ぼくはたいしてなにも話さなかったからね、バンジー。意外に思うかもしれないけど、ぼくにはきみが本当に大切なんだ。だからなにも言わなかった。写真はお持ちじゃないの？　ぼくは写真をいいと思いません。あら、もちろん、写真は機械的なものにすぎませんわね。ミスター・レイザムは婚約者の肖像画を描いていらっしゃらないの？　ぼくは自分の身のまわりの人間を買いかぶってはいませんが、婚約者をレイザムの絵のモデルにするようなひどい目にあわせるつもりはありません。まあ、身のまわりのものですって、いかにも男のかたらしい言い方。ミスター・レイザムはきっととても〝モダン〟でいらっしゃるでしょうね。ええ、すごくね、いつもモデルの口は緑色、鼻はひん曲がって描かれていますよ。じゃ、あなたはそのかわりに婚約者に詩を書いて捧げていらっしゃるの？　婚約者に詩を贈るというのは、ちょっと古めかしいと思いませんか？　それはそうですね、で、次の詩集はなんという題ですの？　そこでぼくは口から出まかせに、『蛙の卵』と言ってやった。その場の思いつきにしてはなかなかいいだろう。彼女はなんと答えていいかわからず、言葉に詰まったが、ようやく、それもとてもモダンに聞こえますわね、出版されたらぜひ一冊いただきたいわ、とだけ言った。これでぼくは向こう見ずになり、出版は無理だろう、悪魔に魅入られていて、出版社宛の手紙をぜんぶ開封されてしまうから、と言ってやったよ。この人たちときたら、きみの気に入りそうだ——まるできみの本の登場人物そっくりなんだから。今度の作品はうまく進んでいる？

そろそろおしまいにしなきゃだめだ。今日は一日中『伝記』の原稿書きで、死ぬほどくたびれてしまった。でも、きみにはなにかしら書かないわけにはいかなかった。きみを置き去りにして出ていったなんて思われないようにね。

ぼくはきみのものだ、バンジー。もし自己の一部分でも他人に属することが可能ならね。ばりばりの現代女性であるきみは、そんなことは不可能だと良心的に考えるだろうが。ともかく、きみがそばにいないと、どこかが欠けているといつも感じるんだ。いまいましい！

ジャック

6　ジョン・マンティングより
エリザベス・ドレーク宛

ベイズウォーター
ウィッティントン・テラス一五番地A
一九二八年十月四日

親愛なるバンジー
　お手紙受け取りました。中年の独身女性に関するきみの意見、肝に銘じました。次の点に気をつけます。(a)意地悪な噂話をしない、(b)ヴィクトリア朝の人間みたいに旧弊な考え方を持たない、(c)いつも自分が女に追いかけられていると想像しない。ぼくがこんな人物だったとは知らなかったな。でも、きみは現代女性であり、売れっ子作家なのだから、その言うことに間違いはないだろう。それにもちろん、思うことを口にするのは正しい。きみの言うとおり、結婚生活の基盤はたがいに率直であることだ。

お返しに、一言だけ言わせてもらおう。人生のいくつかの面については、ぼくは男として、きみより通じていることもあると思う。たんにきみよりいくらか長く生きていて、経験を積んでいるからね。ある種の人間はぼくにはよく判断できる。とにかく、ミセス・ハリソンはぼくの頭の皮を剝ごうと追っかけているわけじゃないと知ったら、きみは喜ぶだろう。彼女は『行き詰まり』を読んで、その下品さとシニカルな態度に胸が悪くなった。どうしてぼくがそんなことを知っているかって？　ミューディーズ貸し本屋にいたとき、ちょうど彼女が本の交換に来たんだ。店の女の子は言った。ええ、あまり感じのいい本ではありませんよね、ミセス・ハリソン、借り出されたとき、お気に召さないのではないかと心配していました。マイケル・アーレン（小説家）の最新作なんか、いかがですか？　そこで、彼女はそれを借りていった。

ぼくらのメゾネットはとてもすてきになった。きみが見に来られればいいのに。ピカソはアトリエの暖炉の上に掛けてあるし、磁器の壺はぼくの居間に置いた。エッチングもだ。これでいかにもベテラン作家の部屋って雰囲気になった。このいまいましい『伝記』におさらばして自分の仕事に戻れればいいんだが、こうたっぷり金をもらっていると、そうもいかない。それがくやしいところさ。まあしかたない——師匠の令嬢と結婚するため、一生懸命働く勤勉な弟子を装っておこう。

きみの本はうまく進んでいるそうで、なによりだ。だけど、心理分析の部分はやりすぎないようにしろよ。きみの自然なスタイルじゃない。あのチャレンジャーとかいう女の言うことは聞かないで、きみ自身のものを書くことだ。心理分析的な小説は（言わせてもらえば）ものすごくうまく書かなきゃまともな小説にはならないし、それでもなおかつ退屈で古くさい。腺だよ、腺が問題なんだ、とバリー（小説家、劇作家）なら言うところだ。出生前の影響とか、幼児期の恐怖とかは、必修ギリシャ語といっしょに、時代遅れになって捨てられちまったよ。

バッカスの巫女に会った教授は
学部長ほどの分別もなくなった。
ところが学部長は性腺に悩まされ
教授ほどの分別もなくなった。
われわれは科学の進歩をむやみに信ずる、
これがそのいい証拠だ。

科学といえば、ぼくはニコルソンが『英国伝記文学の発達』の中で主張していることを支持するような人間はすべて非難するね。彼に言わせれば、〝純粋な〟伝記の時代はもう終わり、これからは〝科学的伝記〟の時代になる。そういう伝記はしまいには文学的な味わいを否定し、破壊してしまうんだ。書かれるのは、遺伝、思想的影響、経済状況、美意識、等々——細分化されて、味もそっけもないことばかり。ぼくはここで一線を画している。こんな腐った考えが規範として広まらないうちに、ぼくの憎たらしい本が出版されることを願うばかりだ。じゃ、キーツ君、仕事に戻りたまえ！
ぼくはきみのものだ、このタイプライター
ーが詩人キーツ君のものであるようにね。
ジャック

読み返してみると、なんだか小言を連ねてしまったようだ。でも、それはぼくがきみの小説を高く買っているからで、生半可に心理学を振りまわしたものなんかを書いてほしくないいんだ。感傷的で甘ったるいだけだ。ああいう種類のものは、はっきりいって、フランスの金言のとおり、すべてを理解すればすべてを許せるが、すべてを許せばみんなが腹を立てる、というやつだ。

7　ジョン・マンティングより
エリザベス・ドレーク宛

ベイズウォーター
ウィッティントン・テラス一五番地A
一九二八年十月八日

愛しいバンジー
　わかったよ、わかった！　ぼくは権威ぶってああしろこうしろと命じるつもりはないんだ。きみは思うとおりにやってくれればいい。ぼくのことなんか気にするな。物事を当然なことと決めてかかるという点について、きみの言うことはよくわかる。だから、将来の指針として、ここではっきり決めておこう――ぼくはつねに正しいが、男であり夫であるという職権をふりかざさないこと。そりゃ、苛立つよ。ぼくは今までそういう観点から考えたことがなかったけど、たぶん一理あるのだと思う。署名、ジャッコ、ほとんど人間に近い猿。

　こういう女性的観点を取り入れようと懸命に努力していると、わが隣人が家長たる権利を行使する態度は間違っているんじゃないかという気がしてくる。女は粗雑に扱われ、手綱をぐいと引き締められているのが好きだとでも、ハリソンはどこかで読んだんだろう。残念ながら、自然は彼を色男役ができるように作ってはくれなかった。ちびで、情に乏しく、禿げかけているときてはね。

　このあいだの晩、ぼくらはランバートと食事をするので出かけようと、玄関ホールでタクシーを待っていたら、ミセス・Hがびしょ濡れになって、かなりあわてた様子で入ってきた。レインコートを掛けていると、ハリソンが階段の踊り場にずかずかと出てきて、下に向かって大声を出した。

「おまえか、マーガレット？　今何時だと思っているんだ？」

「ごめんなさい――すぐ行きます」

「いったい、どこへ行ってたんだ?」

「それは秘密」(相手がその秘密をなんとか聞き出そうとするのを期待しているような口調。彼女はひとりでくすくす笑い、けっこう大きな包みを小脇に抱えていた)

「そうかね! 夕飯が食えたものでなくなっても、おまえにはどうでもいいんだろうよ」

彼が〝秘密〟に興味を示す気がないのは明らかだった。そこで彼女は明るく常識的なことを言う手に出た。

「どうしてわたしにかまわず先に始めなかったの?」

「そんなことをするつもりはない。ここはわたしの家だ――そのはずだがね――ホテルではない」(だだをこねるような口調)

彼女はぼくらの前を通って二階の踊り場へ行き、ぼくらとしては〝結婚式の客〟のように話を聞かないわけにいかなかった(コールリッジの詩「老水夫行」の一節をふまえたもの)。

「ごめんなさいね。明日のために買い物をしていたの」

「そんなことは言い訳にならない。どうせ、前の会社の友達とどこかの喫茶店でおしゃべりしているうちに、すべきことをすっかり忘れてしまったんだろう。ああ、今日はもう夕食はいらん」

「しかたないわね」

彼は階段を駆け降りてきて、そこでぼくらに目を留めた。ぎょっとしたらしく、急に姿勢をただすと、微笑して、なにやらぼそぼそ言った。それから向きを変え、階段の上に向かってまた声をかけた。

「わかったよ、おまえ、すぐ行くから」彼は不愉快げな目つきだった。この家はどこかおかしい――夕食の時刻に誤解があったというだけのことじゃない。彼女はきっとご亭主にさんざんな思いを味わわせているんだ――おそらくはそんなつもりもなくね。それが困るところさ。レイザムは騎士道精神に燃える年ごろだから、もちろん若く美しい者の味方で、すぐにも飛び出して、ご老体を傘立てに投げ込んでやりそうな勢いだったが、ばかなことはやめろと、ぼくは止めた。あの女が食事の時間までに帰ってこないのがいけないんじゃないか。べつに難しいことではなし、どうせ、日がな一日正面の窓際にすわって小説を読みふけるしか仕事はないんだ。その姿をぼくは見たから知っている。それにしても、階段が共同でなければいいのに。夫婦げんかを玄関先で見せつけられるなんて、まっぴらだ。ぼくは平和を愛する。

あとで聞いたところでは（ミス・ミルサム経由でレイザムから）、謎の包みはハリソンへのプレゼントで、翌日はかれらの結婚記念日だったのだそうだ。あのけんかで、せっかくの記念日も気分がぶちこわしだったろうな。レイザムは亭主がひどい男だというが、ぼくはそうも思わない。彼がプレゼントのことを知りえたはずはないのだし、だいたい、右手で派手に愛情を表現する一方で、左手では相手の目に胡椒をなすりつけるような真似をしては、しょうがないだろう？

ああ、バンジー、ぼくは人生のばかげた些細なことがこわくなる。きみもそんなことにおびえないか、いくら有能なきみでも？

ジャック

8

ジョン・マンティングより
エリザベス・ドレーク宛

ウィッティントン・テラス一五番地A
一九二八年十月十二日

親愛なるバンジー

状況は上向きになってきた。『伝記』はクリスマスまでに完成できそうだ。今は「宗教的信念」を扱った章でちょっと行き詰まっている。ヴィクトリア朝の人間は、物質主義と同時に、個人的に干渉する神への信頼も持ち合わせているところが不思議だが、そういう考えに同感しようとしても難しい。科学と伝統的道徳原理との矛盾に対して、なぜかかれらは目をつぶっているみたいだ。一方では、ダーウィンの適者生存説を受け入れているのだから、理論上も実践上も、まったく無情であってしかるべきだ。ところが他方では、感情的な人道主義みたいなものを唱道していて、今の時代におびただしい数の不適者が生存しているという問題は、まさにそこに端を発している。かれらは機械がすべてを解決してくれるというばかげた信仰を持っていた。まあ考えてみると、今日のわれわれの立場がそれよりずっといいとも言えないな。機械に対する信仰を失ったというだけだ。そのくせ、われわれはますます機械に頼っている。かつてかれらが擬人化した神に対する信仰を失っても、なおかつますます人道主義的になっていったのと同じさ。妥協――いまいましい言葉！――チェスタトン（評論家、小説家）がどこかで、偉大なるヴィクトリア朝の妥協について語っていたな――だけど、どうしてほかでもないヴィクトリア朝なんだ？ とにかく、かれらはこの地球とその営みが非常に重大なものであると感じ、それが慰めになっていた――でも、どうしてそんなふうに考えたんだろう。自分たちは広大無辺の宇宙で下っ端の星のまわりを回るちっぽけな惑星の上で、進化の絶対的法則が機械的に生み出したものにすぎないと確信を持っていたのにさ。そこのところは人間の理解を超えるね。今日のわれわれがそう考えるほうが、まだ理にかなっている。エディントン（天文学者、天体物理学者）を始めとする人たちの言うように、地球は生息のための独特の条件をそなえている珍奇な惑星であり、宇宙とはほんの小さなハンカチみたいなもので、神がそれを折りたたんでポケットに入れたところで、われわれは気づきもしない、というのが本当ならね。とにかく、時間と空間、直線と曲線、大きさと小ささがすべて相対的なものであるなら、われわれが自分を重要だと考えても、重要でないと考えても、同じことだ。「重要だ、重要でない――重要でない、重要だ」どっちのほうが聞こえがいいかと口にしてみるハートの王（ルイス・キャロル『不思議の国のアリス』の一節）みたいにね。だから、ヴィクトリア朝の人間のように、ぼくらも必ず妥協に走るだろう――尊敬のまなざしで見守る人々に見せる傑作があるときは重要だと言い、こちらの落ち度を見逃してもらうほうが好都合なときは重要でないと言う。

　こうとりとめもないことを並べてごめん。本に書く前に、きみに向かって考えを話してみているんだ。なぜかわからないが、この仕事をできるだけしっかりやることが重要に思えるからね――そうすれば出版社に対する印象がよくなり、重要にして平凡なる結婚生活というものに乗り出すことが可能になるし、それだけでなく、いわばぼくの魂の発展に関わる、ぼんやりした不合理な動機にも動かされている。ぼくはいいかげんに混ざり合わさった化学物質（おもに塩と水）の塊なんだろうか、それとも一種の肥大した魚卵なんだろうか。それとも、太陽系みたいに回転するいくつもの原子を包括する巨大な宇宙――そのひとつひとつが、ぼくのようなしかつめらしい間抜けだらけの惑星を支えている――なんだろうか。ますますわからなくなってきた。

だけど、ぼくが何であるにせよ、まず『伝記』を仕上げて、それからぼくたちの生活に入らなきゃな、バンジー。それはすごく重要なことだから。

ジャック

9　ジョン・マンティングより エリザベス・ドレーク宛

ベイズウォーター
ウィッティントン・テラス一五番地A
一九二八年十月十五日

こう来ると思ったんだ、バンジー――読めていた！　階下にお茶によばれるだろうと、わかっていたんだ。そのとおりになった！　リバティーの花柄カーテンとインド製の真鍮の器に囲まれてさ！　若い女性三人、利発な青年二人、近所の教区司祭、それにハリソン家の人々。陶器はヒールの店で買ったものだし、なにもかもが良心的にぴかぴかだ。ミセス・ハリソンはにこやかで、みんなの注目を一身に集めていた。

着くやいなや、ぼくは「このアインシュタインというすばらしい人」をめぐる話し合いに引きずり込まれた。なんておもしろいんでしょう、あなたはどうお思いになる？　ぼくは社交的魅力を残らずふりまいて言った。見事なアイデアですね、すべての直線は実は曲線なのだとはうれしくなる。高校時代に知っていれば、幾何学の教師が腹を立てるところを見られたのに。

「でも、そこには意味があると思われるでしょう？　主人はまるでナンセンスだと申しますけど、あなたのご意見は？」

その言い方には勝ち誇ったような響きがあったから、アインシュタインの話題はある目的のために故意に選ばれたものなのだと、ぼくは推測した。そこでぼくは用心深く言った。あの理論は、今では数学者たちに全般的に認められています、もっとも、いろいろたくさんの条件つきですがね。

「そうですの？　わたしたちの目に見えるままに存在するものはないって、ほんとに真実なんですね？　そうだといいわ。だって、わたしはいつも、物質主義はまったく誤りだと強く感じてきましたの。物質主義には人の感性を鈍らせるものがあると思いません？　人生の意味とか、わたしたちが何者であるかとか、わかるといいのに。でも、わたしには理解できません。誰か説明してくれる人さえいれば、ぜひとも理解したいと思うんですけどね」

「ぼくにわかる限りでは」とぼくは答えた。「人は電気で結び合わされた大きな空間の塊でできているだけです。うれしい話ではないが、それが現実です」

彼女は魅力的に眉をひそめた。

「でも、そんなこと信じられませんわ」

「どうして信じる必要がある？」ハリソンは言った。「空疎な言葉を並べているだけだ。実際的なことをする段になれば、常識に戻ってくるしかない。わたしの友人のオールコック教授は――」

「はい、はい、わかってます」彼女はいらいらと手を振って、邪魔に入った夫を黙らせた。「でも、考えは現実のものじゃない？　結局のところ、詩や想像力や、人の心が生み出す美しいものだけが真の現実なのだって、まだ誰も思わないのかしら？」

「もちろん、美は唯一の真の現実です」レイザムは熱心に言った。「でも、それは必ずしもふつうの人たちが美しいと思うものではない。つまり、いかにもきれいきれいしたものではないってことです。人がなにかを考え、それを創り出せば、それは存在する。それをどう思うかなんて、議論したって始まらない。ものそのものには関係ないことですからね。絵の具の原料がなんであれ、絵には関係ないのと同じです」

「関係なら充分ある、実際に絵を描くときはね」ハリソンは言った。「ラファエル前派（十九世紀後半の英国の画派）の画家たちはそれを理解していた——もっとも、わたし自身はラファエル前派を高く買ってはいませんがね。かれらの絵には驚くほど醜悪で、おおげさな色使いのものがある。例えばあのホルマン・ハントの作品だが——」

「あなた」ミセス・ハリソンは語気強く言った。「話が脱線しているわ」

「いや、していない。これからそこへ戻るところだ。つまり、ラファエル前派の画家たち、ことにウィリアム・モリスは、絵の具の原料のことを非常によく知っていた。かれらはこれぞという材料を仕入れ、混ぜ物をされないよう、自分ですりつぶして使った。その点は、わたしもかれらの意見にまったく賛成だ。正しいと思う。わたしは絵の具はすべて、ロンドンの卸業者から——」

「主人はいつも話を文字通りに受け取りますの」ミセス・ハリソンは言って、この不運な男を非難する陰謀に一座の人々を巻き込んだ。「わたしはそんなことを言ったんじゃないのに。ミスター・レイザムはわたしの話を理解してくださるでしょう——ね、ミスター・レイザム？」

「ええ」レイザムは言った。「それにもちろん、ある意味ではそのとおりです。ただ、物の形態も本質に関係がないと考えてはいけない。世界が何でできているにせよ、それはかくあるのだし、それを解釈するのはわれわれの仕事です」

「いい絵を描くって、すばらしいことでしょうね！」若い女性の一人が言った。

レイザムはすごく不快な表情になり、これみよがしにこの女性を無視すると、小声でミセス・ハリソンとの話を続けた。

　なんて会話だ！　ハリソンはやがて姿を消してしまったが、彼を責める気はしない。ぼくはその機会をとらえて、司祭に話しかけた。ペリーという名前のまじめで教養のある中年男だ。キーブル（オックスフォード大学の学寮）出身の頑固な高教会派とわかった。そこでぼくは『伝記』のことを話し、ヴィクトリア朝の物質主義に苦労していると言った。

「なるほど」彼は言った。「確かに今のわれわれはその段階を越してしまいましたね。そのあたりの視点を説明した本なら一、二冊手もとにあって、お役に立つのではないかと思いますが、お送りしましょうか？」

　それはご親切に、とぼくは言い（たいして期待していたわけじゃないが）、からかい半分に、あなたは相対性理論をどう思うか、と訊いてみた。

「いやあ、わたしはあれに感謝していますよ」彼は言った。「おかげでわたしの仕事がずっと簡単になった。いつかあらためてその話をしましょう。今日はこのへんで」

　彼は慣れた様子でするりと出ていき、パーティーはだらだらと続いた。ぼくはとうとう我慢できなくなってぶらっと廊下に出ると、ハリソンに会った。

「やあ！」彼は言った。「アトリエに来て、パイプをやりませんか？　それにハイボールでも。お茶よりましだ」

　ぼくはアトリエに入った。〝芸術〟の話が始まるだろうと予想していたんだが、彼は黙ってすわり、煙草をふかすだけだったから、ぼくもそうした。なにか言わなければと思ったものの、言葉は出てこなかった。もし言いたいことを言っていれば、彼を怒らせただろう。

　郊外の社交生活の話はこれまで。水曜日にジムから手紙をもらった。彼はドイツ暮らしを満喫している。きみによろしくとのことだ。今は一生懸命勉強しているそうだ――本人の言によればね――当然だよ、あいつ、もしトライポス（ケンブリッジ大学の卒業試験）に落ちたら、あと一年大学にいる金はないから、薬剤師見習いかなんかになるしかない。ぼくはまだシンシアにもブライアリー夫妻にも会いに行っていないが、時間をつくって、もうじき実行するつもりだ。

みなさんによろしく。ぼくもスコットランドで小川のささやきや鳥の声に囲まれて、きみといっしょにいられたらいいのに。おとうさんによろしく伝えてください。夏のあいだ、スポーツを楽しまれたかな？　そろそろまた山は厳しい顔に変わってきたことだろうね。そちらの芸術家仲間みんなによろしく。

きみだけを思っているよ、愛しいパンジー。ときどき、きみの明るい笑顔が見たくなる。よっぽど夢中なんだな——筆が進まなくなることすらある。まったく不便だ。ほんとに、結婚問題を片づけなくちゃ。こんなふうに仕事に邪魔が入ってはたまらない。

深く傷ついた心を抱いて、
ジャック

10　アガサ・ミルサムより
オリーヴ・フェアブラザー宛

ベイズウォーター
ウィッティントン・テラス一五番地
一九二八年十月十五日

親愛なるオリーヴ
ながいあいだお便りしないでごめんなさい。でも、とても健康とはいえない気分なの。この家はほんとうに厄介で、今のわたしのような精神状態では、ここでの仕事に耐えていけそうにありません。ドクター・トレヴァーに会い、状況を詳しく、注意深く、話して聞かせたところ、確かにそこまで情緒的緊張を強いられるのはいけない、と言われました。でも、気の毒なミセス・ハリソンは同情と支えを求めてわたしに頼ってくるから、できる限りこたえてあげないのは意地悪のように思えます。彼女はほかに打ち明けて話せる相手が一人もいないのだし、わたしはそれで少なくとも誰かの役に立っていると感じられる。ドクター・トレヴァーの話では、わたしが彼女を助けることで自分の悩みから目をそらせるなら、努力して助けるのもいいことだ、ただし、家の雰囲気に神経をとがらせてはいけない、とのこと。わたしはこのごろクーエ療法（フランスの心理学者クーエの創始した自己暗示療法）を試してみています。毎朝自分に「わたしは冷静、強い、自信がある」と二十回言い聞かせ、夜は「わたしは満足し、安らかだ」とやはり二十回言うの。どれも唱えるのにいい言葉だ、とドクター・トレヴァーは言います。

ついこのあいだは、問題は自然に解決するものと、わたしは期待を抱いたの。ミセス・ハリソンは会社の仕事に戻ると宣言しました。そう思いついて以来、彼女はとても明るくなって、わたしもそれがあの人にはいちばんだと思いました。ところが、例によって熊氏が悪さを始めたの。彼女が決断を最初に話したときには、彼は賛成のようなふりをして、好きにすればいい、と言ったのよ。それですっかり喜んだ奥さんは、前の会社の人に電話して、欠員はないかと尋ねたの。そうしたら、たまたま欠員があったものだから、翌週から仕事を始めると、彼女はほとんど決めてしまった。すると、熊氏のいやがらせが始まったの。「かまわないかって？　そりゃ、おまえがそう思うなら、かまわないんだろうがね。わたしはずいぶんな目にあわされると思わないか？　妻が一日中外に出て、会社であくせく働き、帰ってくれば疲れ果ててなにもできない。わたしはおまえにいい生活をさせ、気持ちよく帰ってこられる家庭をおまえがつくってくれるものと期待、いや希望していた。それがふつうの考えじゃないか？　だが、現代の女はこういうことに関する考えが違うんだろうな。もしホテル暮らしがおまえの理想の生活なら、アメリカに住めばいいんだ」

そんなふうに利己的な見方をして奥さんの気持ちを傷つけるなんて、ひどいわ。彼女は話し合って解決しようとしたけど、当然ながら、最後はわあわあ泣いて、会社の人に手紙を書き、やっぱり仕事はできませんと知らせることになった。すると今度はあの男、一日中くだらない小説を読みふけるよりほかにすることがないとは嘆かわしい、なんて言い募るじゃないの。わたしはとうとう言ってやったわ。「ミスター・ハリソン、失礼ですが、奥様にそんな口のききかたをされるもんじゃありません。奥様がやりたかった仕事をあきらめたのは、ひとえにあなたの気に入るようにするためです。もう少し奥様のことを考えてあげて、ご自分のことを考える時間はうんと減らすべきだと思いますね」そりゃ、彼はいい顔をしなかったわ。でも、これだけ言うのはわたしの義務だと思ったの。この騒ぎのあとは、くたびれはてました。こういうけんかにつきあわされると、人格がぼろぼろになってしまう。こちらは四六時中、与えるいっぽうですもの。ドクター・トレヴァーに強壮剤の処方をお願いしています。病気のせいで、今なぜかエビが食べたくてしかたないのよ。出入りの魚屋にいいのがあるけれど、ときにはうんと遠くまで行って買わなければならないの。だって、なじみの魚屋から毎日エビを買っては、変に思われるでしょう。

ミスター・レイザムがいなければ、どうしていいか途方にくれるところ。彼はこのごろではよく夕方に立ち寄ってくれ、おかげでわたしたちはとても気が晴れます。熊氏はいつも彼をアトリエとやらに引っ張っていき、芸術がどうのとくだらない話を繰り広げます。かわいそうなミスター・レイザム。でも彼はとても礼儀正しくて、それに耐えているところはあっぱれです。彼はわたしのスカーフと靴下の柄を見て、才能がある、「デザインのセンスがとてもいい」と言ってくれました。彼は本物の芸術家なのだから、心にもなくそんなことは言わないだろうと思います。

好ましからざるミスター・マンティングのほうは、あまり見かけません、ありがたいことに。ずいぶん遅くまで帰宅しないことがよくあるわ。こういう男の人たちって、どういうつもりなのかわかりませんね。彼がミスター・レイザムと同居しているので助かります。ミスター・レイザムなら、誰かがうちの屋根の下で不愉快な行為におよぶのを許しはしないでしょうから。

ジョーンはもう元気になったことと思います。体を大切にするよう、伝えてね。スカーフを編み始めたと教えてあげて。紫色と白のクレマチスの柄です。きっと、とてもシックなものになるわ。

姉より愛をこめて、
アギー

11　ジョン・マンティングより
エリザベス・ドレーク宛

ウィッティントン・テラス一五番地A
一九二八年十月十九日

ちぇっ、バンジー、そうだよ——

きみの言うとおりだ。考えはいつも行動に先行する、というより、行動の斜め前を行くから、われわれはチェス盤の上のナイトみたいに、曲がって進むことになる。それでどこかに到達するんだ。たとえ目的地だと思っていた場所でないにしてもね。次の世代に取って代わるころには、われわれにとって新奇な考えは、かれらにとってはまったく当たり前で平凡なものになっている。かれらはそういう考えに反逆していると思いながら、実は従っていくのさ。

そもそも、人は自分がこれこれこういうものだと空想し、そのくせ実際にはまるで違うものなんだ――そんなこと、みんなしょっちゅうやっているんだから、一つの国全体、一つの時代全体がそうしていたっておかしくはない。ところで、J・D・ベレズフォードの『声に出して書く』（一九二八年の作品）を読んだかい？ すごくおもしろい。ことによかったのは、未熟な青年時代の話だ。あるとき言葉を交わした若い売春婦を「救ってやりたい」という「情熱的な衝動」に駆られたが、そのあとで、自分が偽善の罪から救われるよう、信仰一筋に生きられるようにと、必死になって祈った――ところが、ずっとあとになって、そういう人間は「自分一人どころか五十人もいる」と悟ってうれしくなった、というんだ。人は想像する――芝居する。そのあげく、自分はある方向に進んでいると思い込むが、驚くなかれ！ 道が『アリス』の道のように「ぶるっと震えたと思うと」、歩いている目の前にはさっき出てきたはずの家の玄関が待っている（ルイス・キャロル『鏡の国のアリス』の一節）、というわけさ。

この芝居のいい例が、われらが友人、ミセス・ハリソンだ――しかも、彼女は同時に二つのまったく相反する方向で芝居ができる。まるでヴィクトリア朝の時代精神みたいだな。ある生き方が現代的ですてきだと思えば、即座にそれを自分のものにする。そこに嘘はないんだ。現代女性はキャリアに精神的満足を見出す、と〝新聞記事で〟読めば、彼女はもうその女になりきっている。彼女の全人生は、会社の仕事をあきらめたために台無しになった。有能で、知的で、仲間意識があり、相手が男でも女でも、てきぱきと感じよく、率直に話をする――それが彼女だ！ ところが、人格形成には〝完全な肉体生活〟が必要だ、とでも読めば、彼女は挫折した母性的女性で、子供がいさえすれば問題はなくなるってことになる。はたまた、自分は〝偉大なる娼婦〟だと頭に描けば、顔をのぞかせるだけで、そびえたつトロイの塔を焼き落とせると信じ込む。そういう具合さ。彼女の真の姿は何なのか、たとえ真実というものに意味があるとしても、ぼくにはわからない。でも、前には見えなかったものが今は見える。つまり、この演技力に、ものすごい活力と、よくコントロールされていない知力が加わると、なかなかの見ものだってこと。もし彼女がこういう役の一つを本気にしてくれる相手を見つけたら、たぶん見事に演じきって生きていくだろう——まあ、一生涯は無理としても、たいしたドラマだと感心させるくらいは続くよ。残念ながら、ハリソンはいい観客ではない。すばらしいと思っても拍手はしないから、演じるほうはがっかりだ。

こう読んでくると、ぼくはこのごろずいぶんハリソン夫妻に会っていると、きみは見当をつけただろう。そのとおりさ、シャーロック君。人に会うのは社会勉強だといったん決めてしまうと、会うのもそれほどいやでなくなる。ゆうべは例の芸術的な居間で、ミセス・Hにつかまり、彼女の性格のことを聞かされた。ご亭主のほうはレイザムをつかまえて、濃淡遠近法の話をしていたんだ。彼女は周囲の状況に拘束されていると感じているらしい。精神が広がる余地がない。女はつらいよな。子供を通して自己表現するのが唯一の道かもしれない。だけど、子供がいない場合はどうする？　ほかの人のために生きる、ほかの人の中に身を置いて生きる、そういう人生なら幸福に過ごせるだろうといつも感じる、と彼女は言った。あなたなら、最後はその仮想家族をむさぼり食ってしまうでしょうよ、とは言わなかったけど、それは目に見えている。ちょっとからかってやろうという気になって、愛他主義に情熱をかけるのなら、ほかの方法もある、とぼくは言ってやった。あなたがユリの花咲く修道院の回廊をしずしずと歩く姿が目に浮かびますよ、瞑想に魂を焦がしながらね。あら、ほんとう？　ええ、信仰に身を捧げた生活はすばらしい。あなた、そんな本をお書きになるべきだわ。ここまで来ると、ぼくは警戒心を起こし、話題を最近の本のことに変えた。重要な作家とはどういう作家か、彼女の考えとぼくの考えとは同じとはいえないから苦労したが、『貞節な乙女』（マーガレット・ケネディの一九二四年作の小説）はとてもいい作品だという点で意見が一致した。これに力を得て、彼女はやりにくいのを承知で『行き詰まり』のことを話し始めた。ぼくはあの本で何を言わんとしたか、説明を試み、彼女は融通のきくところを見せた。〝審美感〟に満ちたものであるなら、本が〝パワフル〟であるのはかまわない、と彼女は言った。『甘唐辛子』はパワフルだけれど、まだしも救いがある。ハッチンソンが

『冬が来れば』（A・S・M・ハッチンソンの一九二一年作の小説）に匹敵する本をその後書いていないのが実に残念だ。あなたがこれほど粗野で嘲笑的な態度でさえなければ、あのくらい力強くて、本当に美しい本が書けるのに、と言われたよ。

本を読むのはこういう人たちなんだ、バンジー。きみやぼくはどうしたらいいんだ、糊口をしのいでいかなきゃならないとすれば？

翌日、ホールで会ったら、彼女は地味なグレーのドレスを着て、釣鐘形の帽子を尼さんみたいに長いヴェールで覆っていた。まじめな顔にうっとりしたような微笑を浮かべて挨拶してきたから、ぼくは陽気ににっこり笑って、これからサッカーの試合を観に行くところだ、と言ってやった。

態度の悪い意地悪男、

ジャック

12

ジョン・マンティングより
エリザベス・ドレーク宛

一九二八年十月二十日

親愛なるバンジー

ばかを言うな。きみはふつうの軽薄な女より理性的だと思っていたがな。ぼくはミセス・ハリソンに魅せられてなんかいない。たんにタイプとして――つまり、人格として――興味があるというだけだ。人間に興味を持つのはぼくの仕事。いつかああいう種類の人物を本に使うかもしれない。

まったく！　もし〃魅せられて〃なんかいたら、彼女をあんなふうに冷静に分析するはずがない。あの女の本質は郊外の男たらしさ。前にもそう言ったと思うがね。ぼくの言うことは記憶に値するときみが思っていればだが。それに、ぼくは彼女が美人だなんて一度も言っていない。口もとはだらしなくて下品だし……

後記　これを書いていたとき、急にソーンダーズ・エンフィールドが現われて、ランチに引っ張り出されてしまった。上等なコルトン・ワインをたっぷり腹におさめて帰ってくると、ふと気がついた。ぼくの自己弁護の方向ときたら、非難が真実だった場合とまるで同じじゃないか。もし本当にやましいところがあるなら、これとまったく同じことを、まったく同じ腹立たしげに高慢な調子で、微に入り細を穿って言い募り、その結果、きみは一言も信じようとしなくなる。

　衝動的に（ランチのあとでだが）、ぼくを罪に陥れるこの手紙は破って捨て、きみのコメントは完全に無視してしまおうかと思った。でも、それもたぶんすごく怪しげに見えるだろう。正直いって、こういう非難を浴びたとき、相手を納得させられるような答えはないよ。

　ただ、これだけは言っておく。ぼくが心にかける女は世界中で一人だけ。嘘じゃない。それが信じられないなら、もうぼくは無用の長物だから、なんとでも思ってくれ。

　どっちみち、きみはからかい半分だったと信じる。なんてやつだ！　もうこういうことはやめろよ。

　商業通信文の結びの文句を文字通り使わせてもらえば、「貴女の誠実《フェイスフル》なる（〝浮気心がない〟の意味もある）僕《しもべ》」、

ジャック

13
ジョン・マンティングより
エリザベス・ドレーク宛

ベイズウォーター
ウィッティントン・テラス一五番地A
一九二八年十月二十二日

ハロー、愛しいバンジー！

いやはや、くたくただ！　いまいましい『伝記』に蛭のごとくはりついて、「宗教観」を終わらせた。汗水たらして書き上げたあとで読み返してみたら、あんまりひどい出来に思えたので、いっそぜんぶ火にくべてしまおうかと迷ったが、結局実行には至らず、そのかわりパリに行って、帰国前のジムと一日過ごした。むこうから葉書を送ったから、きみもご存じのとおりだ。あの陽気な街で、ぼくらはさんざん飲み騒いだが、兄弟らしくたがいに牽制し、度を越して危険な目にあうようなことはしなかった。帰ってくると、なんでも来いという気分だったから、例の宗教観の章を取り上げて、あらためて読み直した。すると、すごくよく書けているという結論に達した！　だから今は歓喜の声を上げ、元気いっぱい、人物評定の部分にとりかかっている。ぼくが本当に書きたいのは、ここだけなんだ。老ディルクスに悩みを打ち明けたら、彼は父親が五十人も束になったみたいな態度で、いろいろ優しいことを言ってくれた。彼の考えでは、想像力で補った軽々しい書き方の伝記はもう時代遅れ、模倣作品が多すぎる、これからはまた確固たる事実と調査研究に基づいたものが評価される。「無限の多様性をもつ真実の前では、科学は謙虚にならざるをえない」これこそ矛盾だらけのヴィクトリア朝の人間ならではの言いぐさだと思わないか？　「祈りましょう」と彼は言い、ぼくは泥んこの小学四年生みたいな気分になった。「こざかしい人間にならないように。才気がありすぎると、やがて何事にも価値を見出せなくなるものです」そこでぼくはぶしつけに、たぶん何事にも価値なんてないんでしょう、と言ってやった。すると彼は太い眉毛の下で妙な具合に目をきらめかせ、こう答えた。「そんな考え方をしてはいけません。いずれ鼻持ちならない男になりますよ」

例の司祭はずいぶん啓発された人物だとわかった。どうやら数学のトライポスに合格しているようで、ぼくより一段上だ。エディントンも読んでいるし、そのうえジーンズ（数学・物理・天文学者）にジャップ（化学者）、ほかにも一人か二人、名前を聞いたこともないすごい科学者の本をぼくが読んでいるのを当然とみなしていたから、それで二段上だ。しかも、こういう時代をしんそこ喜んでいるらしく、今の科学者たちのおかげで、ようやく教会の教えが信じられるようになってありがたい、自分の若いころの科学者はそれを許さなかったから、と言った。よくある聖職者のはったりだ、と決めつけてしまうこともできたが、明らかに彼はその点を理解して話しているし、こっちは理解できないんだから、愚か者は引き下がるしかないと、いちおうわかったような顔をつくろって、宗教観の章について、彼の助言を仰いだ。ヴィクトリア朝の物質主義に関して、彼はとても役に立つ本をいろいろ貸してくれた。『伝記』が完成したら、引用文献として載せるよ。最後には《デイリー・ディスパッチ》の投書欄に出ていた信じられないくらいばかげた手紙のことを話して、大いに笑った。読者の一人から「拝啓、聖書の創世記によれば、神はアダムを土から創られた。神は第一原因であり、土は原形質（生物の生命現象を表わすもととなる物質）であります。敬具」という投書があり、返事はごく簡潔に、「拝啓、土は原形質ではありません。敬具」というもの。

バンジー、きみは本当にこんなだめ男と結婚したいか？きみは実に勇敢で優しい。苦労するぞ。今のうちに警告しておく。きみはぼくに頼らず、独立していてほしい、とぼくが言っても、本気ではない。ぼくは必ずきみを自分の鏡像に仕立て上げ、きみの個性を殺してしまう。きみの仕事にも友人にも嫉妬を感じない、と言ったら、それは嘘だ。きみの観点から物を見る、と約束したら、できもしないことを約束している。どんなことでも自由に、きちんと、包み隠さず話し合う用意がある、と宣言したら、正直をつくろっているだけで、男にはそんなことはできない。ぼくは無口で、無定見で、利己的で、嫉妬深い夫になる。自分の利益をきみの利益に先行させ、きみが静かに仕事に専念できるようにしてやるべきだとほのめかされたら、自尊心が傷つく。わかっているんだ。ぼくはきみに自由を与えるふりを装いながら、自分の犠牲を見せびらかし、そんな波風にうんざりしたきみが静かな生活を求めて、自ら鎖を取って束縛に甘んじるように仕向ける。しまいには、きみはぼくを憎み、女あしらいのうまいやくざ男のもとへ走るんだ。きみの立場からすれば、それは正しい。ぼくはこの問題を正直な態度で吟味してみた。だからきみに警告したい。きみはぼくを「ほかの男とは違う」と思っているが、そうではない。バンジー、きみには理論的知識はあっても、まだ経験がない。きみは寛容だ、それはわかっている。そしてきみは危険を覚悟で乗り出してみようとしている。だが、事実を理解してもらわなければ。ぼくが婚約を破棄したがっているなんて、一瞬たりとも考えないでくれよ。ぼくはきみを求めている。今までなにかをこれほど求めたことはない。きみが欲しくてたまらない。だけど、きみが考えるような生活にはならないってこと、わかってもらいたいんだ。二人の関係があとになって醜い争いに終わるのはいやだ。

そのくらい理解している、ときみは言うだろうが、それは違う。きみは——女性はみんな——男の観点から物を見ることができると思っている。できはしないんだ。ぼくが女の観点から物を見ることができないのと同じにね。お願いだから、元気を出せ、心配するな、なんて言わないでくれよ。優しく、ものわかりのいいところなんか見せないでくれ。歯に衣着せぬ態度でけっこう。きみが何を言っても、腹を立てたりはしない。ただ、これから何が待ち受けているか、はっきり自覚してほしいんだ。

愛をこめて、

ジャック

追伸　これは真っ赤な嘘だ。きみが何を言おうと、ぼくは腹を立てるに決まっているし、それでひどいけんかが始まり、二人とも傷つく。きみがなにも言わなければ、ぼくはやっぱり腹を立てる。でも、どうかお願いだから、ぼくを棄てないでくれ、バンジー。

14 ジョン・マンティングより エリザベス・ドレーク宛

ベイズウォーター
ウィッティントン・テラス一五番地A
一九二八年十月二十六日

愛しいバンジー、すばらしいひと

あんなひどい手紙を書いたこと、許してほしい。すぐに返事をくれて、ほんとにありがとう。ぼくの欠点リストに対応して、こっちが不安になるほどの欠点リストをきみが出してくれたおかげで、ぐんと気が楽になった。ユーモアのセンスがある女性はありがたい。あの日は疲労困憊していて不愉快で、世をすねていたんだ。でも、情熱は〝動物的なもの〟とかいう単細胞な見方に対するきみの意見には賛成だ。まったくうんざりするよな。それはともかくとして、正直に言わせてもらえば、愛は幸福なものでなければならないと、ぼくは強く感じる。さもないと、愛を最重要事項として祭り上げてしまうことになりかねない。この点はきみが理解できるとは期待しないし、できるとすればきみは自然な女性ではなく、いやなやつだとぼくは思うだろう。でも、〝男の愛は結婚後まもなく消えてしまう〟という昔ながらの態度は下劣だ。ぼくは誰かの人生と幸福がぼくの人生と幸福に縛られていると感じたくはない。自分が選んだ冒険に乗り出す自由がないのでは、人間としての権利と尊厳はどこにある？　妻だろうが、親だろうが、子供だろうが、兄弟だろうが、関係ない――人は自分に価値を置くべきで、〝他人のために生きる〟とか、〝子供を通して〟、あるいはほかの誰でもいいが、それしか人生はない、なんて生き方をしてはいけない。そんなのはぞっとする。だけど、もしきみがそう言ったら、どうかな、ぼくはきっとかわいそうなハリソンみたいに自制心を失って、怒り出すだろう。

レイザムにはいらいらさせられる。あいつがこうも社交的な輩だと知っていれば、いっしょに住むことに同意しなかっただろう。さいわい、彼はただの知り合いで、ぼくの妻でも、父親でも、弟でもないから、気まぐれな行動にもまあ目をつぶっていられる。彼はしじゅう「ちょっと階下へ行ってくる」とハリソン一家を訪ねたり、かれらをここに呼んできたりする。のべつまくなし人が出入りしているんじゃ、仕事にならない。今はもう、ぼくは顔を見せるのをやめ、部屋にこもって、相手をしないことにした。

しかし、ハリソンは悪いやつじゃない。なんと、料理が得意なんだ！　そうさ、料理だよ！　彼は料理を芸術とみなして、情熱を傾けている。いずれオムレツの作り方を教えてもらうつもりだ。そんなの、きみだってぜんぜん知らないだろう？　それに、ランプ・ステーキ。これについて、彼はとても健全な意見の持ち主だ。そのうえ、彼はキノコに凝っていて、百姓は生垣から摘み集めたものを食うべきだ、と考えている。食用キノコに関する知識はたいしたもので、レイザムを相手にさかんに講義する。彼はあいつを大いに気に入っているんだ。実はレイザムはあきれるほど健康な男で、目の前に出されたものは片っ端からたいらげるというだけのことなんだが、ハリソンはそれには気づかず、蘊蓄を傾ける。この話たるや、川のごとくすいすいと、なんの邪魔も寄せつけずに流れ続ける。ミセス・Hはあくびをし、ミス・ミルサムも、レイザムもあくびをし、ぼくは懸命にあくびをかみころす。だって、この話題に少しでも興味を持っているのはぼくだけなんだから、ここはぼくががんばるしかない。だけど、彼のモノローグだって、奥さんの熱烈なデュエットよりはましなんじゃないかな。それはともかく、彼は今、一人で田舎へ行ってしまったから、しばらくは訪問者にぶつからずにすみそうだ。

メリット&ホプキンズ社を訪ね、今回はメリット御大に会った。彼はとても愛想よく、ぼくの昔の小説を墓場から掘り出してはどうかとすすめてきた。わらにもすがるってやつだな。ほら、ぼくがきみと出会う直前に書いた作品さ。あれは誰も手をつけやしない。メリットは読んでみると約束してくれた。そこまで親切にされては、もっと若い人のほうが同感してくれるだろう、とは言えなかったよ！

《メッセンジャー》に載ったきみのインタビューを読んだところだ。すごくおもしろい！　いい宣伝になる！　しかし生意気だぞ。これからぼくは、誰も彼もが〝わが妻〟に関して勝手にあれこれ言うのを我慢しなければならないんだろう。それでぼくらはけんかになる。避け難い成り行きさ。ぼくはまずせせら笑い、それから怒り出す。それでいったんきみが折れてしまったら、きみは失敗者になる。

きみはそれでもまだ、こんな腹立たしい男との結婚に踏み切る自信があるか？

ジャック

15　ジョージ・ハリソンより
ポール・ハリソン宛

デヴォン州、マナトン付近
草庵にて
一九二八年十月二十二日

親愛なる息子よ

今月はまず、きみの誕生日のお祝いを述べよう。郵便が評判どおりなら、この手紙はめでたい日に間に合うことだろう。神に祝福され、幸福と繁栄に恵まれるように。三十六歳か——きみがその手で獲得した今の責任ある地位には、まだ非常に若い。しかし、考えるとおかしいことだが、わたしはその年にはもう結婚十六年だった！　わたしがきみのおかあさんと結婚したのは、ほんの二十歳の小僧だったときだ！　おかあさんのことは、特にこの時期になると心に浮かぶ。いや、いつも心を離れていないのだ。わたしが最近になって別の関係を結んだからといって、おかあさんのことを深い愛情をもって考えなくなってしまったとは思わないでくれたまえ。もっとも、きみがそんなふうに思っていないことはわかっている。ご承知のとおり、わたしの胸の中には、二人の女性をおさめる余裕がある。きみのような息子を持って、わたしは実にしあわせだ。年を追うごとに、きみの顔はますますはっきりとおかあさんの顔に似てくるのだから。

手紙を受け取り、きみの仕事が順調に運んでいると知って、とてもうれしかった。きみはまたとない機会を与えられている。この年齢でサー・モリスのような著名な人物の下で働けるとは、わたしがきみの立場なら、さぞかし誇らしく、幸福に感じたことだろう。彼はあの世代では最高のエンジニアだと、わたしは思う。その彼がこれだけの責任ある仕事をきみに任せているのだから、まことにありがたいことだ。よく注意して、すべての数値を調べ、どんなに小さなものでもすべて、使用前に検査しなさい。たとえ計算が見事でも、欠陥ボルト一個で水の泡だ。ドルビーは一流の会社だが、何事も当然と思って見過ごしにしないというのを鉄則にしておくといい。

わたしはいつものように休暇で別荘に来ている。今年はかなり遅くなってしまった。新発電所のめどが立つまで、事務所を離れられなかったのだ。しかし、さいわいに天気がよく、たくさんスケッチをしたし、キノコを探して歩きまわってもいる。もちろん、おなじみのホコリタケ、ライコペルドン・ギガンテウムはもう終わっているが、昨日は小さなアメシスト・アガリックを摘んで料理したし、明朝はアマニタ・ルベスケンスを探しに行く。これはビーフ・ストックでとろとろと煮込むか、もしいい状態のフィストゥリナ・ヘパティカが見つかれば、それでだしをとって煮込んでみようかと思っている。この二種類のキノコの組み合わせは、ほかに試した人がいるかどうか知らないが、うまくいけば、今執筆している『忘れられた食用植物』という小冊子に料理法を載せるつもりだ。ホプキン&ビジロウ社がこの〝小品〟に興味を示していて、出版してもらえそうな気がする。

きみといっしょにキノコ狩りに行けないのは残念だ。マーガレットはもちろんこういうキャンプ生活を好まない——あれほど徹底した都会っ子に、それを期待するのは無理というものだ——だから、しばらく独身生活を余儀なくされている。そのうち、例のレイザムがスケッチ旅行に来てくれないかと楽しみにしている。彼はとても礼儀正しく愛想のいい青年で、わたしとしては、うちで芸術家どうしの話ができてうれしい。彼はよく夕方になるとわが家を訪れ、わたしたちはいつも歓迎する。明るいおしゃべりでマーガレットを楽しませているようだし、若い者が出入りしてくれるのはいいものだ。彼の友人マンティングにはそれほどお目にかからない。こちらはあまり打ち解けない、物静かな男で、話しぶりは控えめだが、かなりきわどい詩集と、猥褻な小説を一冊出しているらしい。マーガレットは彼の皮肉な態度が嫌いだと言うが、わたしは彼に不愉快なところがあるとはまったく思わない。ミス・ミルサムは彼になにか言われて気を悪くしたようだが、どうせ彼女はとりわけ分別のある女ではない。わたしがいくら言っても、ステーキを焼くとき、フライパンにドリッピング（肉の脂汁を固めたもの）を入れるのをやめないのだから、困ったものだ。彼女には料理の才能がない。

さて、だいぶ長々と書いてしまった。このへんで筆をおくとしよう。パンの配達に来た男の姿が見えるから、これを投函するよう頼まなければ。少額ながら、小切手を同封します。時や国を問わず、つねにふさわしい贈り物だと思うので。

どうぞお元気で。

父より愛をこめて、

ジョージ・ハリソン

16 アガサ・ミルサムより オリーヴ・フェアブラザー宛

ベイズウォーター

ウィッティントン・テラス一五番地

一九二八年十月二十五日

親愛なるオリーヴ

みんな、ようやくまた息がつけるようになりました！ 熊氏が例によってキャンプに出かけたの。絵の道具と雑記用紙を五、六冊抱えてね。本を書くんですって！――イラクサやらキノコやらを食べて生活する方法とか、今度また大戦が起きたら、全国民は茹でたハリネズミを食べて生きていけるとか、そういうぞっとするような内容でしょ。ほんと、あの人が出ていってくれて、ほっとしました！ もちろん、その前にちゃんと一騒ぎあったわ。彼は無分別にもミセス・ハリソンに、いっしょに行かないかと誘ったのよ――考えてもみて！　周囲何マイルにもわたってなんにもない田舎の掘っ立て小屋――井戸の中みたいにじめじめして、水道もなければ、下水設備だってない。そんな話、聞いたことがある？　当然ながら、ミセス・ハリソンは気がすすまないと言ったわ――あの男、何を期待していたのかしら？　彼、そのときはそれ以上なにも言わなかった――わたしがそばにいるときは、奥さんをいじめてはいけないと、ようやく身にしみたのね！――ところが、階上に引っ込んでから、いじめが始まったのよ。奥さんは夜中の十二時に、いっしょに寝かせてくれと、泣きながらここに来て、もう耐えられないと言ったわ。だからわたしは言ったの。「どうして気に病むんですか？　ご主人がそんなにあなたといっしょに過ごしたいなら、たまには自分が犠牲をはらって、あなたをブライトンとか、マーゲートとか（どちらも海辺の行楽地）、どこか楽しい場所に連れていけばいいでしょう？　あの人はまわりの人間をみじめにするのが好きなんです、それだけのことですよ」それから、他人を痛めつけるのを楽しむ人間について、ドクター・トレヴァーから聞いた話を少ししてやりました。「これは一種の病気だとみなして、できれば憤慨しないことですね。自分を保護する壁を頭の中に築いて、なるべく突き放した見方を心がけるのがいちばんです」とわたしは言い、二人で抑圧についてあれこれ話し合ったあと、わたしはフロイトの手引きを貸してあげました。こういうことって、健全な角度から見るのが、とても大切です。

ミスター・レイザムはとても親切で、わたしたちが寂しくないようにと、毎晩のように訪ねてきてくれます。熊氏のだらだらした〝芸術〟の話にわずらわされなくなって、きっとほっとしていると思います。彼はわたしたちの肖像画を描くことになりました。ミセス・ハリソンは明日、モデルとして初めてすわります。ブルー、グリーン、ブロンズという配色になるの――ブルーのドレス、グリーンの背景、大きな鉢にたっぷり生けたブロンズの菊の花。これを決定するのに、ミスター・レイザムはずいぶん苦労しました。もちろん、ミセス・ハリソンはとても魅力的な顔をしているけれど、瞳は緑がかっているし、顔色は青白くて、美人とはいえません。わたしは何を着るか、まだ決めていません。ミスター・レイザムに訊いたんだけれど、何を着てもすてきに見えるだろうから、それはお任せする、と言われたの。四角いヨークのついたオレンジのドレスにしようかと思っているところ——ラファエル前派の描く小姓みたいに見えるとミスター・ラムズボトムに言われた、あれよ——おぼえてる？——それで、小姓ふうに髪をカールさせて、ウェーブを出すの。わたしの顔は左右が同じでない、とミスター・レイザムに教えたら、彼は笑って、左右が同じ人間なんかいない、自然は定規やコンパスで仕事をするものではない、と言いました。

靴下の仕事は順調で、スカーフの注文もいくつか入りました。誰か欲しいという人がいたら、わたしが請け負う準備があると、忘れずに言ってね。今、カレンダーを試してみています。昔ふうな金箔を貼った絵みたいなものを、チョコレートの色つき包み紙でこしらえるの。包み紙にはほんとに美しいデザインがあるわ。手もとにあったら送ってください。クリスマス・プレゼント用に注文が入るかもしれない。すごく独創的なことを思いついたんだけど……
（以下、編物のデザインを示しただけの部分は削除した）

17　ジョン・マンティングより　エリザベス・ドレーク宛

ウィッティントン・テラス一五番地A
一九二八年十月二十八日

愛しいバンジー
取り急ぎ一筆。これからオックスフォードへ行って、コッブ一家のところに一、二週間泊まってくる。今現在、ここで仕事をするのはまったく不可能だ——階下の連中が一日中ここに群がっている。学校の同窓生とレストランでばったり出会ったからといって、その男と同居を考えるのはこれが最後だ。そりゃ、金銭面では有益だが、それがどうした！　たとえ結婚を控えていようが、金がすべてじゃない。レイザムは自分がこの家で一条の日の光となるんだと主張するだろうが、なにが日の光だ。そもそも、原初のどろどろの中に静かに寝ていた原子を日の光が揺り起こしたばっかりに、生命と厄介事だらけのこの不満足な世界ができちまったんじゃないか。
今、レイザムはミセス・ハリソンの肖像画を描くと騒いでいる。ハリソンが帰宅したときに驚かせるんだそうだ。あいつのスタイルを知っているぼくに言わせれば、確かにあっと驚くものになるだろう。おそらくはとてもいい作品になる——あいつはまともな画家だ——でも、静かに仕事をして、ぼくのことは放っておいてくれればいいんだが。例の不快きわまる老嬢は、ひっきりなしに出たり入ったりしている。こっちが一分でも部屋を出ようものなら、つかまって、ばかげた質問をされる。でしゃばりな婆さんだ。危険な女でもある。ぼくがハリソンの立場なら、馘にしてやるところだ。昨日はしゃあしゃあとぼくのあとから部屋に入ってきて、テーブルの上にあるのはどなたの写真、大切な女性のものですか、だとさ。ぼくは言ってやった。いいえ、昔の愛人ですよ、何人目だったか忘れましたがね（実はブレンダの写真なんだ）。そうしたら、なんてひどい男、ミス・ドレークはあなたの態度を知るべきです、ときた。ぼくはかんかんになった。なんであの女がきみの名前を知っているんだ？　おそらくはレイザムがぺらぺらしゃべったんだろう。あいつめ！　彼女は、あなたと同じ部屋にいるのは安全とは思えませんわ、とか言って、横目でにらみながら出ていった。胸がむかつく！　幸運にも「誕生と幼年期」を推敲していただけだったが、そうでなければ、いらいらして残る一日仕事にならなかったろう。ぼくは自分が神経質になってきていないことを祈るよ、きみのためにもね。そうなったら、堪忍袋の緒が切れるだろう。

とにかく、コップから招待が来たのはうまいめぐり合わせで、おかげで後悔するような行動に走らずにすんだ。だから、ばたばたと出かけるところだ。さもないと、きっとレイザムとけんかになる。そうなっては困るんだ、家賃をクリスマスまで前払いしてあるんだから。

メリットからまだ知らせはない。たぶん、あの気の毒な原稿を引出しに突っ込んだまま忘れちまったんじゃないかな。今ごろはあの原稿、自分で回想録が書けるよ──『私が暮らした数々の引出し』。きみの最新作はどんな具合だい？

お父上をはじめ、みなさんによろしく。

愛をこめて、

J

18　アガサ・ミルサムより　オリーヴ・フェアブラザー宛

ベイズウォーター
ウィッティントン・テラス一五番地
一九二八年十一月八日

親愛なるオリーヴ

ミセス・ポタズビーからの注文を送ってくださって、どうもありがとう。できるだけ早くとりかかります。まだほかにスカーフが二枚あるし、ミスター・ペリーからは教区の人たちのためにと、カレンダーを二ダース頼まれています。そんなわけで、今とても忙しいの。トムのリューマチが悪化していないこと、ジョーンの病気がたいしたものでなかったこと、うれしく思います。さぞかし心配だったでしょう。

わたしの具合は、さいわいとてもよくなりました――実際、平穏な時期を過ごせたおかげで、みんな前より明るく幸福です。熊氏は、彼にしてはずいぶん上機嫌で帰ってきました！　ミセス・ハリソンはこのごろ別人のようです。本をたくさん読んでいます。本に没頭して、うんざりする人生の現実から目をそらしたほうがいいと、わたしはすすめているの。これは簡単なこと。彼女はすばらしくいきいきしてロマンチックな想像力の持ち主で、文学の世界は彼女にとってはすごく現実的なものなんですもの。もちろん、ミスター・ハリソンが絶対に理解できないのはそこだけれどね。彼とは何を話し合おうとしても無駄です。このあいだはギルバート・フランコーの新しい本の話をしようと思ったのですが、彼は読んでいないし、読みたくもないと言います。わたしはおおまかな筋を説明しましたが、彼は聞いていなかったと思う。とにかく、「ほう！」と言ったきりで、キノコとハリネズミの話がまただらだらと続いたわ。それでも、機嫌が悪くなければ、彼が何を話そうと、べつにかまわないし、ミセス・ハリソンは実に我慢強く耳を傾けています。どうしてそんなことができるのか、わたしにはわからないけれど、彼女は今、すばらしく穏やかで満足した精神状態です。わたしは自分の働きを誇らしく思っています。だって、このあいだわたしの寝室でおしゃべりしたことで、彼女は悩みから抜け出す道を見つけたんだもの。

ロニーのこと、苦労をお察しします。そんな種類の女の子と関わってしまったのは困ったことだけれど、いずれ必ず熱は冷めます。ドクター・トレヴァーの話では、こういう思春期の恋愛には同情をもって接すること、妨害されなければ自然におさまるものだ、とのこと。トムが父親の権力でどうこうしようとするのは賢明とはいえません。わたしはおかあさんに人生を踏みにじられたことが忘れられません――もちろん、よかれと思ってのことだけれど――〝まともな家の女の子は〟という古くさい考えがあったから。わたしが若いころどれだけ苦しんだか、誰も知ることはないでしょう。あの少女期の不幸が、今わたしが医者にかかる原因となったのよ。そりゃ、あなたの場合は違うわ――あなたはわたしのように複雑で安定の難しい情緒の持ち主だったことはないし、おそらくは結婚しようとしまいと、充分に幸福だったでしょう。あなたのようなタイプは幸運です。でも、もって生まれた気質を変えることはできないもの、しかたないわね？　ひとこと助言させてもらえば、ロニーには同情をもって、気のすむようにさせてやることね。そうすれば、わたしたちの両親がわたしの人生をめちゃくちゃにしたような失敗は避けられます。わたしとロニーはとても似ているように思います――わたしから少し話をしたら、彼が自分を理解する助けになるかもしれない。今夜のうちに、彼に手紙を書きます。

姉より愛をこめて、

アギー

19　アガサ・ミルサムより　オリーヴ・フェアブラザー宛

ベイズウォーター
ウィッティントン・テラス一五番地
一九二八年十一月十五日

親愛なるオリーヴ

　ロニーがわたしによこした手紙にはたいへん驚き、深く傷つきました。あなたに読んでもらうため、ここに同封します。彼が自分からあんな態度でわたしに手紙を書いたとは信じられません。あなたとトムが、ロニーがわたしに偏見を持つよう仕向けたのでしょうね。もちろん、彼はあなたの子供で、わたしの子供ではないけれど、たまたま血のつながった親であるからというだけの理由で、ロニーのような感受性の強い人間を扱う絶対的な資格を神から与えられているなどと想像するのは、まったく間違っています。わたしは（目隠しをされていないから）彼が書いていることの奥まではっきり見通せます。あなたたちはロニーを自分たちの見解に同意させることに成功したように見えますが、それでは彼が自然な感情を抑圧するのを助長しているだけだし、その結果は考えるのも恐ろしい。しばらくよそで別の人たちと過ごせばいいとあなたは言うけれど、それは最悪よ。だって、あの想像力の乏しい、まるで鈍感なポッツのところへ送り込むってことでしょう。ロニーのような精神状態の少年にとって、サッカー好きな司祭ほど危険な影響を与える相手はいません。ああいう階層の男が及ぼす害は計り知れず、かれらの頭の中には昇華された性欲《リビドーズ》（複数形はeを入れるのかわかりません）が溜まっていて危険なのがふつうです。とはいえ、これはおたくの問題で、わたしには干渉する力はありませんが、あの子をわたしに反抗させるのはやめてください。たまたまわたしが人間生活のある部分については——不幸にして——あなたがたよりもよくわかる立場にあるからといってね。

ありがとう、わたしたちはみんな元気です。ミセス・ハリソンの肖像画は完成しました。はっとするような色使いです。もちろん、ミスター・Hは実物よりよくないと考えていますが、彼は現代美術に理解がないんですもの、当然でしょう。

ミスター・マンティングの姿が消えて、ほっとしています。オックスフォードの友人のところに泊まると言って出かけましたが、あの人はどこかで二重生活を送っているのではないかと、わたしはにらんでいます。いかがわしい女性関係がいくつもあるなんて、恥ずかしげもなく告白するのよ。婚約相手の女性は本当に気の毒だと思います。

姉より愛をこめて、

アギー

20　ジョージ・ハリソンより
ポール・ハリソン宛

ウィッティントン・テラス一五番地
一九二八年十一月二十日

親愛なる息子よ

十月七日付の貴簡拝受、橋の仕事が順調に進んでいるとのこと、うれしく思います。例のマシューズという男の件では、きみのとった方針は正しい。もしわたしが助言を求められていれば、まさにそのとおりの行動を勧めていただろう。こういう場合、情状酌量の余地はない。きみは会社に対して（いうまでもなく、将来この橋を使う何千という人々に対しても）責任があり、この男と彼の特殊な事情を斟酌する以前に、その点を考慮しなければならない。ちかごろは、いわゆる〝感情〟の爆発が大目に見られるあまり、悲惨な結果をもたらしている。〝自制心を失う〟というのは言い逃れにすぎない。このことを気に病むのはやめなさい。確かにこの男はすばらしい才能と魅力的な人柄をそなえ、手ばなすには惜しい人材だろう、それはわかる。しかし、こういう男はすぐに、ふつうの道徳律は自分にはあてはまらないと考え始める。それを許しておいては彼のためにならず、まわりの人々や彼の仕事にも悪影響を与えかねない。わたしはきみの決断をまったく正しいと思うし、サー・モリスも、もしこの件が耳に入ることがあれば、必ずや同意されることだろう。

小休暇を取ったかいがあり、爽快な気分で仕事に戻ったところだ。留守中、家では何事もなく、マーガレットはレイザムと二人でわたしを驚かせるプレゼントを用意したというので、すっかり上機嫌だった。彼女はレイザムに肖像画を描かせたのだ。それはなかなかの作品に仕上がった。実物そっくりとは言えないが、色彩効果が巧みで、このごろの人の目を惹く作品であることは疑いない。もちろん、レイザムは現代派だ。わたしが思うには、彼はあまりに急いで描くので、例えばミレー（ラファエル前派の画家）や、今生きている画家の中ではレイヴァリー（肖像画家）の絵のように、美しく滑らかな仕上がりにならない——もっとも、彼も年を取れば、こういうぞんざいな描き方を卒業するだろうがね。これは今日の若い画家がかかる一種の病気だ。わたしにはこの画法の欠点が気になるが、しかし作品の長所は認めるにやぶさかでないし、制作に至った親切な心遣いには感謝している。彼はこれを来年の美術院展（王立美術院は毎夏ロンドンのバーリントン・ハウスで現代英国画家の作品展を行なう）にぜひ出品したいと言い、マーガレットも（当然だろうが）それはいい考えだと思っている。だが、わたしとしては、賛成しかねると言わざるをえなかった。これはよくも悪くも人から話題にされる種類の絵で、どれほどありがたくない注目を集めることになるか、若い者には見通せないのだ。二人ともひどくがっかりしていたが、あとでレイザム一人をつかまえて話をしたところ、彼はこの点を正しく理解してくれ、紳士的な態度だった。肖像画は居間の明るい場所に掛けるつもりだ。とても見栄えがするだろう。

この話には愉快な続きがある。きみの旧友（いや、旧敵？）ミス・ミルサムが、自分の美顔も不朽の名誉を与えられるべきだと思い込んでしまったのだ！　レイザムは例によって人のいい男だから、彼女の絵を描くことに同意した――ただし、うまく仕上がったら、今回は彼が好きなようにする権利を持つ、という条件つきだ！　ミス・ミルサムは自分の肖像画がバーリントン・ハウスに掛かると考えただけでうっとりしている。わたしはこれに口をはさむことはないと思った。レイザムが彼女をからかっているだけなのは明らかだし、そもそもこの絵が展示される可能性はまったくない。ご存じのとおり、あのご婦人はミロのヴィーナスとは言い難いからな！　彼女はすっかり舞い上がって、モデルになるとき着るのだと、とんでもない服を出してきた――ぴったりした胸元に、大きくかさばるスカートだ。十五世紀のイタリアふうな効果を狙っているらしい。

　このところ、わたしは毎晩熱心に働いている――スケッチをたくさん仕上げなければならないし、小品の準備がある。さまざまな植物やキノコ類を自然の生息環境の中に描いた水彩画を挿絵にするのだ。とても美しく有益な本になると思う。

　お尋ねの調理法を同封します。

愛をこめて、

父

21 アガサ・ミルサムより オリーヴ・フェアブラザー宛

ウィッティントン・テラス一五番地
一九二八年十一月二十二日

親愛なるオリーヴ

ロニーについてのお手紙受け取りました。あなたは自分がいちばんよくわかっていると思うのですね。この件については、以後いっさい触れません。

今わたしはあまりにも心を乱していて、こういうことを話す気になれないのです。ミスター・ハリソンの態度といったらひどいもので、留守中の明るい雰囲気はすっかり消え、いつもの不愉快な家に戻ってしまいました。

ミスター・レイザムはミセス・ハリソンのそれは美しい肖像画を描きました。彼の（Hの）帰宅前に仕上げようと、二人とも大車輪で働いたの。二人とも、というのは、絵のモデルになるのは本当に疲れる仕事だからです。一度でも経験があればわかります。彼女は体がこちこちになってしまって、ほとんど動けなくなることもあるくらいでした。ミスター・レイザムは霊感に打たれたように、飲まず食わずで描き続け、しまいにはわたしは心配になって、過労で倒れないようにと、熱いボヴリル（牛肉エキスの飲み物）やオヴァルティン（麦芽乳の飲み物）をせっせと運んであげなければなりませんでした。彼は驚くほど寛大な青年です。だって、お金があるとは思えないのに、この肖像画はミスター・ハリソンにあげるために描いたのよ。その気になれば、高額で売れるでしょうに。見事な作品だし、彼自身、自分の最高傑作の一つだと言っています。

さて、二人は熊氏の帰宅に間に合うように絵を仕上げ、ミセス・ハリソンはうきうきして、夫が喜ぶだろうと考えていました。彼を驚かせようとわくわくしながら待っている姿は、見ていて気の毒なほどでした。帰ってきた彼は不承不承喜んでみせましたが、おこがましくも、絵の批判をしました——芸術について、ミスター・ハリソンの知識なんて、ミスター・レイザムの足元にも及ばないのにね。それから、熊氏の自己中心的態度がすべてを台無しにしました。ミスター・レイザムは——とても礼儀正しく——この絵を美術院に送ることにミスター・ハリソンが賛成してくださるとうれしい、と言いました。なんといっても、これは彼の最高傑作なんですもの、それを展覧会に出品する権利が彼にはあると、誰だって思うでしょう。それに、こんな価値ある贈り物を受け取った人間は、誰だって喜んで賛成するものだわ。でも、あの人でなしときたら、こう言ったの。「いや、レイザム、そこまではちょっとね。家内は見世物にされるのを喜ばんでしょうからな」

ミセス・ハリソンはミスター・レイザムに対する夫のあまりの非礼に見るからにぎょっとして、わたしはこの絵が展示されたらうれしいわ、と即座に言いましたが、彼は笑って——くだらないとでもいうように笑い飛ばしたの——「レイザムはおまえを無理やり世間の目にさらしはしないよ」と言いました。ミスター・レイザムがむっとしたのは傍目にもわかり、ミセス・ハリソンはご主人に、どうかそんなに利己的で不親切なことを言わないで、とすがりました。ミスター・レイザムも口をはさみ、もしミセス・ハリソンが自分の肖像画を出品させたいのなら、そうヴィクトリア朝の夫みたいな態度をとることはないでしょう、と言いました。もちろんこれは賢明な言い方ではなく(あらかじめわかっていたら、警告を与えてあげたところなのに)、わたしの記憶にある限りでもめずらしいくらいのすごいけんかが始まりました。ミスター・レイザムはもう我慢できず、ぷいと部屋を出てしまう、ミセス・ハリソンは泣く、ご主人はまったく失礼な不当なことを並べ立てたあげく、こう言いました。「もちろん、おまえがあえて見世物になりたいというんなら、かまわない。好きにするがいい」——そんな言い方をされては、好きにできるはずがないじゃないの。夫を喜ばせようと、なにかすれば、結果はこれよ! みんなで楽しみに待っていた日が、こうしてみじめに終わってしまいました。

今度ばかりはミセス・ハリソンも厳しい態度に出て、ご主人と口をきくのを拒んでいます。わたしとしては気まずい状況で、健康を害してしまいました。不眠症がぶり返してしまったし、またエビが食べたいという欲求を抑えられません。うんざりするし、がっかりです。

ミスター・レイザムはとても感じよく振る舞ってくれました。夫婦げんかがややおさまったところを見計らって、ミスター・ハリソンに会いに行き、彼の考えを変えさせるのが無理と見るや、紳士的に譲りました。わたしはミスター・レイザムの機嫌を少しでもよくしようと、階上へ行き、残念なことでしたね、と言ったあと、わたし自身の肖像画はどうぞお好きなようにしてください、どこに展示しようと、たとえ『中年独身女性の肖像』という題をつけようとかまいませんから、と主張しました。すると彼は笑って、そんな題をつけるなんて考えもしないし、展示してほしくないなら、そうするつもりはまったくない、と言いました。いいえ、どんな絵になろうと、ぜひとも展示するべきです、と言ったら、じゃ、それで決まった、と彼は言いました。というわけで、作業が始まりました。どういう結果になるか、心配です。ご存じのように、わたしは写真うつりがよくないから。でも、写真は肖像画のように、顔のいきいきしたところまで写し出すことができないし、わたしの顔はいきいきしているからこそ個性があっておもしろいのだと、よく人から言われます。実物に似た絵になるといいわ――もし似ていたら魅力的な絵にはならないだろうと、あなたは言うでしょうけど、ミスター・レイザムは熱心に描いているし、妹としての偏見を持ったあなたが予想するより、いいものになるかもしれません。

ポーズを続けるのでくたくたです――今日は朝二時間、午後二時間すわりました。今夜はよく眠れるといいけど。

スカーフは明日仕上がります、フリンジに使う絹糸の適当な色のが見つかればね。

姉より愛をこめて、

アギー

22　ジョン・マンティングより
エリザベス・ドレーク宛

ウィッティントン・テラス一五番地A
一九二八年十二月一日

愛するバンジー

ただいま！　元気いっぱいでうちに帰り、レイザムだろうとミルサムだろうと、束になってかかってこいって気分だ。

ところで、レイザムについて言ったことはみんな取り消す。あれほど優れた画家なら、なんでも許してやるね。あいつはミセス・ハリソンの見事な肖像画をものした――ハルケット先生なら、例のつっけんどんな態度で鼻を鳴らして、「傑作だ」と唸るところだ。レイザムはこれを美術院に送りたがっている（きっと今年の最高作になるだろう、ようやくまともな絵画を目にしたショックで委員会の面々が首を吊ったりしなければだね）――ところが、愚かな女二人がハリソンを怒らせて、台無しにしちまった。たいへんな話題を呼んで新聞種になるわ、初日にあたしは自分の肖像画の下に立つのよ、うんぬん、うんぬん。気の毒に、ハリソンはしまいにはこの攻撃にノックアウト寸前。当然、お次は夫婦げんかさ。ぼくはレイザムに、ばかな真似はよせ、あとでハリソンに会いに行って詫びを入れ、彼の意に反して出品するつもりはまったくないと言っておけ、とすすめた。如才なくやれば、三カ月もすればハリソンは、この絵は出品されるもの、自分がそう提案したのだとまで思い込むだろう。ぼくはハリソンの人柄をかなり正確につかんでいるが、奥さんは愚かなエゴイストだし、レイザムは人間関係に関して、実際的な対応ができないんだ。とにかく、ぼくはあの絵が展示されるといいと思う。きみにも見てもらいたいからね。本当に第一級の作品だ。それに、人物の中身を実によく表わしている！　もっとも、ミセス・Hはそこまで見ていないし、レイザムも気づいていないようだ。
メリットから手紙をもらった――「原稿たいへんおもしろく拝読、ご都合のよいときに来社いただき、この件につき話し合えればさいわい」とのこと。話し合おうとまで言ってくれたのは彼が初めてだ。きっと、〝急進的な〟文章はすべて削除し、〝明るい〟スタイルに変え、もっと〝満足のいく〟結末にすることにぼくが同意すれば、なんとかしてやろう、というんじゃないかな。まあ、ぼくはそんなことに同意なんかしないというだけさ。

やれやれ、『伝記』はほぼ脱稿した。あれとおさらばできるのはうれしい。あれのおかげで科学や形而上学のくだらない本をたっぷり読まされたが、そんなものは誰の役にも立たない、まして創造的作家にはね（この仕事のあいだ、自分は創造的作家だと言い聞かせるのが楽しみになった！）。しかも、先へ進めば進むほど、状況は悪化する。ルクレチウス（古代ローマの哲学者、詩人）は科学を題材にして偉大な詩を書くことができたし、ベーコン（十七世紀の哲学者、政治家）もこの線でいい仕事をした――テニソン（十九世紀の詩人）ですら、根拠薄弱な進化改良論やらなにやらを題材に、うまい詩をひねり出してみせた。だけど今はどうだ！ 生化学者の次は数学者だ。内分泌腺が新陳代謝に及ぼす作用だの、円周率とマイナス1の平方根だのから何がわかる？ 絶望と、気が滅入るようなきたならしさ、それだけだ。ぼくはミルトン（十七世紀の詩人）の神学をもとに詩を書くほうが、肝臓や性腺や光速度をどうこうするよりよっぽどましだと思う。ペリー司祭は、カソリック教会は最初からこれをわかっていた、不正確な神学上の隠喩は偽科学的公式として解釈できる、というふりを装って、この問題を片づけようとしているが、そんなのは嘘だ。生の起源はぼくたちのお気に入りの議題なんだ。生命は実験室で人工的に製造することはできない――ゆえにそれは神の介入によって存在に至った、というのが彼の演繹的推論さ！ 憶測もいいところだ！ だけど、結局のところ、彼も科学者とそう変わりはしない。「なんらかの過程を踏んで生命は現出した」と科学者は言う。「将来、なんらかの方法で、われわれは生命を創り出せるようになるかもしれない」でも、たとえ生命の創り方がわかったところで、そもそも最初にそれが自然発生したことの説明にはなりやしない。生物学者は原生生物までさかのぼれるし、化学者は結晶体までさかのぼれるが、そのかれらも生命がなぜ、いかにして始まったのか、という肝心の疑問には手も出ない。天文学者は何億年もさかのぼって、ガスと真空に行きつく。すると数学者は全宇宙をひとまとめに非現実とみなし、その結果、われわれがじかに理解できるのは、われわれの理性だけになる。われ思う、ゆえにわれあり、ゆえに万物は存在するかに見える。これだけ手間ひまかけて、ぼくたちはまだデカルトから先へ進んでいない。こういう連中の中で、天文学者と数学者がいちばん陽気だというのに気がついたかい? たぶん、四六時中こうも壮大な規模で物を考えていると、そんなことはどっちみちどうでもいいと思うか、さもなければ、これだけ広大かつ精巧なものにはどこかに意味があるはずだと思うか、どっちかなんじゃないかな。

ぼくもレイザムみたいに、こういうことを平然と軽蔑できればいいんだが。生化学は自分の生活にも芸術にも影響を与えようがない、だから科学者たちは好きにさせておけ、というのが彼の態度だ。ぼくはあらゆる教義の風に揺さぶられて右往左往、気をつけないと、いつかウィットのない『恋愛対位法』（オルダス・ハクスリーの一九二八年作の小説）を書くことになってしまう。因果関係を信じられなければ、まとまりのある小説は書けないよ。

　新進作家は言った、「え、なんだって?
　因果関係が存在しなければ、
　ぼくの文章の一語だって
　次に続かないし、
　そうしたらプロットはどうなる?」

ぼくがプロットのある本を書けないのは、きっとこのせいだな——もちろん、メリットが話し合いたいと言っている、あれは例外だが、あれはぼくにはめずらしい本なんだ。

まあいいさ。あとほんの二週間できみに会える。神（あるいは何であれ）をたたえよ、すべての恵み（もしこの言葉が客観的現実の知覚対象に相応するものなら）は彼（もし神に人格があるなら）より（もし方向性があるなら）流れ出る（もしヘラクレイトス〔古代ギリシャの哲学者〕とベルグソン〔二十世紀フランスの哲学者〕とアインシュタインが正しくて、万物は多かれ少なかれ流転しているのなら）（「恵みあふれる神をたたえよ」は賛美歌の一節）。

きみだけを思って、

ジャック

23

ジョン・マンティングより
エリザベス・ドレーク宛

一九二八年十二月四日

親愛なるバンジー

　取り急ぎ一筆。予想外のことが起きた！　メリットはあの本に夢中だ!!　前代未聞のヒットになると考えていて、最高級の契約条件を出してきた（前渡金百ポンド、五百部まで十パーセント、千部まで十五パーセント、以後二十パーセント、それに次の二作は前作の最高レートから始めることが確定している）。ただし、一月末までに出版できるよう、即座に印刷にかかればだ。あの男は帽子屋みたいに頭がおかしい！

　もう少しで精神科の医者を呼ぶところだったが、実際には気がついたら条件を呑んでしまっていた。『行き詰まり』がおそろしい失敗作だったことを考えると、これはまったく常軌を逸している。でも、それがどうした！

　ぼくはいつもあの本にはなにかがあると信じていたが、そんなふうに考えるのはばかだと思っていた。しかし、どうしてあれが売れるなんて想像するんだか！……まあ、そのあとに来るのは、彼の葬式で、ぼくのじゃない。

　本には新しいタイトルが必要だとメリットは言う。表紙に入れたとき見栄えのするタイトルをなにか考えてみてくれないか、お利口な天使さん。大至急だ。なにしろ、来月初めには外交員を注文取りにまわさなきゃならないんだから。

　レイザムの描いたミス・ミルサムの肖像画は、めったにないほど意地の悪い風刺作品だ。幸運にも、ご本人はまったくそんなふうに感じていないがね。実際、彼女は昨日、見てほしいからと司祭を引っ張ってきた。ペリーは司祭とはいえ、その目は節穴じゃない。むずかしい顔になって、印象的な絵ですね、と言い、ミスター・レイザムには優れた才能があり、それは有益なことに生かすべきだ、と付け加えた。レイザムはにやりと笑い、ミス・ミルサムは美術院展だ、ミセス・ハリソンの肖像画だと、ぺちゃくちゃしゃべり始めたので、ペリーはまたまたむずかしい顔になった。きっと、愚か者は自らの現実を見て傷つかないよう、慈善の心で守ってやるべきだと、彼は考えているんだ。レイザムは夢中で、霊感に打たれた者のように仕事をしている。ああ、誰しも（つまり、ぼくも）かくあらば！

　ジムはわき目もふらずにガリ勉を続けていると報告してきた。本当だといいが。学期が終わったら家に帰ってくるから、きみもうちの王子様に会える。きみがうちの家族みんなを我慢できることを祈るよ。弟は友人を連れてくる。今年キーズ（ケンブリッジ大学の学寮）を卒業したリーダーという男だ。エアデール・テリアの子犬みたいに、いつでもどこでも元気いっぱいってタイプの若者で、ぼくの最悪の本性を片っ端から呼び覚ましてくれるが、まったく無害なやつだ。彼は今、ロンドンのセント・アントニーズ医科大学にいる。いずれ病院の実習を切り抜けて、温和な一般開業医になるだろう――「ドクター・リーダー」はほんとに感じのいい、陽気なかたですの。部屋に入っていらしただけで、具合がよくなりますわ」ぼくは陽気な人間は大嫌いだ。だけど、彼とジミーがいっしょに遊んでいてくれれば、ぼくたちは多少なりと二人きりになるチャンスがあるだろう。

お元気で、バンジー！　また会えるまでの日を指折り数えている。

愛をこめて、
ジャック

24　ジョージ・ハリソンより
ポール・ハリソン宛

ベイズウォーター
ウィッティントン・テラス一五番地
一九二八年十二月二十日

親愛なる息子よ

つつしんでクリスマスのお祝いを申し述べます。離れてはいても、わたしたちはいつもきみのことを思っている。すべてうまくいけば、来年のクリスマスにはきみは帰国しているから、また元どおりだな。こちらでは、ご存じのように、国王陛下（ジョージ五世、一八六五〜一九三六）のご病気が祝祭の日々に悲しい影を落としている。悲観的な噂も流れているが、わたしは陛下がいずれ回復に向かわれると心から信じている。

この暗く不安な気分にもめげず、わたしたちはパリへ小旅行することに決めた。マーガレットはこのごろどうも落ち着きがないので、これがいい気晴らしになると思う。わたしはこのとおりの静かな老人だから、彼女は毎日の生活にやや退屈することもあるだろう。あの〝華やかな街〟を訪れれば、また元気を取り戻すだろうし、わたしも決まりきった日常を離れるのは自分のためになると思う。滞在先は××通りのホテル・ヴィクトリア・パレスだ。感じのよい上品な宿で、パリのホテルにしては高くない。芝居を一つ二つ観にいき、音に聞くモンマルトルの〝ナイト・ライフ〟とやらを見物に出かけるとしよう。レイザム青年も数日パリで過ごすつもりだそうで、もしそうなれば、われわれを訪ね、案内してくれると言っている。親切な心遣いだ。最新事情に通じたガイドがいてくれればありがたい。わたしがパリへ行ったのは大昔のことで、もうすっかり様変わりしてしまっただろうからな。

きみの仕事が順調に進行していること、例の男を解雇したきみの行動が是認されたことを聞いて、とてもうれしく思った。こういう場合、寛大な処分は間違いだ。わたしは自分の苦い体験からそれを学んだ。

こちらの仕事は今の不景気にしてはずいぶん好調だ。ミドルシャー発電所の契約を確保できると思うし、そうなれば、大規模な仕事だから、おそらくわたしは春にはロンドンを離れなければならないだろう。

その前に、ミス・ミルサムをやめさせて、マーガレットの付き添いとしてもっと適当な人物を雇うべきではないかと、本気で考えているところだ。ミス・ミルサムはもともとうんざりする女だと思っていたが、このところ、まったく思い上がってきている。彼女は精神分析医にかかっていて、そのやぶ医者どもがすすめるものだから、自分のくだらん気まぐれやら感情やらをばかばかしいほど重要なものだと思い込み、夕食の席であけっぴろげにあれこれ話すが、これがわたしの（旧弊な）意見では、医者の前でしか口にすべきでないようなことばかりなのだ。しかも彼女は怠惰でだらしない。家事に気をくばるどころか、〝美術の材料〟と彼女が呼ぶ毛糸や紙切れをちらかし、わたしの絵の具を借りていっては返すのを忘れる。もちろん、編物をしたり、カレンダーを作ったりするのは、仕事に差し支えないならかまわないが、わたしが料理に不満を表明すると、彼女は無礼な態度をとることがこれまでによくあった。レイザムは彼女の絵を描いている——非常に巧みな作品なのは確かだが、これで彼女はすっかりうぬぼれてしまったようだ。もっとも、マーガレットはあの女に優しく、ほかの働き口を見つけるのは難しいだろうと心配してやっているから、もうしばらく我慢して様子を見るほうがいいかもしれない。ミス・ミルサムは確かにマーガレットに対しては忠実かつ献身的で、それがあまたの欠点を補っているのだ。

さて、こんな些細な家庭の問題できみをわずらわせてはいけない。異郷にあっても楽しいクリスマスを過ごされるように。わたしたちからのささやかなプレゼントは無事届いたことと思う。ところで、きみに送ったプラム・プディング（クリスマスに食べる蒸し菓子）は、ミス・ミルサムの手になるものではないから安心してくれ。これは大事なことだから、わたしが自ら手を下した——さもないと、おかしなものが中に入っていることになりかねない——ガラス玉とか、ステンシル用の筆とかね！　しかし、カレンダーはまったくこのご婦人の作品だ。きみがこれを気に入ってくれるだろうか、婚約者が作ったものだと同僚に思われるのではないだろうかと、彼女は毎日気をもんでいる。善意なのだ。だから、まだ礼状を出していなければ、うれしくいただいた、すばらしい作品は大切に壁に掛けてある、とでも言ってやってくれたまえ。

愛をこめて、

父

25　ポール・ハリソンの覚え書

この捜査に重要な関わりのある手紙は、以後数週間に一通しか見つかっていない。父と継母は十二月十五日から一月七日まで、パリに滞在した。観光に訪れた場所のことを書いた絵葉書を私は数枚受け取ったが、内容にさして意味はなく、保存しなかった。

レイザムは十二月二十八日ごろ二人に会い、元日はいっしょに過ごした。ミセス・ハリソンはパリからミス・ミルサムにあてて何通か手紙を書いたと信じられるが、私はこれらを入手することができなかった。すでに破棄したと知らされたのである。私はミス・ミルサムを訪ね（私の供述書49番を参照のこと）、この件に関してできるだけ思いやりをもって質問したのだが、返ってきたのは、彼女がいつも父に対して示してきた偏見に満ちた、支離滅裂な非難の長広舌ばかりで、直接証拠（例えば手紙の原本）がない以上、私としては、彼女の言葉を無視せざるをえない。実際、ミス・ミルサムが一九二九年四月以降に言ったことに証拠としての価値はまったくないし、彼女の供述はすべて、一つの例外もなく、非常に用心して読まれるべきものであることは明らかであるが、私の継母が意識的、あるいは無意識的に彼女に与えた影響をそこから読み取ることは可能である。

ミスター・マンティングはクリスマスの時期を家族ならびに婚約者とともに過ごし、ロンドンには一月十五日まで戻らなかったが、この期間に友人のレイザムから受け取った唯一の手紙を提供してくれた。

26

ハーウッド・レイザムより
ジョン・マンティング宛

ポルペロ（コーンウォール南岸の町）にて
一九二九年一月四日

親愛なるマンティング

元気か？　食べ物とキリスト教徒の誠意をいやというほど押しつけられる季節、きみの魂はどんな具合だ？　高潔なる恋人は家庭生活を無事に生き抜いたかね？　もしそうなら、きみときみの知性ある女性は、神か獣かどっちかだ。おそらくは神だろう――善悪をわきまえているからおそろしく穏健で、すべての問題を両側面から見る。きみたちなら、もし結婚の喜びを手に入れれば、そいつを分析して、興味ある論題だと考えるだろう。きみたちは結婚をユーモアのセンスをもって受けとめ、友達から、男と女のあいだにこういう協力関係があるのはなんてすばらしい、と言われるんだ。分別あるサナダムシの交尾！　だけど、ぼくの見解を斟酌してくれる男を怒らせようとしたって何になる？　斟酌されるのは大嫌いだ。天文学の方程式の計算不能な数にされたみたいな気になる。

コルチェスターの叔母のほかに家族のいない（ありがたい！）ぼくは、ウェンセスラス王（クリスマスの賛美歌にうたわれる人物）を逃れてパリへ行った。ここでもすべては無味乾燥、天気だってわれらの幸福なる島国と変わらず雪に覆われて寒かったが、少なくとも、異邦人は家庭生活に吸い込まれるってことはない。ハリソン夫婦はすごく上品なイギリス人向けのホテルで、みじめにごろごろしていたから、ぼくはお定まりのおもしろくもないショーに連れていってやり、うぶな二人が喜ぶのを見て楽しんだ。いや、彼女が喜ぶのを、と言うべきだろう。ご亭主は例によって怒りっぽく、キャバレーの途中でぷいと席を立つと、奥方と友人を付き従え、肩怒らせて出ていっちまうんだから、ぼくのコスモポリタンな頬は赤くなったね。腹が立って言葉を失ったから、ぼくはなにも言わなかったが、そのあとタクシーの中で、夫婦げんかを楽しく観戦させてもらった。麗しのマルグリットは、実際にはかわいそうにも彼と同じくらいショックを受けていたのだが、それでいて、罪深いエクスタシーにも到達していた。あの女はうまく教え込めば不信心な快楽主義者になる素質をそなえている。だが、教育の必要はなかった。彼があまり無作法に嫌悪を表わしたものだから(放っておけば彼女もその嫌悪に同感しただろうに、あいつはそのくらいの気もきかないんだ)、彼女は興奮して反対側にまわり、熱中して自分の意見を述べ立てるところは、聞いていてうれしくなるほどだった。ぼくは同意を求められても知らん顔を決めていた――けんかは望むところではないし、彼女は自分で徹底的に議論しない限り、なにも学びはしないからな。それどころか、ぼくはあやまって、画家は人の体を見るのに慣れっこになってしまう、バスの車掌が女性の脚を見てもなんとも思わないのと同じだ、というようなことを言った。実際、ぼくは実に見事に自制したが――別れたあと、頭から湯気を立てて一晩中歩きまわる始末さ!

そのあとは美術館をまわり、ぼくはハリソンの芸術論に耳を傾けなければならなかった。チェルシーでも、これほどの無知と悪趣味をわけのわからない専門用語で塗り固めた話を聞いたことはないね。あいつは自作のへぼ絵の真ん中で、はりつけの刑になりゃいいんだ。きみならあいつの話を楽しんだだろう。書きとめて小説に使ったかもしれないな。

大晦日の夜は、ダンスやお決まりのばかげた騒ぎで年を越した。ミセス・Hは興奮に涙を浮かべてぼくに礼を言った――目を覆いたくなったね――子供に飴をやったみたいでさ。Hすら、いつものぶすっとした態度をやや和らげた。パートナーを調達してやったんだ。違う! 金で雇ったんじゃない、知り合いだ。ちゃんとした女さ。前にはマチュー・ヴィゴールと暮らしていて、今はクロポツキーのガールフレンドだと思う。彼女は愛想よくHを引きずりまわし、彼は生気あふれる顔つきで(あいつにしてはね!)戻ってくると、次のダンスにもまじめくさってマダムを誘った!

今回は彼女のステップの踏み方がまずいというんであまりうまくいかなかったから、ぼくは彼をフルレットに押しつけた。あの女はカンガルーとだってダンスができる。

二日にイギリスに戻り、暖かさと日光を求めてここに来た（かなわぬ望みさ！）。町は〝絵心のある〟観光客に荒らされ、ちゃちな瀬戸物を売る昔風を装った土産物屋で台無しだ。勇敢な漁師たちは清潔な紺のセーターを着て港で船を磨きながら、映画撮影のシーズンがまた始まるのを待っている。

ぼくは来週のいつか、ベイズウォーターに戻る。きみのユーモアのセンスに元気があるといいが。ぼくはすごく不機嫌で、何を見てもうれしくない。

敬具
レイザム

27 ジョン・マンティングより エリザベス・ドレーク宛

ベイズウォーター
ウィッティントン・テラス一五番地A

（この手紙の初めの何枚かは抜けているが、日付は一月のいつかと思われる）

……超スピードでゲラが出てきて、ぼくは自分が売れっ子作家になったような幻想を大いに楽しんでいる。小説は『伝記』より先に出る。『伝記』は図版の著作権の問題で進行がだいぶ遅れているんだ。それでちょうどいい。二冊を続けざまに出すのはよくないからな。

今、ぼくはレイザムに対して、前よりずっと同情的になっている。まじめ男のハリソンが、今度はぼくに目をつけたんだ。なぜならぼくは物書きで、ゆえに彼が執筆しているキノコの本を出版に向けてどう準備したらいいか、よくわかっているからさ。彼はぼくが最高に忙しいときに限ってふらりとやってきて、文法の問題を話し合おうとする。ぼくが意見を述べれば、彼は長々と反対意見を述べ、自分の言い回しの微妙な点をぼくが把握していないと指摘する。そこでぼくは、元の文章があなたの個性をいちばんよく表わしている、と言ってすませるか、もし見過ごしにできないほどの誤りがあれば、『純正英語《キングズ・イングリッシュ》』（H・W・ファウラーが一九〇六年に出した文法書）を持ち出してくることにした。これでしばらくはうまくいき、彼は感謝して本を借りていった——ところが、あとで返してきた本には、ミスター・ファウラーに対する異議申し立てを事細かに書いた紙が添えられているじゃないか。そこでぼくはつい愚かな提案をして、ファウラーに直接手紙を書いて徹底的に話し合ったらいいだろうと言ってしまった。こいつは致命的な過ちだった。おかげでぼくは(a)手紙、(b)返事、(c)そのまた返事、を読んで聞かせられるはめになった——だから、今では原則として、個性を表現している、うんぬんという言い方に頼ることに決めた。

このあいだは、キノコの水彩画が三色刷印刷でいやに緑がかってしまったという恐ろしい出来事があり、レイザムとぼくはこの忌まわしいキノコにさんざん悩まされたあげく、とうとう外へ飲みに出て、その記憶をギネスで洗い流さなければならなかった。

　とはいえ、ぼくはできるだけ力を貸してやろうとしている。だって、ハリソンの趣味の世界に入っていけるのはぼくだけなんだから。それに、彼は確かにとてもおもしろい小品をものした。人の知らない豆知識とか、田舎の伝承のあれこれ、昔ながらの変わった料理法とかがいっぱいなんだ。休暇を存分に活用したのに違いない。野生の動植物で食べられるものなら、彼の知らないものはない。長年続けている植物の見事な観察日誌は、科学的に非常に価値あるものだろう。彼はこの非学問的な題材に、実に学問的な態度で取り組んでいる。彼の水彩画は、絵としてはこぎれいに過ぎるが、本の挿絵としてはなかなか魅力的だし、植物やキノコ類が美しく正確な線と色で描かれている——ふつうの教科書よりよっぽどいい。実際、三色刷印刷のあのひどい仕上がりを見れば、いかに忍耐強いヨブだって苛立つさ。ぼくは彼に、あの有名な聖書のミスプリントをもじって、「印刷所は理由あってわたしを迫害する」（十八世紀に印刷された聖書の誤植で、「詩篇」の一節〝諸侯〔プリンスイズ〕は理由なくわたしを迫害する〟が〝印刷所〔プリンターズ〕は〟になっている）をモットーにしたらいいと言ってやったら、彼は愉快がっていた。

　文学上のガイド兼指導者という地位を得たぼくは、とうとう（すごい外交手腕を発揮して）あの有名な肖像画を展覧会に出すよう、彼を説得した。おかしな話だが、きっかけは料理だった。ぼくはまずこう言ったんだ。料理は本当は非常に重要な創造的芸術だが、わが国ではその点がきちんと理解されていない、料理はおもに女性に任されていて、女性は（ごめんよ、バンジー）概してあまり創造的ではないからだ。

　そこから〝芸術〟についての一般的な話になり、創造的芸術家は誰しも自分の芸術に対する一般大衆からの反応を求めてやまないものだ、というところへ進んだ。そして遠回りのあげく、レイザムと彼の絵に到着。ぼくは言った。ミセス・ハリソンが自分の肖像画を展示するのは自分を見世物にするようなものだと感じるのはごく自然な感情で、充分に理解できるが、レイザムにとっては、もちろんまったく別の問題だ。あれは彼の作品、彼の手になる線と色であり、それを一般大衆から認められたいと彼は思っている。だが、女性がこの観点を容易に受け入れることは期待できない。

　予想通り、ハリソンはこれを妻への間接的な批判と受け取り、即座に反論に出た。彼は言った。家内はありきたりの女ではなく、たいした芸術鑑賞力がある。自分が正しく説明してやれば、これが個人の問題ではないと、必ずわかるだろう。実際、彼女自身はまったく反対しなかったのだ――彼女に変な評判が立つのを心配したのは自分だった。だが、大事なのは絵そのものであり、絵の題材はモデル個人とはなんの関わりもないということを明確にしなければいけない。

　バンジー、彼がこうして妻を身代わりにして自分を納得させているところを見るのはすごく奇妙だった。そのうえ、そのあいだじゅう、ぼくはなにか不当なことをしているみたいな気がしていたのは、もっと奇妙だった。彼の態度はもちろんばかげているが、ぼくはミセス・ハリソンのほうに変な感じをおぼえる。彼女はレイザムの観点がわからないほど愚かではない。もしそれほど愚かなら、事はむしろ簡単になる。だが実際には、彼女は利口で、その観点を認め、指摘されればそれを自分のものとし、それをなにかしらに対する武器に仕立て上げる。そのくせ、それが武器だとは気づいてもいない。一種の柔術だな、屈服することによって征服する——なんだって！　手垢にまみれたあからさまに新聞調の比喩だ！

　とにかく、ミスター・ハリソンは創造的芸術家に関するぼくの講義を、すぐにその晩、ぼくの鼻先で、実に効果的に繰り返してみせた。すべて自分が考え出したことみたいにね。ミセス・Hはいつものように思いやりのない態度で、「あなたがそうおっしゃったのよ」とか、「その話はしたくありません」とか言い出したが、ぼくの目くばせに気づくと、あきらめて礼儀正しく話を聞き、承諾を与えた。というわけで、美術院の選考委員会は、ミセス・ハリソンとミス・ミルサム——二人の怪女——の肖像画を審査することになった。まともな鑑識眼で見てくれればいいがね。レイザムは喜んでいる——当然だ！　これで彼の気持ちが落ち着くといい。肖像画やら、キノコの本やら、なんだかんだで、彼もぼくもこのところ神経を昂ぶらせている。

　ぼくは平穏で静かな生活が欲しい。みんな消えちまえ！ゲラの校正があって助かるよ。物を書けるような精神状態じゃないんだ。考えることはめちゃくちゃだし、まったく集中できない。まあ、一冊書き上げて次のにとりかかるまでの谷間の期間だからしょうがないだろう。これから数週間、完全な休みを取って、天文学か物理学かなにかの本を読む。もう創造的才能ってやつにはうんざりだ！

　神経過敏気味の（でも変わらずきみを愛している）

ジャック

28

ジョン・マンティングより
エリザベス・ドレーク宛

ベイズウォーター
ウィッティントン・テラス一五番地A
一九二九年二月一日

愛しいバンジー

もしぼくが嫉妬と懐疑にとらわれたら、きみはいったいどうする？　逆に、きみがそうなったら、ぼくはどうする？　これはまじめな質問だ。今、ぼくの目の前でこの問題が起きていて、結婚前のどんな合意や約束も、ぼくらのどちらかがこの醜い病原菌にやられたら最後、あっというまに崩れてしまうと、ぼくにはよくわかるんだ。

おぼえているだろう――何カ月も前だが――この家の傘立てのそばで交わされた夫婦間のちょっとした会話をきみに教えたことがあった。今夜、ぼくたちはそれが次の段階に進んだところを聞かせてもらうことになった。

ハリソンはレイザムとぼくを夕食に招待し、チキンの特別料理を味見させようと思いついた。そこで、全員集合だ――ミス・ミルサムはペルシャのアラベスク模様を自分で刺繍した服を着て、ちゃらちゃらと色気をふりまいた。（「この模様にどういう意味があるのか、わかりませんの、ミスター・マンティング。きっと、ひどくいかがわしい言葉なんだわ！　敷物のデザインをまねたんですの」）ハリソンが傑作にとりかかっている最中は〝彼の〟台所は立入禁止で、彼は強烈なニンニクのにおいの中でせっせと鶏を焼いていた。だが、ミセス・ハリソンの姿はない！　ぼくたちは懸命に会話に励む――H登場――いやな目つきで一座を眺め、ふたたび退出。ぼくはマントルピースの上のものを数える――真鍮の蠟燭立て二本、リンカンの小鬼（リンカン大聖堂にある彫刻）をかたどった真鍮のドアノッカー――酒を温める真鍮容器の模造品が二個――バランスの悪い瀬戸物のヌード――古めかしい時計、リバティーの小物。玄関ドアがあく。遠くで台所のドアが勢いよくあく音。「おまえ、どこへ行ってたんだ？」居間のドアがあけっぱなしなのに気づいて、みんなぎょっとする。ぼくはあわてて言う。「マイケル・アーレンの新作を読みましたか、ミス・ミルサム？」長々と詰問が続いているのをみんな意識する。レイザムはもじもじする。声が高くなり、ぞっとするほどはっきり聞こえる。「ばかを言うな！　何時間美容院にいたというんだ？――じゃ、何をしていた？――ああ、だが、なんでそんなに時間がかかった？――ああ、誰かに会ったんだろう。このごろ、ずいぶんいろんな人に会っているようだな！――たいした人じゃない？――どうせ、前の会社の同僚の男だろう――キャリー・モーティマーだって？　ばかな！――大声を出すなだと？――わたしは好きなだけ大声を出す――おぼえていないのか……？」ここに至ってぼくはどうにかしなければと思い、蓄音機をかける。ハリソンが入ってきて、その場をとりつくろう。「家内が戻った。いつものように遅刻だ！」ぼくたちは気まずい沈黙の中で食卓につく。ぼくはおずおずとチキンを称賛する。「焼き過ぎだ」ハリソンは言って、肉を皿の隅へ押しやり、野菜を荒っぽくつつく。このあとは、うまいものとまずいものの区別もつかないと思われるかと、みんな手が出せなくなる。「わたしにはおいしく思えますけど、ミスター・ハリソン」長年の経験からなにも学んでいないミス・ミルサムは言う。「ああ」ミスター・ハリソンはぶすっと言う。「あんたたち女は、何が口に入ろうと気にもしない。焼き過ぎだろう、レイザム？」怒りに爆発寸前のレイザムは、喉を絞められたみたいな声で、いい具合に焼けていると思う、と言う。「しかし、食べていないじゃないか」ハリソンは陰気に勝ち誇った様子で言う。このころにはもう、みんな完全に食欲を失っている。チキンにはまったくなんの問題もないのに、ぼくたちはまるでハルパガス（古代ペルシャの貴族）の饗宴に招かれて茹でた赤ん坊を出されたみたいに、皿を見つめてすわっているばかり。

　まあ、これ以上報告を続けて、きみをわずらわせはしないよ。大事なのはこの点だ――今回は、ミセス・ハリソンは明るく入ってきて、どこに行っていたのか、何をしていたのか、熱心に話そうとしなかった。次回は、水も漏らさぬアリバイを持ち出してくるだろう。するとハリソンは、女は信頼がおけないと言い出し、おそらくはそのとおりになるんだ。

バンジー――こういうことが起きる経緯はわかる。でも、どういう保険を掛けたらいい？　ぼくたちが――自由だ、率直だと言っているきみとぼくが――こういうことにならないという保証はどこにある？

愛があってもなにも変わりはしない。ハリソンは妻のために喜んで命を投げ出すだろう――だけど、人を侮辱したあとでその人のために死ぬくらいいやらしい行動はないと思う。それは立場を悪用する卑劣な行為だ。それに、ハリソンが妻を愛しているからこそ、彼女の言うことすべてが彼の気にさわるとしたら、結婚していることの意味はどこにある？　ぼくはハリソンが好きだ――彼は彼女より百倍も価値ある人間だと思う――しかし、けんかのたびに彼女はうまく立ち回り、彼のほうが間違っていると見せかける。彼女はまったく利己的だが、自信たっぷりに舞台中央に登場するので、彼女にスポットライトがあたり、その意見が注目を浴びることになるんだ。

この家は悪夢と化してきている。いずれ引っ越さなければならないが、イースターまでは動けない。家賃を四半期分払っているからね。ぼくは二重生活を送る金銭的余裕がないし、レイザムは家賃の半分以上は出せない。困った！『わたしからヘラクレスに』は来月出版になる。メリットの期待にそむく結果にならなければいいが。彼は熱を失っていない。老衰のせいかな。まあとにかく、幸運を祈ろう。ぼくのパブリシティがきみのと同じくらいよければ、文句はないよ。

うらやましがりつつ、

ジャック

29　ポール・ハリソンの覚え書

残念ながら、十一月末から二月末までの決定的に重要な期間に、理解の一助となるべきミス・ミルサムの手紙はない。ミス・ミルサムとミセス・フェアブラザーは、クリスマスの時期に、先の手紙で触れられていたロニー・フェアブラザー少年の件でふたたび仲違いし、その結果、しばらくのあいだ、口もきかず、手紙のやりとりもしなかったらしい。ミスター・マンティングの手紙にも、二月中の父の家庭内の出来事はなにも触れられていない——当然ながら、私生活上のさまざまな関心事に気を取られていたせいであろう。

一月最後の週に、気の毒にもフェアブラザー少年は銃で自殺した。悲惨なことが起きるという自分の予言が当たったせいか、ミス・ミルサムは非常にヒステリックな精神状態となり、おそらくはこれがその後に続いた神経衰弱を促進したものと思われる。彼女が妹に送った手紙は（このころには交際は復活していた）、それゆえ証拠としては役に立たない。こういった事情から、私の継母とレイザムとのあいだの状況が二月中——父はミドルシャーの発電所建設の仕事のため、十四日間家を留守にした——にどのような発展を遂げたかについては、推測するほかない。しかしながら、遂には二軒の家を崩壊させる原因となった驚くべき出来事を考えれば、その点を正確に推測することは難しくない。

30　ジョン・マンティングより
エリザベス・ドレーク宛

ベイズウォーター
ウィッティントン・テラス一五番地A
一九二九年二月十七日

愛しいバンジー

書評は見ただろう！　なんてこった、どうなっちゃったんだ？　もちろん、きっかけを作ったのはロンドン市庁《ギルドホール》のあの道化さ（なんでこのごろ本の売り上げを伸ばしてくれるのは大臣だけなのか、わからないけどな）――でもとにかく、驚き桃の木山椒の木！　間抜けな一般大衆は群れをなして書店に押しかけ、あの本を買っている！　あれに金を払っている！　汗水たらして稼ぎ出した七シリング六ペンスをあれに費やしている！　神様、ぼくはいったいどうしてベストセラー作家なんかになってしまったのでしょうか？　あなたの僕《しもべ》は駄文書きなのでしょうか？　初版は売り切れ。印刷所は夜に日を継いで印刷を続けている――メリットはほとんど理性を失いそうになりながら、「言ったとおりだろう」と鼻高々。頬を赤らめた著者は彼のチャーミングなベイズウォーターのフラット（！！！）を包囲され、外へも出られない。あの新進気鋭の画家ハーウッド・レイザムの手になる、頬を赤らめた著者の見事な肖像画（ある日の午後、モデルが約束どおり現われなかったので、暇つぶしに描いたもの）は、通信社四社と文学界のパーティー・ホステス二人、それに有名人好きなアメリカ人のあいだで奪い合いになっている！　なにもかもナンセンスだ！　『ヘラクレス』を前に拒絶した出版社は、みんな平身低頭で寄ってきて、八冊先でもいいですからと契約を取りつけようとする。《嘆き《ウエイル》》、《憂鬱《ブルー》》、《消沈《デイプレス》》、その他のくだらない週刊誌は次々と電話をよこし、識者たるぼくの重要な意見を求める――「無意識はあなたにとってどういう意味を持っているか？」「一夫一婦制に未来はないのか？」「女は真実を語れるか？」「妻は本を出すべきか、子供を産むべきか？」「今日の伯母のどこがおかしい？」「腺か神か、どちらを取る？」

バンジー、まるで信じられないほどばかげているけど、あの本はブームになっている——だから——結婚しないか、バンジー？　まぐれで一冊ブームになって（でもそいつはブーメランとなって返ってきて、ぼくは残る一生、まともな本を書けなくなるかもしれない）、いくつか契約が取れた（でもぼくは遂行能力がなくて、頭がおかしくなるかもしれない）のを頼りに、一か八かやってみようと決心してくれるかい？　それならそうと言ってくれ、ぼくの勇気あるひと。そうしたらきみのエドワード伯父貴に教会で結婚予告を公表してもらい、ぼくたちは手に手を取って、桜草咲く道を永劫の火に向かって（シェイクスピア『マクベス』の一節）意気揚々と駆けていくんだ。

しっかりしろ、ジャック・マンティング！

バンジー、ぼくは今まで、きみの本が売れるのにぼくのは売れないから、どれほどねたましく感じていたか、きみに教えたことはなかった。今そう言ったからといって、悪く受け取らないでくれ。告白するのはいいことだと、ペリー司祭は言う。おそらくはそうだろう。今、ぼくは告白する——いい子だから、すぐに忘れてくれ。もしかすると、あの本が売れたってことは、いい本じゃないってことかもしれないさ。今までいつも、ぼくの本がこれほど売れないのは、ぼくがきみより上等な作家だからだと思って、自分を慰めていたんだ。そのくせ今ではいやらしいほど得意満面さ。

しっかりしろ、ジャック・マンティング！　ヒステリックになっているぞ。腺機能がおかしくなってホルモンはめちゃくちゃ、無意識はたががはずれて支離滅裂！

それはともかく、明日は気が滅入ることがたっぷりある。例の人迷惑なリーダーのやつが、自分は今話題騒然の本を書いた男と知り合いだってことにふいに気がつき、「お祝いに一杯やろうぜ！」というんで、やって来ることになっている。

キーズ学寮の若い学生は
どうにかこうにか試験に合格、
セント・バーソロミュー病院で人体解剖を始め、
心臓やらなにやらをあけてみる、
病気の治療法を見つけるために。

しかたないな。友人たちが連絡してくるというのは、成功につきもののマイナス点の一つだ。先週はシェリダン夫婦からディナーの招待状をもらった。「ずいぶん長いこと会っていないな」だとさ。もっと長くしてやるね。

結婚の見通しについて、知らせてくれ。ぼくはもちろん重要な用事を山ほど抱えているが、このささやかな一件くらい、どこかに押し込むことはできるだろう！

思い上がってふんぞり返っている、

ジャック

追伸　地味な式にする必要はない。ぼくはシルク・ハットの一つくらい——いや、三つでも四つでも——楽に買える。

31

ジョン・マンティングより
エリザベス・ドレーク宛

ウィッティントン・テラス一五番地A
一九二九年二月二十日

愛しいバンジー

神に栄光あれ、ハレルヤ！　それじゃ、イースターに結婚だ。エドワード伯父さんのまじめさがいまいましい！　たとえ受難節《レント》（復活祭前の四十日間。信者は禁欲生活を送る）に結婚したって、ぼくがいい夫になることに変わりはないのに——でも、きみの言うとおり、伯父さんの気持ちに逆らってはいけない。遠い可能性がこうして（比較的）近づいてきたせいで、ぼくは自信を失って膝ががくがくしている。重いかばんだと思って、筋肉を引き締めて持ち上げてみたら、実は中がからっぽだったみたいなものだ。何年も先のことだと思っていると——あら不思議——もうすぐそこに来ている。

　そうか！

そう、ぼくたちはイースターに結婚する。

そうだ、くだらない招待を断わるのにいい言い訳になる。時間がない。実に申し訳ない。イースターに結婚するもんでね。することがたくさんある。指輪。花婿付添人。花嫁付添人にあげるプレゼント、などなど。失礼、仕立て屋のところへ行かなくては。いやあ、なんとも申し訳ない。

　しかし、リーダーはそう簡単に始末できなかった。いやになるほど元気よくやって来て、さんざん長居したあげく、レイザムとぼくは医大に来て実験室を見学し、〝同僚〟に会うべきだと主張した（実際に会ったら、その同僚たちとやらはみんな、見るなりぼくを嫌ったけどね）。こういうことはさっさとすませたほうがいいと思って、今日の午後、行ってきたんだ。レイザムは今、移り気なムードで、仕事はせず、ちょっとの言い訳を見つけては時間を無駄にしようとする。ぼくは抜けようとしたんだが、「だめだ、絶対に来てくれよ」と言われてはしかたがない。どうやらリーダーは、ぼくらのような知的男性が自分と知り合いだというのを友人連中に印象づけようと考えたらしい。ベストセラー作家になると、こういうばかげたおまけがついてくるとは、予想外だった。

　もちろんリーダーは得意の境地で、生半可な知識をひけらかし、びん詰めの人体部分を見せてまわった。そのうちリーダーが検死審理の主要証人となったところを想像できるよ。まるででたらめなくせにうぬぼれて、死体を一目見れば殺人時刻は五分以内の誤差で言い当てられる、とか言って、自分の判断は絶対に間違いないと明るく自信たっぷり、とくとくと弁じたてるんだ。彼は人体解剖室でもなかなかのところを見せてくれたが、最高点をやれるのは毒物の知識だ（ところで、毒物はあけっぴろげに棚に並んでいて、通りすがりの訪問者でも勝手に取れるようになっている）。彼は合成薬品にすごく詳しい。そういう薬品はみんな、何が原料だか知らないが、実験室内で作られ、ぞっとするほど自然を模倣する——ぞっとするほどうまく、という意味だ——だから化学分析をやっても、自然のものと区別がつかない。実にたいしたものだが（リーダーにうんざりさせられるのは別として）、ぼくには気になる。香水をコールタールから合成するのはがっかりだとしても、合成染料、合成カンフル、合成毒物くらいは我慢できる。でも、アドレナリンとかチロキシンといった合成ホルモン剤のあたりから心配が始まる。お次は合成ビタミン剤だろう。それから合成の牛肉とキャベツの煮物——そのあとは合成の赤ん坊だ。だが、これまでのところ、合成の生命を作ることは不可能らしい——せいぜい、カエルの卵を針で刺激して孵化させるくらいがいいところだ。だけど、何年も先にはどうなる？　もし生化学者が言うように、生命は非常に複雑な化学変化にすぎないのだとしたら、生と死の違いは、まず化学式で表わされ、次にはびん詰めになりうるものなのだろうか？

こういうめでたい日に、明るい手紙を書いているつもりなんだが、生命と生命創造をめぐる果てしない疑問に、ぼくは取り憑かれているみたいだ——つきつめれば、これは結婚問題からもそうかけ離れたことではない。ぼくたちは生命創造の疑問を次の世代に伝え、再継続することができるが、その生命とはいったい何なんだ？　今、宇宙は有限のものであり、その中には限られた量の物質しかないのだと言われている。しかし、生命も同じ法則に従うのだろうか、それとも、それは無生物の中から限りなく発生しうるものなのだろうか？　世界がまだガスと灰の渦巻く埃っぽい混沌だったとき、生命はどこにあった？　何が生命をスタートさせたんだ？　何がそれにひねった推進力を与え、それがこうも絶え間なく、こうも常軌を逸して進んでいくようにしたんだ？　先を見るのは簡単だ——崩壊する原子から、エネルギーの最後の原子が振り出され、とうとう力尽きる——時計は止まり、時の矢には矢尻も矢柄もなくなる——だけど、始まりはどうなんだ！

確実なことが一つある。こんなふうに考え始めたら、ぼくはもう二度とベストセラーは書けない。空理空論に足をとられませんように！　ぼくたちの当面の問題だって、この微小莫大な宇宙の中で電子が惹かれあうのと同じくらい大事だし、ぼくたちに関していえば……

（この手紙の残りの部分は非常に親密な内容であるため、提供されていない）

32

ジョン・マンティングより
エリザベス・ドレーク宛

ブルームズベリー
スミスス・ホテルにて
一九二九年二月二十五日

バンジー

取り急ぎ一筆。非常に不運な出来事があり、ウィッティントン・テラスを出なければならなくなった。詳しくはあとで話す。ここに数日滞在し、そのあいだにあそこから自分の持ち物を運び出して、一時的にどこかに預けるつもりだ。

まったく厄介だ。だが、これで結婚後に住む家を予定より少し早く探すことになったというだけさ。すぐカークーブリへ行って、きみとこの件を話し合うべきだろう。出版社とエージェントから逃れられればね。

愛をこめて、
ジャック

33
アガサ・ミルサムより
エリザベス・ドレーク宛

ベイズウォーター
ウィッティントン・テラス一五番地
一九二九年二月二十五日

謹啓
　こういうことを申し上げると、おそらくはたいへんお怒りになるでしょうが、ミスター・ジョン・マンティングにはお気をつけになるよう、あなたに警告を差し上げるのがわたくしの義務と感じます。若い女性は目の届かないところで男性が何をしているか、必ずしも知らないものですし、こういう男性の本性を不幸にして見てしまった者から話を聞くのは大切なことと存じます。

　ミスター・マンティングは立派な人物とお考えかもしれませんが、彼は淫らな行為を咎められてこの家を追い出されましたし、彼の所業について、あなたは目を開かれるべきです。わたくしは実際に知っていることをお話しいたしますので、信じてくださって間違いありません。彼は必ずやこんなことはすべて嘘だと言い、あなたの目をくらまそうとするでしょうが、こちらには証拠がありますし、さらに裏づけをお望みなら、この住所でミスター・ハリソンあてにご連絡くだされば、わたくしの言葉に一言も偽りはないことを彼が保証してくれるでしょう。

　あなたのためを思って、この警告の手紙をお送りするのです。ああいう男性と結婚してはいけません。彼はまともな女性が結婚すべき相手ではありません。あなたはお若く、いかがわしい習慣を持つ男性と結婚するとどうなるか、ご存じないのです。わたくしが直接知っていてお話しできる出来事は一つですが、こういったことはほかにもあります。さもなければ、どうして彼はしばしば夜遅く帰宅するのでしょう？

　わたくしから手紙を受け取ったことは、彼にはお教えになりませんよう。こんなことをしなければならないのは愉快とは言い難く、当然ながら、詳細を書いたり話したりしたいとは思いません。ですが、彼がこの家から退去を命じられた理由を尋ねてごらんなさい。彼の言い訳を信じてはいけません。ここにいる人々はみな真相を知っていますし、必要とあらば話す用意があります。

わたくしの言うことを聞いて、あのおぞましい男から手を引くのが、あなたご自身のためです。こうして義務を果たしても、お礼を言われはしないでしょうが、この世で感謝を期待するのは詮ないこと。わたくしはすでにこの男のために生活の資を奪われ、精神的にも金銭的にもしいたげられているのです。しかし悪意は抱かず、ただあなたの幸いを心よりお祈りいたしております。

アガサ・ミルサム

34

エリザベス・ドレークより
ジョン・マンティング宛

(前記の手紙の裏に書き込まれたもの)

ジャック

これっていったい何なの? この女、頭がおかしいの?

変わらぬ信頼と愛をこめて、E

35

ジョン・マンティングより
エリザベス・ドレーク宛の電報、
一九二九年二月二十六日付

ややおかしく、完全に誤解している。心配無用。今夜北へ向けて出発する。

ジャック

36

ジョージ・ハリソンより
ポール・ハリソン宛

一九二九年二月二十七日

親愛なるポール

今日は非常に不愉快な出来事を報告しなければならない。これでわが家の生活は乱され、結果としてあのマンティングを家から追い出さざるをえなかった。事が起きたのは、不運にもわたしがミドルシャー発電所建設の仕事で留守にしていたときで、偶然ミス・ミルサムが邪魔に入ることがなければ、マーガレットは迷惑どころか危険な目にあっていたかもしれず、考えるとぞっとする。

ミス・ミルサムは出張先に緊急の手紙をよこし、わけのわからぬ書き方だが、マンティングから猥褻なことをされたという。理解してもらえるだろうが、これは容易に信じ難い話だった。なにしろ、あの男は（公平に評すれば）これまで異常なところなど見せたことはなかったからな。同じ便で、マーガレットからも手紙が来た。ひどく動揺した様子で、ミス・ミルサムは妄想に悩まされているのだから、彼女の言うことはどうかまともに受け取らないでくれ、というのだ。真相がどうであれ、わたしがあいだに入る必要があるのは明らかだったから、わたしは即座に帰宅した（仕事の上では実に不都合な時期だったが、さいわい契約の大部分はすでにまとまり、あとはフリーマンに任せて大丈夫だった）。

帰るとすぐ、わたしはミス・ミルサムを問いただした。彼女の話はこうだ。二十二日の夜十二時三十分ごろ、彼女はふいにサーディンが食べたくてたまらなくなり（この女は確実に心の平衡を失っている）、食料戸棚を漁ろうと、階下に降りた。そのあと、暗い中を階段を昇り――家の様子はわかっているから、わざわざ電灯はつけなかった――自分の寝室に入ろうとした。おぼえているだろうが、彼女の部屋はわたしたちの部屋の隣だ。すると、すぐそばで人の息遣いが聞こえ、ぎょっとした彼女は声を上げ、踊り場のスイッチに手を伸ばしたところ、男の手にぶつかった。泥棒かと悲鳴を上げようとすると、男は彼女の腕をつかみ、小声で「落ち着いてください、ミス・ミルサム」とささやいた。彼女は男の腕をとらえようとし、そのとき、これはマンティングがよく書き物をするときに着ているキルティングのガウンの袖だと気がついた。そこですぐ、二階の踊り場なんかで何をしているのかと訊くと、彼は玄関のコート掛けに掛けてあったオーバーからなにかを取ってきたあと、暗いので帰り道を間違えてしまった、とかなんとか言った。彼女が電灯をつけようとすると、彼はその手をスイッチから引き離し、「騒がないで。ミセス・ハリソンをおびえさせてしまいます。なんでもないんですから」と言った。信じられるものかと彼女は逆らった。ここで、彼女の話によれば、彼は彼女に言い寄ってきたので、彼女は怒ってしりぞけた。彼は「じゃ、しょうがないな！」と言って、三階へ上がっていった。そこで彼女がようやく電灯をつけると、ガウンの裾が階上へ消えていくところをなんとか目撃することができた。すっかり肝をつぶしたミス・ミルサムはマーガレットの寝室へ駆け込み、ヒステリーの発作を起こした。マーガレットは懸命に彼女を慰め、二人はその夜をともに過ごした。翌日の夜は、ミス・ミルサムは勇気を奮って自室にこもり、ドアにボルトをおろした。マーガレットも同様にし、それ以上の騒ぎは起きなかった。

それからわたしはマーガレットに質問した。彼女はもちろんひどく動転していたが、ミス・ミルサムはまったく誤解していて、針小棒大に話しているのだ、と言った。彼女は無邪気だから気がつかないが――わたしにはむろんはっきりわかった――この破廉恥な攻撃は、ミス・ミルサムではなく、マーガレットに向けられていたものなのだ。わたしはそれを彼女には言わず（おびえさせたくはなかったからな）、ただ、次の措置をとる前に、マンティングの説明も聞くと約束した。

次にマンティングに会って話を聞いた。彼の反応は最悪だった――落ち着き払った鉄面皮に、わたしの怒りは最高度に煽り立てられた――事件をまったく些細なこととして、わたしをばかにしたように笑い飛ばしたのだ。「あの女は頭がおかしい」彼は言った。「ご安心ください、ぼくの趣味はあっちの方向ではない」「そんなふうに思ったことはない」わたしは言い、こちらの疑念を明確にしてやった。彼はまた笑って、誤解だと言った。わたしは、誤解などしていない、きみが夜の夜中に家内の部屋の外にいた理由がほかにありうるか、と言ってやった。「事情の説明はもう聞かれたでしょう」彼はしゃあしゃあと言った。「ああ、実に納得のいく説明だった」わたしは皮肉に言い返した。「少なくとも、きみがあそこにいたことは否定しないんだな？」彼は「否定したところで、信じてもらえますか？」と言った。わたしは、その態度を見れば、あの話が真実だったとわかる、これ以上何を聞かされても意見は変わらない、と言った。「じゃ、ぼくの否定はこれっぽっちも役に立たないんですね」彼は平然と言った。「これっぽっちもな」わたしは言った。「この家をすぐさま出ていってくれるか、それとも、追い出されるまで居すわるかね？」「二つに一つなら、すすんで出ていくほうが、近所の噂になららないでしょう」彼は言った。そこでわたしは三十分の猶予を与えてやり、彼はそれで充分だと言ったが、あつかましくも、タクシーを呼びたいからうちの電話を使わせてくれときた。どんな口実があろうと、わたしの家の敷居はまたがせない、と言うと、「ほう、それならあなたがタクシーを呼んでください」と彼は言った。わたしは彼にここでぶらぶらする言い訳を与えたくなかったから、タクシーを呼んでやり、彼は自室へ行った。階下に降りていく途中、彼は前よりだいぶ静かな調子で、「ハリソン、こんなことをするのは間違いだと思わないか？」と言った。わたしは、さっさとこの家を出ていけ、さもないと警察を呼ぶ、と言い、彼はそのあとは一言もなく立ち去った。

この一件でわたしたちはみないやな思いを味わった。これ以上の被害が出なかったことを感謝するのみだ。マーガレットは今までにマンティングから失礼なことをされた経験はないと言い、それは信じられる。だが振り返ってみると、あの男の会話の調子が気に食わなかったことは何度か記憶にある。しかし、彼は世慣れた男だから、わたしの前では尻尾を出さなかったのだ。わたしたちはみなレイザム青年を好ましく思っているので、彼とのつきあいがこういう不愉快な事件につながったことだけは遺憾だ。

想像がつくだろうが、レイザムは非常に心を痛めている。これからは友人を選ぶのにもう少し気をつけたほうがいいと、わたしは忠告してやった。彼は心底ショックを受けていて、この件を話したがらないが、助言は感謝して聞いたと思う。残念ながら、これでわたしたちはレイザムも失うことになった。階上のメゾネットに一人で住めるほどの経済的余裕が彼にはないのだ。この四半期末までいたらいいだろうとわたしはすすめたが、彼は来月友人を訪ねる予定があり、どっちみち今週末には出ていくことになっている、と言った。

ミス・ミルサムをやめさせなければならないことは、この事件ではっきりした。彼女は激しいヒステリー状態にあり、自分自身に関して妄想を抱く傾向があるのは明らかで、マーガレットの付き添いをさせておくわけにはいかない。契約解除の予告期間を与えないかわり、一カ月分の給料を払ってやり、実家に帰した。このいまいましい事件は、一つだけいい結果を生んだ。これであの女をやめさせる正当な理由ができたからな。

こういう心配事が続いて、ほかのニュースはかすんでしまった。次の手紙で伝えるとしよう。そちらは万事申し分ないことを祈る。

愛をこめて、

父

37 ジョン・マンティングの供述書

レイザムとわたしが所帯をともにすることは、最初から間違っていた。事の起こりはまったくの偶然だった——人が因縁とか、思いがけない出会いがもたらす重要な結果とかについて、安っぽい常套句を並べ立てたくなるような、ばかばかしくも不必要な偶然の一つだった。かつては、偶然について思索にふけるのはもちろん、芸術作品の基盤を偶然に置くのは非常に非哲学的なこととされていた——しかし、それはわれわれが因果関係を信じていた時代のことだ。今では、量子論と熱力学の第二法則のおかげで、われわれは理解を深めた。無作為の要素こそが宇宙を回転させているのであり、ヴィクトリア朝の世代では、煽情小説作家のほうが、甘美と光明（十九世紀末の批評家マシュー・アーノルドの言葉で、美と知性の調和した理想的教養のこと）を信奉する人々より賢いと、今のわれわれにはわかっている。

　とはいうものの、因果関係らしきものがそこここに認められることは事実で、責任の一端は私立学校《パブリック・スクール》制度のばかげた同窓意識にあると、わたしは主張したい。もしレイザムがウィンチェスター校のネクタイを締めていなければ、グリーク・ストリートの小さなレストラン〈オー・ボン・ブルジョワ〉で、わたしが彼に話しかけることはなかったであろう。いや、声をかけたとしても、せいぜいフレンチ・マスタードを取ってほしいと言う程度だったろう。しかし、生来の人嫌いな傾向がブルゴーニュ・ワインで緩和されていたせいで、わたしは愚かにも、「やあ！　同窓生だな。学校でいっしょだったかな？」と言ってしまい、即座にレイザムの屈託のない態度に呑み込まれ、押し流されてしまったのである。

　レイザムの外向的性格は救い難い。甲状腺と肝臓があり余るほどの活力で機能しているのだ。彼は世界に向かって元気よく光線を発し、出会うものや人のすべてにその光があたり、屈折して虹の色をなして返ってくる。これが彼の致命的な魅力だ。ふつうなら、わたしはこういうプリズム式反射が得意ではないが、あの晩は不運な例外であった。その後、反射機能を同程度に続けていくことができず、それが問題となった。

　レイザムが名前を言うと、わたしにはすぐに思い当たった。彼はわたしより六年下で、わたしが第六級でオックスフォード大学受験の準備をしていたとき、第三上級の悪名高い生徒だった。最上級生の隠遁生活にすら、その評判は聞こえてきたのだ。

　あのレイザムか——バリッジの有名な雑用係《ファッグ》（上級生の雑用をする当番下級生）、パン焼き用フォークをくすねた子。彼はほかの生徒の所持品とバリッジのものとを区別する能力を欠いているかに見え、それでいつもほかの監督生たちに叱られていた。必要なものがあれば取っていくし、すべきことがあれば、他人の都合はもちろん、自分の都合すらかえりみずにそれをする。彼はバリッジを慕っていたから、当然バリッジは彼の味方をした。実際、バリッジにこれほど徹底的に役に立つ雑用係がついているというので、みんなうらやましがっていたと思う。バリッジは豪放磊落《らいらく》な性格で、レイザムを感謝して使い、レイザムはバリッジの温かい支持を喜んだ。バリッジを責めるつもりはないが、彼がレイザムをあまやかしたのは確かだと思う。彼はレイザムがまずいことをしても、かばってやった。ひょっとすると、彼はあのころすでに因果関係は存在しないという急進的な考えを持っていて、それをレイザムに教え込んだのかもしれない。しかし、バリッジはどちらかといえばばかな男だったから、彼の反応はおそらくはもっと人間的かつ直感的なものであったろう。

レイザムが大惨事に至らずにすんだのは、バリッジのおかげでもあり、ハリデーのおかげでもある。ハリデーは立派な男で、サッカーの一軍の主将だった。物事を気楽に受けとめ、あの子はちょっとおかしいんだ、と彼が言うと、みんなそれで納得した。ピクニックをした日のことだ。食事の時間にレイザムはオーバーを着ないで現われ、オーバーは邪魔になったから捨ててしまった、と言った。ところが土砂降りの雨になり、レイザムは肺炎であやうく死にそうになった。みんなびっくりしてこわくなり、次の学期にレイザムが戻ってきたときには、なんでも大目に見てやった。レイザムと再会したとき、われわれ上級生はあの子はおかしいと言っていた、と話すと、彼は笑って、まったくそのとおりだと言った。

当時、レイザムは教師たちの似顔絵を描くのがうまくて評判になっていたことも、わたしは思い出した。この才能に魅せられて、みんなさらに寛容になったのだ。彼が画家になったと聞いても、わたしは驚かなかった。彼はアトリエを探していて、ベイズウォーターに適当な物件を見つけたのだが、借りるだけの金がない、と言った。

どうしてよりによってベイズウォーターなんだ、とわたしは訊いた。どうしてチェルシーかブルームズベリーにしない？　だがレイザムは、だめだと言った。家賃が高すぎるし、そのうえチェルシーやブルームズベリーはどうしようもなくきざで偽善的だ。あのあたりの人間は間接的な生活に甘んじ、信念を持っていない。生《なま》のままの生活を見るにはハリンゲイかトゥーティングへ行かなければだめだが、あっちは中央から遠すぎる。ベイズウォーターは近くて便利なうえ、適度に遠くて健全な郊外となっている。

レイザムは言った。「男と女が信念のために死に、迫害する場所は、もう郊外しか残っていない。芸術家はなにも信じない——芸術さえもね。かれらは小さい派閥の中で生き、流行の形を描き、流行の色を塗る。かれらは愛することができない——できるのは不倫とおしゃべりだけ。ぼくも少しはやってきた。それに、貴族はその唯一の存在理由である、自分の階級に対する自信を、すでに失ってしまった。かれらは愚かしくも庶民を信じるふりを装っているが、民主主義に興味があるような顔をした貴族のどこに価値がある? 庶民も庶民だ……」彼は激しく手を振り動かした。

「安っぽい科学の教科書——安っぽい無神論——安っぽい社会学——安っぽい服——教育家たちは庶民の信念をひとつ残らず奪ってしまった。結婚すれば、女はなにかしら口実を見つけては裁判所に駆け込んで吠え立て、別居命令を取りつけて、ただで金をせしめ、安いダンスホールへ行く。一方、男はきゃんきゃん騒いで失業保険金を求め、全責任を国家に押しつける。だけど、郊外の人々は違う——かれらには信念がある。かれらは〝世間体〟を信じている。体面をつくろうためなら、かれらは嘘をつくのも、死ぬのも、人を殺すのもいとわない。クリッペン（妻を毒殺した米国人医師）を見ろ。バイウォーターズ（愛人にそそのかされてその夫を殺した英国人）を見ろ。死んだ妻を浴槽に隠し、人に怪しまれるといけないからと、蓋の上で食事していた男を見ろ。そうさ! この人たちは生きている、血も骨もある、生きた人間だ。これが現実さ——郊外のね——生命だ——噛むと味と歯ごたえのある生命があるんだ!」

これを聞いて、わたしは圧倒された。

その結果、わたしはメゾネットをレイザムと共同で借りることに同意してしまった。一時間前なら、メゾネットと聞いただけでもうんざりしていただろうが、レイザムの熱に打たれ、食事と学校精神に満腹し、感覚が鈍くなっていたわたしは、ウィンチェスターの同窓生とメゾネットで共同生活することに、本当に赤い血の流れる、生の生命が存在するのだと思い始めた。それに、おそらくレイザムの言うことは正しかったのだ。ただ困ったことに、赤い血の流れる生の生命などというものは、間接的に見るに限る。一枚のランプ・ステーキを巧みに描いた静物画には、本物の持つ、血の染み出るじとじとした感触はない。

それでも、わたしはもっとレイザムに調子を合わせてやればよかったと思う。もちろん、彼が今も人の都合をかえりみない男だとわかって、腹が立った。彼がいちばんいい部屋をアトリエにしたことに不服はない——それは最初から約束のうちだった。だが、こちらが仕事をしているのに、一日中おかまいなしにふらふら部屋に入ってくるのにはいやになった。レイザムは発作的に仕事をするたちで、つねにほめられ、興奮していないとだめなのだ。何時間か猛然と仕事をし、そのあいだは、わたしが彼に持っていかれた服やライターを取り返そうとして部屋に入っていくと、牙をむいて怒る。そのくせ、いったん発作がおさまると、わたしが伝記執筆の途中で厄介な部分にさしかかり、苦心惨憺しているところにふらりと入ってきては、話をする。彼の話はおもしろいが、興味の範囲はかたよっている。彼は根っからのクリエーターだ——偏屈で、熱心で、がむしゃらで、内省や妥協を嫌悪する。疑問は持たない。一方、わたしはすべてに疑問を持つ。わたしは完全なクリエーターではなく、だから疑問をさっさと片づけてしまうことができない。彼は直感的な洞察力か、同じくらい直感的な軽蔑で、一瞬にして片づけてしまうのだ。レイザムは光と影——レンブラントだ。わたしは精彩を欠き、情熱を欠き、煮えきらず、不安げに疑問を投げ、枝葉末節にこだわる。わたしにレイザムの火が燃え移ることはなく、わたしは彼の火を消した。疑い、修正するのはわたしの病気だ——悲劇に泣き、コーラスに混じって叫ぶことができない。レイザムをもっと助けてやらなかったのは、わたしが悪い。なぜなら、わたしには不安な感受性があるからこそ、彼がわたしを理解したよりはるかによく、わたしは彼を理解していたからだ。わたしが感情的になって激しく反対意見をぶつけたほうが、彼の気質には合っていただろう。だが、わたしには彼の論点を把握し、慎重に反論を出すという致命的な癖があり、それで二人とも満足できずに終わるのだった。

今となればそれがわかるし、実のところ、当時もわかっていた。わかっていながら行動をとらないのが、わたしのような人間の困った特徴だ。

ハリソン夫妻が関わってきたのは、もちろんここだった。わたしは夫のハリソンが好きだった。そうでなければ、今この供述書を書いてはいないだろう。この供述は、残念ながら、私立学校の伝統にまったくそむくものだ。ハリソンは非常に誠実な男で、想像力はなく、妙に神経過敏なところがあった。こういうタイプの男が神経過敏なのは不幸だ——誰もそんなことは信じず、理解してくれない。理論上は、彼はとても心が広く、寛大で、感心するほどひたむきに妻を愛していたが、実践上は、狭量で、嫉妬深く、小言ばかり言っていた。彼が妻のことを話すのを聞けば、思いやりに満ちた理想的な夫だと思える。ところが、彼が妻に話をするのを聞けば、疑り深い、無情な夫だと思える。彼女のあふれんばかりの活力、彼女の不合理、彼女のメロドラマ(これがいちばん大事な点だろう)は、ことごとく彼の神経にさわり、抑えようのない癇癪を引き起こした。彼は妻が彼のため、彼だけのために輝いてくれることを望んでいただろうが、生来の内気さともいうべきものがわざわいして、彼女の感情表現を抑圧し、自信を踏みにじらずにはいられないのだった。「いいかげんにしなさい」、「しっかりしなさい」、抱きしめてくるのを押しとどめ、熱心な話に水を差す。声をかけられても唸るだけ。「わたしは忙しいんだ、わからないのか」、音楽でも、天文学でも、なんでもいい、新たに興味を示せば、「どうして急にそんなことを考え始めたんだ」とくる。そんな夫の態度にはばまれて、彼女の輝きは消え、熱は冷めていった。それでいて、彼は他人に向かっては、妻がいかにすばらしく、多方面にわたって知性があるか、心から誇りをもって話すのだった。

ハリソンは本能的に妻を支配しようとしたが、彼の性格と育ちでは、あの女性を支配するのは無理だった。可能な方法は二つあった——自分がスポットライトを浴びるか、肉体の魅力と活力をいかすか。だが、彼にはそのどちらの能力もなかった。まともな男性にはめずらしくないが、彼は感情表現に乏しく、性的な想像力を欠いていた。

彼には自己表現のすべはあった。水彩画と料理である。前者においては、彼は迫力がなく、型にはまり、感傷的、ただ後者においてのみ、大胆かつ奔放だったのは、彼の不運であった。彼の持てる想像力はすべて、ソースの作り方や味つけにいってしまったのだと、わたしは思っている。料理はもっとも緻密で高い知性を要求する芸術のひとつではないか、その点は研究の価値があるだろう。そうでなければ、なぜ凝った料理に興味をひかれるのは女性ではなく、年配の男性ばかりなのだろうか？　音楽や詩や絵画と違って、食べ物は情熱と情緒に満ちた若者からはなんの反応も引き起こさない。たぎる血が静まったときになって初めて、美食は哲学や神学などの手ごわい知的喜びと同様、その真価を認められるのである。もしハリソンがなにかで派手に世間を騒がせていれば、彼女はそれを理解し、悪名高い男の妻として得意になっていただろう。だが、彼女には微妙な薄明かりを見る目はなかった。

はじめ、レイザムがハリソンに対してこれだけの忍耐心を示すことに、わたしは驚いた。レイザムは食べ物に関しては野蛮人だが、まずい絵はまったく容赦しない。〝芸術〟とか〝雰囲気〟とかについてのたわごとは、すぐに切って捨てられる。しかし、ハリソンがどれだけ絵画論をぶって彼を退屈させても、ゆるしておくのだ。実際、ハリソンはあれだけ年上なのに、謙虚にレイザムに敬意を払っていた。ふつうなら、こういう態度はレイザムを怒らせるだけだったろう。この点は評価してやらなければいけないが、レイザムは客間でちゃらちゃらともてはやされて満足しているような男ではない。わたしがレイザムにぎこちない反応しか示せなかったのに、ハリソンはレイザムと馬が合ったというのではない。しばらくするとそのことには気がついたが、わたしは利己的な理由から、目をそむけていたのだ。ミセス・ハリソンはレイザムの輝きを受けとめるきらめくプリズムだったから、レイザムはかつて監督生たちのパン焼き用フォークを失敬したのと同じ気楽さで、ハリソンをそのために利用した。道具が手元にころがっているのを見た彼は、恥ずかしげもなく、良心の咎めも感じずに、それを取ったのである。

ここまで、わたしは誰の感情も考慮せず、ただ見たままを書き連ねてきた。人がある気性の持ち主だからといって責めてもしかたがない。当時、わたしが介入しなかったのは、正直にいって、仕事が忙しく、自分自身のさまざまな関心事に気をとられていて、レイザムの生活になど関わりたくなかったからだ。それに、わたしはこういったことをシニカルに突き放して見るという態度に誇りを持っていた。結果的には、この自分中心の態度をしまいまで変えずにいたほうがよっぽどよかったのだ。そうしなかったのは、やはり感傷と私立学校精神のせいであり、わたしは今、それを心から恥じている。

ミセス・ハリソンについても、なにか言っておくべきだろうが、容易ではない。わたしは彼女を理解すると同時に嫌悪したからだ。彼女はわたしにとってはなんの役にも立たなかったから、そのぶん突き放して彼女の奥まで見通すことができた。わたしには彼女のプリズムから色彩を引き出せるような、華麗な、焦点の定まった自信はない。このイメージに戻ってきたのは、ほかのどんな描写よりもこれが彼女をいちばん正確に表わしているからだ。わたしの乱反射を受けても、彼女は生気のないガラスでしかない。だが、レイザムの集中した光を受けると、彼女は輝いた。彼は彼女にそのドラマチックな魂が求めてやまない光彩を与えてくれた。生半可な教養しかない彼女の目は、ヒチェンズやド・ヴィア・スタックプール（どちらも二十世紀初頭に人気のあった小説家）の恋愛小説のページが放つ情熱にくらまされ、自分もあの輝きを身にまとっているのだと思い込んだ。彼女に悪意はなかったろう——そもそも自分なりの道徳規準というものを持っていなかったと思う。目の前に差し出された意見態度を、それがわくわくする華やかなものでさえあれば、すぐに自分のものにしてしまうのだ。結婚前の会社勤めは楽しいものだったに違いない。肉体的にも感情的にも活気にあふれた人間はみんなに好かれるから、その温かさの中で、彼女は輝いていたはずだ。ところが、家庭で彼女に与えられるのは、ゆがんだ心を危険な考えでいっぱいにしたミス・ミルサムの献身だけ。ミセス・ハリソンは自分を不当な扱いを受け軽んじられている女という人物に仕立て上げた。ミス・ミルサムから――もちろん、レイザムが現われたときには彼からも――派手な反応を引き出すには、それがいちばん簡単だったからだ。

わたしも含めてあらゆる男に嫉妬していたハリソンが、レイザムには決してそういう感情を抱かなかったのは驚きだ。これはおそらく、彼がレイザムをおもに自分の友人とみなしていたせいだろう。今になって考えてみると、彼が嫉妬していたのは妻の周辺の男ではなく、妻の個人生活そのものだったのだ――彼女の会社、彼女の興味、彼女が自分でつくった友達――彼を通して得たのでないものはすべて。わたしの立場は違っていた。わたしの仕事と意見を知って、彼はわたしを信用しようとしなかった。わたしは不快な本を書いており、明確な道徳判断を示さない。こういう男からは不適当な行為しか期待できない。彼はわたしの前では用心深く、ぎこちなかった。わたしと食べ物の話はできたし、実際に話をしたが、それは鑑賞力のある人間がほかにいなかったから、絶望に駆られてのことだったと思う。気の毒に、彼はおそろしく孤独で、わたしはなんの力にもなれなかった。しかも彼はわたしにそそのかされて、妻の肖像画を美術院展に出すことを承諾してしまったのだ――それも、わたしが妻の人格を見くびっていると思い込んだせいだった。出品に反対していた彼の気が変わったのは、妻を守ろうと、急に騎士道精神に燃えたためだ。わたしはそのとき、得意な気分だったことをおぼえている。軽い気持ちで外交手腕を発揮したつもりだったが、それもたいていの外交手腕と同じように、惨憺たる結果に終わってしまった。われわれは利口ぶって見せようとして、なんとひどいことをしてしまうのだろう。おそらくハリソンは自分の妻を知り抜いていたが、彼の偶像が実は粘土でできていると人に感づかれることには耐えられなかったのだ。彼は妻を失望させるよりは自分を破壊するほうを選んだ。ハリソンのしかつめらしい態度と金縁の眼鏡の奥には、なにか英雄的なものが潜んでいたと、わたしは思う。

わたしが絶対に関わるべきでなかったことが一つある。それはミス・ミルサムを巻き込んだ、あの最後の惨事である。あのときに限って、わたしは友人のために身を捧げる気高い人物の役を演じようという愚かな気まぐれにとらえられてしまったのだ。他人とかかりあわないという理にかなった政策がわたしを助けてくれたはずのまさにそのとき、わたしが舞台中央にしゃしゃり出て、高潔な精神をこれでもかと見せつけることになったのは皮肉だった。

あの晩、わたしはレイザムに起こされた。入ってきてわたしのベッドにすわった彼を見ると、またガウンを無断借用していたので腹が立った。彼はいつもひとの物を取っていくのだ。

「困ったことになった」彼は言った。

「ほう?」わたしは言った。

彼は何があったかを話した。わたしはその後ミス・ミルサムの言い分を読んだが、これには不正確な部分が一つだけある。彼女はレイザムをしりぞけるどころか、色目を使ったのだ。彼は階段の下で、かなりの困難のすえ、ようやく彼女の手をふりほどいた。彼が嫌悪の情をあらわにしていたのは無理もないが、こういう状況では、わたしは笑いたくなった。

「むかつくばばあだ」彼は言った。

「確かにな」わたしは言った。「若く美しい者のほかは情熱を持つべきではない。それで、どうするつもりなんだ? いずれラケルを手に入れるのを期待して、七年間レアに仕える?(聖書「創世記」で、ヤコブは姉娘レアをめとったあと、美しい妹娘ラケルをめとるため、その父の家で七年間働く)」

「下品なことを言うな」彼は言った。「この件では一騒ぎあるな」

「そりゃそうだろう」わたしは言った。「でも、それはきみのことだ」

「そうとも言い切れない」レイザムは言った。「その、彼女は相手がきみだと思った」

「なんだって?」わたしはぎょっとした。

「うん、ぼくはきみのガウンを着ていただろう……」

「見ればわかる」

「彼女は感触でわかったんだ——キルティングだからさ——あの醜い顔をこすりつけたんだぜ……」

「そうかい」わたしは言った。「あの婆さん、色気をふりまくのが好きだからな」

　わたしは不愉快になった。同じジェスチャーでも、ふさわしい人物に見せられればうれしくなるが、ふさわしからざる人物ではみだらに見えるだけ。実際、不快な人間の抱く愛情を考えるとはじめて、情熱のみだらさが見えてくる。たとえばミスター・ペックスニッフ（ディケンズ『マーティン・チャズルウィット』の登場人物で、偽善的な策士）が恍惚となっているところなど、想像するだにぞっとする。グロテスクな人物はわれわれにとっては腰から上しか存在しないのだ。

「おそらく」わたしは続けた。「ぼくではないと明らかにしようとは思いつかなかったんだろうな？」

「なにも言わなかった。逃げてきたんだ。音を立てたくなかった。それで……」

　それで彼は平然とわたしを利用し、今はわたしがそれを我慢してくれるだろうかと考えているのだった。

「いいか」わたしは言った。「これからどうするつもりなんだ？　まだミセス・ハリソンとの不倫を続けたいなら、はっきり言っておこう、ぼくはここを出て、あとはきみに任せる。やっていられないね。こんなてんやわんやはごめんだ。とにかく、どうしてあの女に手を出したりしたんだ？　彼女のためにならないだろう」

　するとレイザムは感情を爆発させ、部屋の中を歩きまわり始めた。彼女は神の手になる最大の奇跡だ。二人は結ばれる運命なのだ。たがいのとりこになっている。お定まりの告白が続いた。もちろん、ハリソンが立派な男なら、自分の感情を犠牲にするところだ（なにかを犠牲にするなど、考えたこともないくせに）。だが、ハリソンは人でなしで、彼の庇護のもとにあるすばらしい女性の真価を認めない。自分が苦しむのはかまわないが、彼女の苦しみを見るのは耐えられない。それに、これはまったく正義にもとる。あの男は生きている価値がない。妻に対する残虐行為はもちろん、ああいうまずい絵を描く人間だというだけでも、殺されてしかるべきだ。あいつのいやらしい手が彼女の……

　などなど。

　騒ぎのただ中にいると、誰しも三文小説の登場人物のような口調になるのは奇妙だ。たとえどれだけ人生経験を積んでも、驚かされたときのショックが減るわけではないのだろう。

「もういい」わたしはようやく言った。「事実は事実として認める。もしミセス・ハリソンがきみと同じように感じているなら……」

レイザムは口をはさみ、彼女も同感だという点を長々と述べ立てた。

「わかった」わたしは言った。「じゃ、堂々と彼女を自分のものにして出ていったらどうなんだ？　こんなふうにこそこそと逢瀬を重ねるのには、いずれ嫌気がさしてくるぞ。それに、きみはこういうことがまるで得意じゃないようだしな」

「それができれば苦労はないさ」レイザムは言った。「できるものならすぐにも実行するに決まっているだろう。でも彼女はうんと言わない。スキャンダルを起こしてはいけないという忌まわしい考えが頭にしみついているんだ。郊外の連中がこだわる世間体、それが彼女の中にある美しい生命を枯らしている。あのひとの本来の姿を見ろ――自由で、華やかで、世界に向かってその情熱を表現するのをいとわない。ところが、あのいやらしい男が彼女を……」

「なるほど」わたしは言った。「発注明細書どおりの赤い血の流れる生の郊外生活じゃないか。それが欲しくてきみはここに来たんだろう？　さあ、レイザム、あっちへ行ってくれ。ぼくは眠りたい。朝になれば、気持ちも落ち着くさ」

「わかったよ」彼はベッドから立ち上がったが、ドアの前でぐずぐずした。「きみに警告しておこうと思っただけだ」彼はややぎこちなく付け加えた。「あの婆さんがきみになにか言うといけないから」

「ご親切にどうも」わたしは無表情に言った。「どうしろって言うんだ？　きみが女主人と寝ているあいだに、ぼくはその婆やと寝て、白いシーツの上で狂人となる？」

「いや、そこまでやる必要はない」彼は言った。「すべてを冗談扱いすればいいんだ。もしあの婆さんがごちゃごちゃ言ってきたら、詫びを入れて、ちょっと酔っ払っていたとでも言っておくんだな。ぼくが裏づけになってやる」

こうも気楽に責任を押しつけてくるのですっかり腹が立ち、さっさと消えろと言うと、彼はいなくなった。

実は、わたしはこの事件の深刻さを過小評価していた。ミス・ミルサムの恨みがどこまでいくものか、気がつかなかったのだ。わたしはただ彼女を避け、あんなことはなかったかのように振る舞うつもりだった。あのショックはレイザムにはいい薬になり、郊外の情事の難しさが身にしみただろう、これで彼も考え直し、行き過ぎないうちにやめようと決めるかもしれない、そう思ったのだ。それでちょうどいい。どうせイースターにはここを出て結婚する予定で、わたしにしてみれば、それで終わりだった。あとはレイザムの好きにすればいい。本が急に売れて、わたしはいい気持ちになっていたのである。

そんなわけで、ハリソンに詰め寄られたとき、わたしは心の準備をしていなかった。彼は怒りに青ざめ、ひどく寡黙だった。いつものようにああだこうだと怒りをぶちまけるのではなかったから、わたしには口を出すきっかけがなかった。彼はわたしの罪状を述べた。これこれの報告があった、それに対してきみはどう返答するか、というのだ。わたしは軽く茶化してすませようとしたが、彼は乗ってこなかった。きみはあの時刻に二階の踊り場にいたことを否定するか、しないのなら、そこで何をしていたのか、と彼は訊いてきた。あまりにもばかげた非難だから、答えるのを拒否すると、彼はそれ以上議論しようとはせず、家を出ていけと言った。妻が不愉快な人間と接触することは防がなければならない。この件に関してきみがそういう態度をとるという事実ひとつからでも（実際、わたしの態度にはまったく品位などなかった）、きみが妻と接触を持つべき人間でないことは明らかだ。自分には彼女をそういう種類の人間から保護する役目がある。おとなしく出ていってくれるか、それとも、力ずくで追い出されたいか？

欺かれた夫は、ふつう滑稽なものと考えられているが、ハリソンは滑稽ではなかった。彼は欺かれていたのだろうかと、わたしはときに考える。あのときはそうだと思っていたが、しかし彼の目の中の信仰の光は、実は殉教者のかがり火だったのかもしれない。信仰のために死ぬのは立派だが、信じていないもののために死ぬのは、もっと立派な行為かもしれない。わたしにはわからない。彼は謎だった。たとえあの難攻不落の壁の奥で守備隊が武器を奪われ打ち負かされたとしても、決して謎は解明されなかったろう。誰も答えを知ることはないのだ。

赤い血の流れる生の生命を見つけようと郊外にやって来たレイザムが、それを目の前にしても気づかなかったのは皮肉だ。この無味乾燥なちっぽけな男、ビーフ・ステーキとキノコより先には想像力の及ばないこの男の中に、それはちゃんと存在していた。ただ、それは色鮮やかなものではなく、レイザムは色が好きだったのだ。すべては茶番劇だった。そして、中でもいちばんばかげた道化はわたしだったと思う。あの当時でさえ、人格を外から眺めて批判する検閲官は、わたしの脳みその片隅にすわって、せせら笑っていた。ベストセラー作家のわたしがこのあきれた事件に巻き込まれた――それも、わたしの小説に出てくるような事件だ――それでいて、わたしはそのときになるまで気づきもしなかった。青天の霹靂だった。

この事件に、ごく現代的なシニカルな態度で臨む自分も想像できた。実務的に対処する。名誉だ、自己犠牲だと、くだらないことは言わない。真相を暴露し、状況を明らかにする――警句の一つでも入れて――ハリソン(旧弊な道徳観を体現する)は、感傷を排した率直な新しい道徳観を突きつけられる。

いまいましいのは、わたしがそれを実行しなかったことだ。「いや、あなたは誤解している。追いかけるべき相手は、わたしの友人レイザムのほうだ。あなたの奥さんは彼と浮気していて、その責任の大半はあなたにある。こういう単純素朴な自然淘汰が起きることに責任というものがあるとすればね」――そこに至ったとき、わたしはそれを言わなかった。ハリソンを見ていると、とても言えなかったのだ。だからわたしは紳士を気取って、なにひとつ言わなかった。

そのあとは、わたしはこの新しい英雄的な自分の姿にすっかり酔ってしまったのだと思う。わたしはすぐレイザムのところへ行き、経緯を話した。きざな道徳家のにおいをぷんぷんさせて、わたしは言った。

「ぼくはきみの味方をして、沈黙を守り、この家を即座に出ることに同意した。しかし、きみがこの一件からきれいさっぱり手を引くと約束してくれなければだめだ――ぼくが出るのと同時に、きみも引き払え。この人たちは放っておくんだ。ハリソンはちゃんとした男で、彼と奥さんの生活を壊す権利はきみにはない。きみが現われるまで、二人はそれなりに仲よくやっていたじゃないか」

わたしはますますしかつめらしい態度になった。ハリソンがこういうふうに苦しむだろうと、詳しく話した。秘密の情事でミセス・ハリソンが味わうみじめな思いを如実に描いてみせた。下品だ、罪深い、利己的だ、と言った。一八八〇年代以降、われわれの語彙から消えてしまったと思っていた表現を使った。そして、最後にこう言った。

「きみが潔い行動をとると約束する気がないなら、ぼくがいつまでも味方につくとは思わないでくれ」これではまるでゆすりだった。

どれほど現代的なつもりの人間の中にも、昔ながらの心理的抑制は思いがけずたっぷり残っているものらしい。レイザムはわたしの雄弁にわが身の恥を知った。最初は抵抗し、次にはむっつりし、最後には心を動かした。

「きみの言うとおりだ」彼は言った。「まったくみっともない。ぼくは彼女をしあわせにしてやれなかった。出ていくべきだ。そうする。きみは本当によくしてくれた」彼はわたしの手をぎゅっと握った。わたしは感傷的に彼の肩を叩いた。わたしたちは自らの高潔さにおぼれた。さぞ感動的光景だったろう。

一連の出来事に干渉するという愚かな行動の不愉快な結果は、まず、わたしの婚約者からの手紙という形をとって現われた。ミス・ミルサムが彼女に警告を与えることを義務と考えたのだ。わたしはあわててスコットランドへ行き、誤解を解いた。そうすることになんの困難もなかったのは、ひとえにエリザベスの広い心と寛容で常識をわきまえた態度のおかげである。しかし、ヴィクトリア朝の男のようにドン・キホーテ的騎士道精神で突き進むと、面倒なことになるものだと思い知らされ、ややショックを受けたのは確かだった。とはいえ、これという被害はなく、その後レイザムからは手紙が来た。パリで投函されたもので、公明正大に行動している（そんな言葉遣いから、わたしの影響力が読み取れた）、感情むき出しの醜態はあったが、ミセス・ハリソンと自分は別れることに合意した、と書いてあった。

わたしはそれからまもなく結婚し、レイザムとハリソン夫妻のことはすっかり忘れてしまった——この件にいつまでもこだわるのをエリザベスが嫌ったせいもある。自然な嫉妬心だろう、とわたしは思った。ことに、彼女はわたしのドン・キホーテ的行動にあまり感心した様子ではなかったからだ。しかし、女性は打ち負かし難い現実主義者だし、最近の女性は昔と違って、男の幻想を尊重し、うれしがらせを言うようにしつけられてはいない。抑圧されていたヴィクトリア朝の女性たちも、実はより率直なその孫娘たちと同じにはっきり現実を見据えていたのかと思うと、落ち着かない気分になる。もしそうなら、彼女たちは従順な返事をしながら、腹の中ではさぞかし笑っていただろう。今世紀のわれわれには、女たちの考えていることがだいたいわかるし、男女は対等の条件で顔を合わせる——少なくとも、そうであってほしいと思う。

レイザムのことを思い出したのは、五月三日が美術院展の一般公開前の招待日で、そのチケットを受け取ったときだった。わたしたちはハネムーンを終え、地に足をつけた生活に戻ろうとしていた。展覧会場の人ごみをかきわけて進んでいくと、ほとんど最初に目にとまったのはキャンヴァスに描かれたミセス・ハリソンの顔だった。壁を埋めた名士やら、くたびれた社交界の美女やらの肖像画のあいだから、まるでチェリー・パイに挿したベゴニアの花みたいに、さあ見てくれと光を放っている。絵の前にたむろしている人の中に、わたしはマーロウの姿を認めた。例のごつごつしたヌードを描く画家で、二年前に『レスラー』でセンセーションを巻き起こした男だ。彼はいつものように、肖像画家のガーヴィスをけなして楽しんでいた。がやがやとうるさい部屋の中でも、彼の声はとどろきわたり、腕を振りまわすので、黒いマントがばさばさと風を起こした。「そりゃ、おまえには気に食わんだろう」彼は元気いっぱい、大声を出した。「ここにあるものすべてを殺しているからな。あれはおまえの芸術とは違う――あれは絵画だ――絵画だよ」低い声で絵の価値を話し合っていた人々は、この場所をわきまえぬ大声にぞっとして身を縮め、彼の突き出す毛むくじゃらのこぶしにぶつからないようにと、よろよろ逃げていった。「おまえたちみたいなへぼ絵描きには」マーロウは脅すように続けた。「色彩が――厚みが――見えないんだ。百枚二ペンスの賃金でクリスマス・カードに色をつけるくらいがお似合いなんだよ。おまえたち絵描きがこれだけ集まっても、本物の絵描きといえるのは、この男ただ一人だ」公平を期して言っておくが、マーロウはヌード以外の分野では、自分より若い者に対して非常に寛大なのだ。彼はひげと眼鏡の奥からあたりをじろりと見まわし、わたしを見つけた。「やあ、マンティング！」大声で呼ばれた。「こっちへ来い。おまえはこのレイザムというやつの知り合いだと聞いたぞ。どういう男なんだ？どうしてわたしのところに連れてこなかった？」

わたしはハネムーンから帰ってきたばかりなのだと説明し、マーロウを妻に紹介した。マーロウは彼一流の表現で祝福を述べ、さらに言った。

「金曜日に来い――同じ連中が集まっている。このレイザムを連れてくるんだな。知り合いになりたい。こいつは絵が描ける」

彼はもう一度その絵を見ようとくるりと向きを変え、周囲の人々はぶつかるまいとしてあわててしりぞいた。

「さて」耳元で男の声がした。「展示されたところを見て、どう思う？」

さっと振り向くと、レイザムがいた。そして、わたしがこの状況にふさわしい態度を決める暇もないうちに、ハリソン夫妻まで会場に来ていた。まるでラグビーのスクラムから投げ上げられたボールさながら、見物人の波の上にその姿が見えたのだ。

撤退の可能性はなかった。マーロウが片手でしっかりわたしの肩をつかみ、残る片手の親指を肖像画のほうへ突き出して、大きな手振りで肉づけや筆づかいを評していたからだ。

「やあ、マンティング！」レイザムは言った。

「やあ、レイザム！」わたしは答え、緊張をとりつくろうように、「やあ、やあ、やあ！」と、P・G・ウッドハウスの登場人物みたいな言い方をした。

「なんだ！」マーロウがどら声を上げた。「これがその男か？　ご本人にモデルまでか、こいつはラッキーだ」彼はもじもじしているわたしの答えも待たずに、大声で続けた。「わたしはマーロウだ。きみはいい仕事をしたな」

レイザムは大先輩のおほめの言葉にそつなく礼を言い、その場を救ってくれたから、わたしは曖昧に会釈し、約束があるからとかなんとかつぶやいて、そろそろと離れていった。すると、誰かに肩を叩かれた。ハリソンだった。

「ちょっと時間をいただけないかな、ミスター・マンティング」彼は言った。

美術院展の会場で口論というのは、わたしの広報担当者にしてみれば役に立つことかもしれないが、わたしの望むところではなかった。しかし、わたしはエリザベスに少し待っていてくれと頼んで、ハリソンといっしょに人ごみを離れた。

「その」彼は言った。「つまり——きみにはお詫びしなければいけないと思う、ミスター・マンティング」

「ああ！」わたしは言った。「いいんですよ。どうってことじゃない」それから、わたしは姿勢を正した。「いえ、すみません。ぼくが悪い。来なければよかったんだ。あなたたちがいらっしゃることくらい、気がつくべきだった」

「そのことではないんです」彼は話をそらそうとしなかった。「つまりその——きみには悪いことをしてしまった——あの——最後の日のことだが。ああ——あの女によけいな波風を立てられて——」

「ミス・ミルサムですか？」わたしは言った。質問ではなく、彼の台詞を助けてやろうとしただけだ。

「ええ。彼女は静養が必要になって——治療を受けることに——今は療養院のようなところに入っています」

「ほんとですか？」

「ええ。かわいそうだが、あの人は――頭がおかしいと言ってては失礼だろう――心の平衡を欠いていると言っておきましょうか。その点は疑いない」

わたしはお気の毒にと言った。

「ええ。家内と――ミスター・レイザムの話では――それに、あの人の親類からもいろいろ聞かされて――今ではまったく確信しています――きみがあんなふうに非難されたのは――根も葉もないことだった。妄想だったんですよ」

「ええ、はい」わたしは言った。

「もちろん、あのときさみが彼女に罪を着せるまいとした義俠心はよくわかります。きみは本当に厄介な立場に追い込まれていた。それとなくにおわせていてくれれば――しかし、よくわかります。それに、家内はひどく取り乱していたもので――」

「どうか」わたしは口をはさんだ。「奥さんやあなたご自身に責任があるとはお考えにならないでください」

「ありがとう。分別のあるところを見せてくださって感謝します。あの誤解をわたしがどれほど後悔しているか、とても言い表わせない。その後お元気で、しかも成功なさってなによりです。今ではすっかり有名人ですな。結婚もされて。奥様に紹介していただけますか？　いつかお二人で、うちにいらしてくださいよ」

紹介は気が進まなかったが、避けられなかった。途方もない状況に立ち至ってしまったのだから、なんとか切り抜けるしかない。ミセス・ハリソンは輝いていた。彼女がこんなふうに色と光を一身に浴び、プリズムの美しさを最高に放っている姿を見るのは初めてだった。展覧会をどう思うか、とわたしは彼女に訊いた。

「まだあまり見ていませんの」彼女は笑って答えた。「まっすぐあの絵を見にきたんですもの。今年の話題作とやらになるのかしら、どう思われます、ミスター・マンティング？」

「そうなりそうですね」わたしは言った。

「うそみたい！　わたし、重要人物になったような気がするわ――そりゃ、わたしはなにも貢献したわけではないけれど。大事なのは絵そのものですものね！」

「肖像画に描かれている人も、なにかしら貢献していますわ」エリザベスが言った。「牛みたいな顔をした人の絵を描こうなんていう画家の気が知れない。もっとも、風刺的な絵なら別でしょうけど。その人の人格をキャンヴァスに移すのは画家の仕事だけれど、そもそも人格がなかったら、どうしようもないでしょう、ミスター・レイザム……」

　彼女は肖像画を見て、それからミセス・ハリソンを見た。なにかにひっかかったらしい。それは何カ月も前に、わたしが初めてレイザムの仕事の結果を見たときにひっかかったものと同じだった。彼女はやや困惑した様子になり、そこにレイザムが口をはさんだ。

「ミセス・ハリソンもあなたも、絵の主題の重要性については同意してくださるでしょう」彼は言った。「ぼくは彼女にローラ・ナイト（女流画家。一九二九年受勲）のよさをわからせることができないんです」

　ミセス・ハリソンはかすかに頬を赤らめた。

「才気のある絵だとは思いますわ」彼女はわずかながら反抗的な調子で言い、横目で夫を見た。「でも、女性が描いたにしては、かわっていると思いません？　あまり洗練されていなくて。それに、不自然だわ。たとえ寝室の中だって、あんなふうに何も着ないで歩きまわる人はいないでしょう。わたし、絵画は、なんというか――人の気持ちを高揚させるものでなければいけないと思うんです」

「やめなさい、マーガレット」ハリソンは言った。「何を言っているんだ」

「でも、あなただって同じことを言ってらしたじゃないの」彼女は言い返した。

「ああ、だが、そんなことをここで話し合いたくはない」

「ああ！」マーロウが声高に言った。「肉体を恐れているな。それがわれわれの問題だ――われわれはみな肉体を恐れ、だからこそ執着し、誇張する。〝これは肉体である《ホック・エスト・コーパス》（ラテン語のミサの文句）〟と神は言った――だが、われわれはそれをまじないの文句《ホーカス・ポーカス》に変えてしまった。われわれが清潔な肉体と〝甘い血〟――メレディス（十九世紀の小説家、詩人）の言葉だがね――そういうものを見ても、その微妙な誘惑にショックを受けなくなるまでは、この世代の人々に希望はない。もし今、ここにいる人たちを裸にしたら」――彼はシルク・ハットをかぶった太った男とやせこけた若い女のほうに手を振り、二人は彼の視線をとらえて、ぎょっとして立ちすくんだ――「それはみだらな行為だと思うだろう。だが、キャンヴァスの上にかれらの魂を裸にしてさらしてみせる肖像画家ほどみだらではない。公開を禁じられそうな絵を描く男もいる。検閲官が肉体と精神の区別をつけられる目を持っていればだがね――ありがたいことに、そんな検閲官はいない」彼はレイザムの肩を叩いた。「きみのあのもう一枚の絵はどうかな?」

レイザムはぎこちなく笑った。

「ミス・ミルサムの肖像画か?」わたしは急いで割り込んだ――ハリソンの地平線に雷雲のごとくトラブルが湧きあがってくるのを認めたからである。「ぜひ見なくては。こんなに応募者の多い年に二点も入選したとはたいしたものだ。さてと、いつまでもきみを独り占めしておくわけにはいかない。どの部屋にあるんだ、レイザム?」

彼は部屋を教えてくれた。わたしたちが別れの挨拶をして出ていくと、彼は次の部屋まで追いかけてきた。

「なあ、マンティング」彼は喘ぐようにささやいた。「どうしようもなかったんだ。避けようがなかった。わかるだろう?」

「ああ」わたしは言った。「そうだろうな。どっちみち、これはぼくの葬式じゃない」

「彼女と会ったのはこれが初めてだ」彼は続けた。「もう二度と会わない」

「ぼくがあいだに入るようなことがなければ、二度どころか、一度目だってなかったはずだ」わたしは言った。「きみを責めているんじゃない、レイザム。それに、ぼくにはきみの支配者にはなれないからな」

条件をつける権利はない。賢い行動だとは思わないが――ぼくはきみの支配者にはなれないからな」

「ほう、それを認めるのかい?」レイザムは言った。「そう聞いてうれしいよ」彼はもじもじしていたが、唐突に言った。「じゃ、さよなら」

このエピソードの終わりをわたしはありがたく迎えた。どういう観点から見ても、レイザムとハリソン夫妻には、以後まったく関係しないほうがいいだろうと思われた。そして十月十九日まで、わたしは三人のうちの誰にも会うことはなかった。

38 マーガレット・ハリソンよりハーウッド・レイザム宛

一九二九年五月四日

愛しいペトラ

ああ、またあなたに会えてすばらしかったわ、たとえゴルゴーン（ギリシャ神話の怪物で、見る者を石に変える目を持つ）に見張られていてもね――あの石のように冷たい目、それに、まわりにあれだけたくさんの人がいても。昨日までの二カ月あまり、わたしはずっと死んだも同然でした。あなたが出ていったとき、わたしは胸の中に厚く霜が降りたような気がしました。ある日、浴室の水道管が凍って水が出なくなり、あの人が腹を立てたときには、わたし、笑ってしまったわ。わたしの胸の中もあれと同じだと、彼には気づきようもない。おそろしくしびれた感覚が消えたら、わたしの胸もぱちんと破裂してしまう。ばかなことを考えたと思う、ペトラ？　あんまり詩的な喩えじゃないけれど、あなたに話して、あなたがおばかさん、と言って、明るく声を立てて笑うのを聞きたかった！

ああ、ペトラ、わたしたち、こんなふうに続けていくことはできないわ。あなたの顔を見ず、声を聞かず、封筒に書かれたあなたのきたない字を見ないでは、もう一度あの長い長い日々に耐えていくことはできません。それに、ダーリン、あなたが〝霊感の女神〟なしでは仕事ができないなんて言うので、わたしは悲しくなりました。あなたの仕事は輝かしい、大事なものですもの。あなたが神様に与えられた才能をいかして働こうというとき、どうしてあの男が邪魔に入らなければならないの？　ここの生活はまったく狭苦しくて無益です。わたしが立派に役に立てるのは、あなたの神々しい創造の仕事にわずかながら力を添えるときだけ。自分が本当に役に立つと思えるのはすてきだわ——それも、あなたが創り出し、まわりに広める美しいものの一部となれるなんて。わたし、あの男の仕事にはなにも貢献していない。女は電気工事の損益勘定やら見積書やらに霊感を与えることはできないもの。どっちみち、彼はわたしにそんなことを期待していない。わたしを籠に閉じ込めて、眺めていたいだけなのよ——愛しさえしない。愛なんてどうでもいい、知りたくもないんだわ——ありがたいことにね！　今はそう思える。だって、それでわたしは自分のすべてをわたしだけのすばらしいひとに捧げられるから。ああ、なんでもあげる、わたしのすべてを——利口な女ではないわ、ダーリン、それはご存じのとおりよ、ただ、理知的なおもしろい話を聞くのは大好きだけれど——でも、愛ある女、本物の女、あなたのためだけに生きている女よ、愛しいペトラ。世界にこれほど美しいものがあるなんて、あなたに示されるまで知りませんでした。だから、わたしたちの愛は正しいものだと確信しているの。だって、正しくないものの中にそんなにたくさんの美を感じるはずがないでしょう？　何年も何年も、美と愛のない生活を続けるなんて、考えられない。世界には幸福の宝庫が扉をあけて待っているというのに。ああ、ダーリン、あの男はゆうべの夕食の席で、祖父は百歳まで生きた、父親は九十四歳まで生きた、丈夫で長生きの家系なんだと、得意げにしゃべり続けたわ。想像できる。おじいさんもお父さんも、それぞれに妻や家族から幸福を奪い、周囲を不毛の砂漠にしながら、何年も何年も生き続けたのよ、彼と同じにね。わたし、辞書で〝ゴルゴーン〟を調べました。ペルセウスに殺された一人を除いて、かれらは不死身だと出ていたわ。そうでしょうよ、人を石に変える怪物ですもの。ときどき、わたしは死ねればいいのにと思います。死後のわたしはあなたのそばに行くことを許されるかしら？　でも、あなたは死後の生はない、わたしたちはまた花や土に変わるだけだと思っているわね。確かにその可能性のほうが強そう、司祭たちが何を言おうとね――とすると、わたしが死んでもなんにもならないわ。考えてもみて――たった一度の人生なのに、どうすることもできない――なにもできずに、死んで終わってしまうだけなんて。ぞっとするわ。冷たくて、わびしくて。人生をそんなに実りのない、凍ったものにする権利が誰にあるの？　本当の意味で生きていない人間が、どうして生きることを許されているの？　人生は、人がそれを本当に生きているなら、すばらしいものになる。ああ、愛しいペトラ、生きるということを教えてくださってありがとう、たとえその明るい日々がわずか数週間で終わってしまったにしても！　一人きりになると（このごろはいつも一人きり、今ではあのみじめなアギー・ミルサムを話し相手にすることすらできないんですもの）、わたしはすわって、あなたから教わった本を読もうとします。でも、すぐに読むのをやめて、心がよそに飛んでしまう。あなたといっしょに過ごした時間、わたしを抱いたあなたの腕の感触を繰り返し思い出すのです。ときどき、あの男が入ってきてそんなわたしを見ると、暖炉の火が消えているとか、電灯をつけていないとか、叱りつけます。「おまえはいつもぼんやりしている。どういうつもりなのか、理解に苦しむ」なんて言うの。ああ、ダーリン、もし彼が本当に理解したら、どんなに怒って、あのいやらしい頭の中でわたしをどんなに罪深い女に仕立て上げることか！

愛しいひと、またわたしをひとりぼっちになんかしないでしょうね？　おたがいに忘れることにしよう、とわたしたちは言ったけれど、それは不可能だと、あなたもわたしと同じにわかっている。ええ、わたしたち、努力はしたわ。それで、だめだということがわかった。そのほうがわたしのためになる、とあなたは考えたけれど、そんなことはありません。わたしは今、ずっとずっとみじめです。二人が実際に会うことができて、それでもおたがいの思いや感情を抑えようとしていた、あのころよりね。あなたの姿を目にし、あなたを求める苦痛に耐えるほうが、心臓が空っぽになってしまったような、生気のない空虚な思いよりましです。あなただって、同じように苦しんでいるとわかったわ。だって、わたしがいないと仕事ができないんでしょう。あなたの仕事は何より先に来るべきものよ、ダーリン。たとえわたしの心臓の血で絵の具を溶かなければならなくても。

　ダーリン、あなたはわたしたちが本当の恋人どうしになってはいけないと思っているかもしれないけれど、わたしをすっかり捨ててしまわないで。ときどき会いましょう。たとえゴルゴーンがその場にいて、ティー・パーティー式のくだらない、意味のない会話に終始したってかまわない。わたしたちの本心はいつもおたがいに本当のことを言っているのだし、おたがいの姿を見れば、それで少ししあわせになれる。わたしは目で感じることができるわ、あなたもそうでしょう？　昨日あなたが出てきて、あのばかげたシルク・ハットを手にして立っているのを見たとき――あなたがモーニングを着てこちこちに正装しているのはおかしかったけれど、とても立派だったし、このひとが実はすっかりわたしのもので、それを誰も知らないと思うと、すごく誇り高かった――ええ、あなたの姿を見たとき、わたしは十本の指の中に感じることができた、あの最初の日に触れたあなたの髪の奇妙なすてきな感触を――おぼえている？――あなたはこらえきれずにわたしの膝に頭をつけて、愛していると言ってくれた。あの愛しい頭、くしゃくしゃの豊かな髪、その下のがっちりした頭蓋骨の中にはすばらしい考えが詰まっている。目をつぶれば、それを感じられる――今そうしているわ、ダーリン。あなたも目を閉じて

——今すぐ——そして、わたしの手を感じてみて。感じた、ペトラ？——その手の中の愛と生命を？　わたしがあなたを感じられるように、あなたもわたしを感じられるかどうか、次の手紙で教えて！

手紙をくれるでしょう、ダーリン？　あなたの生命と愛が燃やす偉大な火から、せめてその一条の光だけはわたしにください。わたしを真っ暗な中に置き去りにしないで、ペトラ。わたしはあなたが何をくださっても満足するわ。今までなにもかもがひどかったから、うるさいことを言っている余裕がないの。

永遠にあなただけのもの、

ロロ

39　マーガレット・ハリソンより
ハーウッド・レイザム宛

一九二九年六月六日

ペトラ、ダーリン、愛しいひと

ああ、ダーリン、もう夏だというのに、まるで冬のような寂しさを感じています。あなたの手紙は助けになってくれるけれど、でも、あなた自身を、本物のあなたを手に入れられるなら、何も惜しみはしない！

そんなことは嘘だと、あなたはまた言うでしょう。わたしは本当にあなたを愛してはいない、なぜならわたしは恥も外聞も振り捨ててあなたのもとに走ろうとしないから。でも、そんなことじゃないの、ペトラ。あなたは若くて性急だから、簡単だと思うのでしょうが、それは違うわ。あなたは男で、そんなことをしたあとどれほどいやな目にあうか、考えていないからそう言えるのよ。毎日毎日ひどい思いをする。あなたにそんな体験をさせるのは不公平です。たとえあの男がわたしと別れてくれたとしても――もちろん、そんなことはしやしないわ、まるで利己的なんですもの――それでも、つらいみじめな日々が延々と続くのよ。わたしにはわかっているの、離婚した女の人を知っているから。もちろん、ご主人がすっかり責めを負ったのだけれど、みんながみじめな思いをした。そして、彼女とボーイフレンドは遠くへ行かなければならなかった。彼はとてもいい地位にあったのに、その仕事をなげうって、今では二人はちっぽけなアパートを借りて、ときには食べる物にも事欠くありさま。

とにかく、ゴルゴーンは絶対に離婚に合意しないわ。彼は自分が道徳的で上品な人物であると誇りを持っているから、離婚なんかしたら、きっと会社をやめるしかないとでも思うでしょう。そんなことは絶対にしない。世界中の何よりも会社が大切なんですもの――わたしや、わたしの幸福より、よっぽどね。わたしのことなんて、彼は結婚した日から一度も考えたことはありません。

一つの過ちのためにこんなに重い罰を受けるなんて、ひどいと思わない？　あの男と結婚さえしていなかったら、としょっちゅう考えるわ。わたしが自由の身で、あなたといっしょになれれば――愛しいペトラ、そうしたらどんなに楽しいでしょう！　でも、よく考えると、もしわたしがあの男と結婚していなかったら、ここに住むことはなかったし、あなたに出会うこともなかった。ああ、ダーリン、その埋め合わせになるものはないわ。だから、動植物の本にあるように、彼はわたしたちを結びつけるという〝役目を果たした〟のだと思います。ゆうべ、彼はマトン料理が思いどおりの仕上がりになっていないと、険悪になりました（あなたなら、マトンなんていうばかげたものが、すてきな一日を毒するのを許しはしないでしょうが、彼はするのよ）。そのとき、前にミスター・マンティングに言われたことを思い出したわ。「神の創造物はすべて、それなりに役に立つものです」あれは、ミス・ミルサムがお得意のきれいなスカーフをわたしに作ってくれたときだった。それで、わたしは内心で言ったの。「ゴルゴーン、わたしがあなたとの生活の中で、たった一つ、何に感謝しているか、あなたには知るよしもない!」もしそれを知ったら、彼はさぞかし険悪になるでしょうね。

おかしいの――彼はいつも、あなたがいつまた遊びに来てくれるだろうかと言います。彼は料理の本があと数週間で出版されるので、みっともないほど興奮しています。たいした芸術作品だと自負していて、あなたに一部送るつもりよ。芸術家どうしってことでね。それはあなたがうちに来るいい理由にならないかしら、もしイギリスに戻ってこられるなら? 彼のつまらない水彩画にいろいろ批評の言葉を見つけられて、あなたは利口ね――あなた自身は本当に偉大な画家なのに(芸術家と言ってはいけないと学びました。わたしがあなたのことを〝芸術的〟だと言ったら、あなたはすごくいらいらしたの、おぼえている? あの日はもう少しでけんかになるところだった。今のわたしたちがけんかするなんて、考えられないけれど!)。

愛しいペトラ、わたしの孤独なひとが、かわいそうにもずっと遠くでロロを求めていると思うと悲しくなります。それに、パリの美しい女性たちのことを考えると、ちょっとこわくもなるわ。きっと、もてているんでしょう? よくファッショナブルなパーティーに行くの? それとも、学生生活を送っている? 昔、パリの学生生活の話を読んで、なんて明るく楽しげなんだろうと思ったものよ。あなたは出会った人や出かけた場所のことをあまり話してくれない。あなたが肖像画家でなんかなければいいのに――あなたのかわいそうなロロよりずっと美しくて、ずっと頭のいい人を見つける機会がどんなにかたくさんあるでしょう。そちらの女性はわたしより美しくはない、なんて言わないで。嘘をついているのだとわかります。わたしはちっとも美しくない――ただ、あなたといっしょにいたとき、ときどき鏡を見て、幸福はわたしをかなり美しくしてくれる、と思うことがあっただけ。本当のローラとペトラルカ(十四世紀イタリアの詩人。ローラに霊感を受けた恋愛詩が有名)のことを本で読んでいます――彼女は実はほんの子供で、彼は彼女をほんの一目見ただけだったって、知っていた? もしかしたら、彼女も彼の想像の中だけで美しかったのかもしれない。それでも、彼女が彼に霊感を与えたことに変わりはないわ。あなたも同じかしら。わたしは遠くにいたほうが、あなたに霊感を与えられるのかも。女はそんなふうに感じることはできないでしょうけど。女は恋人にいつもそばにいてほしいものよ。ダーリン、わたしもそう思っていてほしいと言って。

このへんで筆をおきます。ゴルゴーンがお茶を待っているわ。わたしは世捨人みたいな生活をしています。どこへも行かず、彼のご機嫌とりにできるだけのことをします。さもないと、わたしの人生に「ほかの男」が存在すると疑われるかもしれないから。少しでも怪しまれたら、どんなにいやなことになるか。彼は今はまあまあです。食べ物が気に入らないときは別にして。でも、ああ！　すごく寂しい。

ダーリン、あなたが恋しくて、わたしは自分をどうしていいかわかりません。便箋のあなたの愛しい名前が書いてあるところに二十回もキスしました。あなたもそこにキスして、愛するロロの唇にキスしているのだと思ってください。

あなただけの、

ロロ

40
マーガレット・ハリソンより
ハーウッド・レイザム宛

一九二九年六月十四日

ダーリン

　あなたの手紙に傷ついて、わたしは泣きに泣きました。ああ、ペトラ、あなたはわたしを愛していない。さもなければ、あんなひどいことを言うはずはないわ。わたしがあなたを愛しているなら、彼に離婚を求めるべきだなんて。ダーリン、それがどんなに恐ろしいことか、考えて！　わたしは世間に恥をさらし、わたしの友達はみんなでわたしたちの美しい愛を見て、おぞましいことを考えるのよ！　まあ、それに耐え抜くことはできるでしょう——さんざんつらい体験をしても、人はどうにか生き延びるもの——でも、あなたがわたしにそれをさせたいなんて——あなたのロロのことをそんなに薄汚く考えるなんて——そこのところにわたしは傷つくのよ、ダーリン。前にはあなたはわたしを困難にあわせたくない、わたしたちの純粋で美しい情熱に醜悪なものが触れることは考えるのもいやだ、と言っていた。それなのに、今あなたはわたしが離婚裁判という汚点をつけられ、わたしの名前が新聞に載って人が嘲笑するのを望んでいる。ああ、ペトラ、あなたがわたしのことをこれっぽっちも愛していないのはまったく明らかだわ。

　そんな泥沼の中を引きずりまわされ、汚れ果てたわたしがあなたのもとに来たら、ペトラ、あなたの気持ちは同じではなくなる、わたしにはわかるの。証言台に立って、判事に向かってわたしたちの愛のすべてを話さなければならないところを考えてみて。世間ずれしたがさつな人間が見れば、わたしたちの愛はたんに下品な、いやらしい——かれらの使うだろう言葉は、たとえあなたの前でも書きたくはありません——そうなってしまう。本当は純粋で、清潔で、神々しいものなのに。

　ダーリン、わたしは自分のことを考えているのではありません——あなたと、わたしたちの愛のことを考えているの。ひとつのしみもつけたくない。今のまま、残る一生を苦しんで——わたしは苦しんでいるけれど、ペトラ、あなたはまったく苦しんでいないのじゃないかと思うことがあります——過ごすほうがましだわ、醜いスキャンダルの落とす影の下で見つめ合うよりはね。あなたは理解していない。こういうことが女にとってどれほど深刻なことか、気がついていない。男の人にはなんでもないことでしょうが、いったんわたしにしみがついてしまったら、たとえあなただってそれを永久に意識するし、それでわたしから離れていくのよ。

　本気じゃないんだと言って、ダーリン。出口はほかにきっとあるはずよ。一生懸命考えて、それを見つけましょう。でも、あなたがわたしをそんなに軽んじているのなら、はっきりそう言って。そうしたら、もう一度お別れしましょう——今回は永遠にね。離れていても愛は変わらないと信じたのは間違いでした。あなたはこの家を出るとき、解放されたかったのだし、心の奥ですでにわたしにあきあきしていたのでなければ、別れようとは言わなかったはずです。すべてを終わらせましょう、ペトラ。きっとわたしは死ぬわ。そうしたら、あなたは自由の身。わたし、こんなに不幸な気持ちだと、すぐに死ねそうです——もし、みじめな思いくらいでは死なないほど丈夫な体なら、簡単に解決する方法はいくらでもあります。

悲しみに胸の張り裂けた、

ロロ

41　マーガレット・ハリソンより
ハーウッド・レイザム宛

ウィッティントン・テラス一五番地
一九二九年六月三十日

ダーリン、愛しいペトラ

もちろん、あなたを許します。あなたのほうこそ、あんなひどいことを言ったわたしを許してください。本気ではなかったの。心の奥深いところでは、あなたがずっとわたしを愛していると、ちゃんとわかっていました。もちろん、わたしはさよならなんか言えない――そんなことをしたら死んでしまう――ええ、あの部分は本気でした。

でも、離婚を解決方法にするのはだめだと、これでわかったでしょう？　わたしのためだとあなたは言うわ。でも、わたしは自分のことならなんでも耐えられる――ただ、わたしたちが二人で築き上げた美しいものを台無しにしたくないのよ。あなたの言うとおり、一年間様子を見ましょう。わたしたちが真剣に求めれば、なにかが現実に起きるかもしれない。神様が奇跡を起こして、わたしたちを助けてくださるかもしれない。そういう例はあったわ。あの人が死んでくれるってことさえある――「彼の命は永遠には続かない、いずれ自然に返すもの（シェイクスピア『マクベス』で、マクベス夫人の台詞）」――そんな芝居の台詞がどこかになかった？　学校時代、ときどきシェイクスピアを観に行かされたし、クラスで劇を上演したわ。もっとも、そのころはろくに気を入れていなかったけれど。美術や詩が人の人生をどれほど変えるものか、理解していなかったのよ。わたしはあなたが現われて教えてくれるのを待っていたの。

わたし、これからたっぷり読書します。しあわせなときが来たとき、愛しいひとにふさわしい価値のある女になっていたいから（しあわせなときが来ると信じなければ、気が狂ってしまう）。そのときを待つこの一年は、自己開発の一年です。そうすればわびしい日々も早く過ぎてくれるでしょう。読書の時間なら、いやというほどあるわ。だって、彼はわたしをどこにも出してくれないし、友達をうちによぶのも許してくれない。わたしが話をするのは、彼の会社の同僚だけです。かれらは橋だの発電所だのの話を果てしなく続けるの。あんな些細な退屈なことばかりで頭をいっぱいにして、どうして生きていけるのかしら。たまに一人か二人、礼儀正しい人がいて、わたしに最近のお芝居や映画を観たかと訊いてくれるんだけど、わたしはなんにも観ていない。だからわたしは黙ってすわって微笑し、彼は「家内とわたしは静かで家庭的な人間でしてね、ナイト・ライフは好きではないんだ」とか言うの。もしわたしが外出しようなんて言おうものなら、どうせ夜を徹して〝ほっつきまわり〟、ナイトクラブのはしごでもしたいんだろうと、わざと誤解するのよ。みんなの話題になっていることをなにも知らなくて、わたしは恥ずかしい。ほかのおうちでは、夫は妻を外に連れ出すわ。でも、うちはだめ――ちょっとでも外に出たら、わたしは悪い女なの――「家庭をかえりみない現代の妻」とやら。でも、こんな家庭をかえりみようなんて、思うはずがないじゃないの。

あなたが話していたあの本、『恋する女たち』（D・H・ロレンスの一九二〇年作の小説）を手に入れました。ところどころ、かなりおかしな、下品な部分もあると思わない？　それに、読んでいてなんだかまごついてしまいます。でも、とても美しい描写もある。わたしにはぜんぜん理解できないけれど、なにかわくわくするのは、音楽みたい。たとえば、あの馬が出てくるところ。作者の意図はよくわからないものの、すごく心が躍ります。ロレンスの登場人物って、おかしいのね！　ふつうの生活をまったく持っていないみたいなんだもの。お金を稼ぐとか、家庭を運営するとかね。あの女教師――彼女は仕事のことを考える必要がぜんぜんないみたいで、いつも学校は休暇中なのかと思ってしまう。たぶん、平凡なこまごましたことは人生にはたいして重要ではないのだと作者は言いたいのでしょうし、それはきっと本当よ。ただ、実人生では、そういうことがとても大きな違いを生み出すように思えます。

ああ、この狭苦しい生活がいやになる――いつも嘘をついて、感情を押し殺して。でも、独裁者は嘘つきを生み出すもの。新聞で読んだ記事の中で、誰かがそういうのを〝奴隷心理〟と呼んでいたわ。わたしは自分がこびへつらう奴隷になっていくように感じます。貴重な自由のひとかけらを得るために、嘘をつき、へいこら這いつくばる――手に入れるのは、本でも手紙でも、頭に浮かぶ考えでもいい――それを片隅に持っていって、人知れず満足げに眺めるの。わたしは自分の内面生活をそうやって築き上げることを学びつつあります。すてきな、秘密の自由。おかげで、あの人に何を言われようが、されようが、もうたいして傷つかなくなりました。本当の「わたし」は自由で幸福、胸の奥に隠した寺院にまつった、わたしの愛しい偶像、わたしだけのペトラを崇拝しているから。

愛しているわ！　わたしの空っぽの生活も、あなたのことを考えると満たされます――喜びと笑いにあふれて。いつかきっと、わたしたちは暗い地下墓地から出てきて、きらめく陽光の中に愛の寺院を建てる。黄金の門は大きくあいて、世界中の人々がわたしたちの幸福を眺めて驚嘆するのよ。

隅から隅まであなたのもの、

ロロ

あなたがわたしを呼ぶときの名前を書くのはうれしい――あなただけの名前ですもの。意味を知らない人にはばかげた名前に聞こえるでしょうけど。あの男はほかの人たちがわたしを呼ぶときの名前を使う――おじさんかなにかみたいにね。そうだわ、彼はお伽話に出てくる〝意地悪なおじさん〟でしかないのよ。そう思えば、少しは我慢できます。

42　マーガレット・ハリソンより
ハーウッド・レイザム宛

ウィッティントン・テラス一五番地
一九二九年七月十八日

ダーリン、ダーリン
うれしくて、息もできないくらい！　もうじきまたあなたの姿を見て、声を聞いて、手を握ることができるなんて！　彼は今朝わたしが台所で歌を歌っているのを聞いて、なんでそう騒いでいるのかと言ったわ。教えてやりたかった。「恋人がうちに帰ってくるから、うれしくて歌っているの！」そう言ったら、どんな顔をしたかしらね。でも実際にはおとなしく、お耳にさわったらごめんなさい、と言いました。すると彼はいつもの丁寧な口調で、おまえが自分の声を聞くのが好きでもわたしはかまわないが、きっと家政婦はおまえの頭がおかしくなったと思うだろう、と言った。わたしが、家政婦にどう思われようと気にしないと言うと、彼は言ったわ。「それがおまえの困ったところだ。なにも気にしない。いつもうわの空なんだ」そうよ、そのとおり！　うわの空、雲の上よ、ペトラ、ダーリン、誰にも手の届かないところで、金色の日の光を浴びて。彼はめずらしく正しいことを言ったわ、自分ではわかっていないとしても。

ダーリン、あなたが来たら、わたしたちうんと気をつけなくちゃ。わたし、自分の目や声からどうやって幸福感を締め出したらいいのか、わからない。でも、彼は気がつきやしない――わたしの感情なんて、気にとめたことがないもの。それに、彼はどうせ大事な本の話がしたくて、あなたを独り占めにするでしょう。本はとうとう出版になって、彼は卵を産んだ雌鶏みたいに、コッコッコッコと騒いでいます。人に言われるわ。「ほう、ご主人は本をお書きになったんですか、ミセス・ハリソン。たいしたものだ。男性がこんなに料理にくわしいなんて！　おたくではさぞかしいい食事をしていらっしゃるんでしょうね。あのかわったキノコやらなにやらで、ご主人が中毒するのではないかと、心配にはなりませんか？」そうすると、わたしはにっこりして言うの。「あら、主人は絶対にばかな間違いは犯しません。キノコのことは知り抜いていますから」それは本当よ。彼は物に関しては間違いを犯さない――間違うのは人間に関することだけ。わたしのことはなにひとつ正しく把握していない――まったく、なんにもね。でも、キノコは本当に好きで、手間ひまかけて研究するもの。

最初の奥さんはどうやってあの男に耐えていたのかしら。誰の話を聞いても、家庭的な人だったみたい――有能な主婦で、いい母親で、というタイプ。わたしも子供がいればもっとしあわせだったかもしれないと思います。でも、彼は子供を授けてくれなかったし、望んでもいないようです。今はそれがうれしい――あなたと出会ってからはね。今では彼の子供をみごもるなんていやよ――あなたを裏切ったように思えるもの。心配しないで、愛しいひと。彼はわたしに触れもしません――意味はわかるでしょう――わたしも触れさせやしないし。できればいつもの朝のキスさえ避けています。そりゃ、拒絶はしないわ――そんなことをしたら、いっぺんに怪しまれてしまう。ただ、たまたま忙しいとかで、彼に会わないようにするの。彼はむしろ喜んでいると思う。だって、前にはわたしが少しでも愛情を表現すると、「もういい、もういい」とかって、ぶつぶつ言うばかりだったもの――そのくせ、猫が抱きついてくるのは大歓迎で、何時間でも胸の上で撫でたりさすったりしているわ。きっと、女の気持ちは猫の気持ちほど大事じゃないと思っているのよ！

いやだ、どうしてわざわざ彼のことなんか話しているのかしら。わたしのハートを占領しているのは、あなた、あなた、あなた、あなた一人だっていうのに。ああ、ダーリン、わたしのペトラ、わたしの愛するただ一人のひと！　あなたは帰ってくる。世界中で大切なことはそれだけ。太陽は輝き、すべては幸福。今日は買い物に出かけました――家で必要な、つまらないものばかり――パンやじゃがいもを籠に入れながら、キスしてやりたいくらいだった。あなたとわたしが同じ世界にともに存在しているのがうれしくて！　ペトラ、愛するひと、あなたとわたし、あなたとわたし――ああ、ダーリン、なんてすてきなの！

あなたの幸福な、

ロロ

43　マーガレット・ハリソンより　ハーウッド・レイザム宛

ウィッティントン・テラス一五番地

一九二九年八月二日

ペトラ、愛しいひと！

ああ、ダーリン、わたしたち、運がついていないなんて、これからは言えないわね。もしかしたら、運より大きなものが味方になってくれているのかも。残骸の中から、あの最後の輝かしい一夜を救い出すことができたなんて――完璧な、口に出して表現することもできないほどすばらしい――わたしたちの愛の夜。考えてもみて――あなたの滞在最後の夜に、彼があんなふうに急に呼び出されて、しかも彼自身があなたに、自分が戻るまでは行かないでくれと頼むなんて。そのうえ、あれがもし家政婦の休みの晩でなかったら、安全ではなかった。でも、信じられない幸運で、なんの心配もない、二人きりの夜になったのよ、ペトラ。わたしね、実はこわかったの。ほんの一瞬だけれど、彼はやっぱり怪しんでいて、出かけるふりをしているだけで、しばらくしたらわざとこっそり戻ってきて、わたしたちの現場をおさえるつもりじゃないかって思ったのよ。あなたもそんなふうに思った？　わたしをおびえさせるといけないから、なにも言えなかった？　わたしもそれでなにも言えなかった。でも、それからふいに、確信を持ったの。絶対に大丈夫なんだって。わたしたちは天使に見守られていたのよ、ペトラ。あのすばらしい一時間は天から与えられた――あなたとわたしだけのための、ほんのちょっぴりの永遠。神様はわたしたちを憐れんでくださったんだわ。あれが罪だなんて、信じられない――誰も罪を犯してあんなにしあわせな気分になれはしない。罪は存在しないのよ、昔ながらの罪はね――ただ、愛することと愛さないことがあるだけ――あなたやわたしのような人間と、彼のような人間とがいるだけ。ミスター・ペリーならなんと言うかしら？　今、礼拝式を始めようと道路を渡っていく司祭の姿が見えます。彼は正しいことと正しくないことをすべてわきまえていると考えているけれど、彼が好んで蠟燭や香を使うのはいけないことだと思い、彼をカソリックかぶれだとか、偶像崇拝者だとか言う人はたくさんいます。でも、彼はその狭く冷たい教区の体験から、自分にはあなたのような人に対して掟を定める権力があるという態度をとるのよ。あなたは心が広くて、自由で、すばらしい人なのに。なんて理不尽なの！　このあいだの律法と福音についてのお説教はおかしかった。彼は言ったの。もしわたしたちが福音の教えどおりに行動し、神のためによき人間であろうとしなければ、わたしたちは律法に罰せられる。それは神に復讐心があるからではなく、自然の法則がはたらいて、まったく偏見なく罰をくだすのだ。火に触れればやけどをするが、火が罰をくだしたのではなく、それが火の自然法則だからだ。

　わたし、とりとめのないことを言っているわね、ダーリン。ただ、ミスター・ペリーならわたしたちは罪を犯したと言うでしょうが、それに対して、神はどんな自然の復讐をすると彼は考えているのだろうかと思ったの。ばかばかしいわね。神にせよ、自然にせよ、何百万、何千万という星の散らばる宇宙を監督しながら、ちっぽけなわたしたちのことにかかずらうなんて。それに、わたしたちの愛は自然なもの——不自然で異常なのはゴルゴーンのほうよ。たぶん、それが彼の罰なんだわ。彼はわたしに愛を与えようとしないから、わたしたちの愛は彼に対する自然の復讐なのよ。そりゃ、彼はそんなふうに見ようとはしないでしょうけど。

ああ、ダーリン、この数週間はなんてすばらしかったことか。一分残らず楽しみました。あまりしあわせで、表に出て叫び出したくなるのをこらえきれないかと思ったくらい。走り出て、通りがかりの人や、鳥や花や野良猫に、わたしがどんなにしあわせか、教えたかった。ゴルゴーンがいてさえ、すっかり台無しにはなりませんでした。彼が『聖なる炎』（ウィリアム・サマセット・モームの一九二八年作の戯曲。戦争で身体障害者になった男を家族の一員が安楽死させる）を観て、どんなに怒ったか、おぼえている？　そのあいだ、あなたはわたしの手を握っていて、そのとおりだ、役立たずの夫は生きている人々、立派な妻やその愛人や子供の邪魔になってはいけないと、その手はわたしの手に告げていました。ダーリン、あんなに見事な、勇気ある劇はほかに書かれていないと思います。無益な人々に愛と若さの邪魔をする権利がどこにある？　もちろん、劇の中では、夫が悪いんじゃないわ。彼は負傷し、自分ではどうすることもできなかった——でも、それもまた自然の法則ね？　醜悪なもの、病気で弱いもの、くたびれたものを取り除き、若さと愛と幸福にチャンスを与えてやる。それを書いたのは勇敢な行動だわ。だって、みんな心の中ではそう知っていても、こわくて口には出せないものだから。

ペトラ、ダーリン、わたしの恋人、愛しいひと、人生がどんどん過ぎていってしまうのに、手をこまねいてじっとしていることなんてできる？　愛の時間は短い——どうしたらいいの？　なにか考えて、ペトラ。たとえ——ええ、もう少しでそこへ行きそう——たとえその道が恥と屈辱に続くとしても——ほかに道がないのなら、わたし、耐えられると思う。わたしはあなたのために創られた女、そう確信しているの。あなたはわたしの人生のすべて、わたしがあなたの人生のすべてであるように。

キスして、キスして、ペトラ。わたし、自分の腕や手にキスして、あなたの体なのだと想像します。

いつまでもあなたのもの、

ロロ

44 マーガレット・ハリソンよりハーウッド・レイザム宛

ウィッティントン・テラス一五番地

一九二九年十月五日

ああ、ペトラ、わたし、こわい。ダーリン、恐ろしいことが起きました。確かよ——ほとんど確かです。自然は復讐を遂げられないとわたしが言ったの、おぼえている？ ああ、でも、それは違う、自然の復讐が来たのよ、ペトラ。どうしたらいい？ いろいろやってみたけれど、だめ。ペトラ、助けて。予想もしていなかった——わたしたち、とても気をつけていたし——でも、なにかがどこかでおかしくなったのよ。ペトラ、ダーリン、とても耐えられません。自殺するわ。彼にばれてしまう——必ずばれるわ、そしたら彼はすごく残酷になって、ひどいことになる。

ペトラ、わたしはどうしようもなくなって、彼に――怒らないでね、ペトラ――彼に優しくして、愛してもらおうとしたんだけど、だめでした。真相を知ったら、彼は何をするかわかりません。なんでもいいから！　ダーリン、ダーリン、なんとかして――なんでもいいから！　なんの方法も思い浮かばないけれど、なにかあるはずよ。じきにみんなに知られて、とんでもない騒ぎとスキャンダルになる。離婚するにしても、間に合わないわ――裁判はひどく時間がかかるんですもの。でも、彼が離婚に同意するとは思えない。きっとすべて揉み消して、わたしにつらくあたるのよ。わからない。気分が悪くて夜も眠れません。今日はどうしたんだと彼に訊かれました。わたし、ずっと泣いていて、ひどい顔なの。ペトラ、愛しいひと、わたしたち、何ができる？　神様はなんて残酷なの！　やっぱり因襲的な人たちの味方なんだわ。早く手紙を書いて、どうすべきか教えて。こんな厄介なことにあなたを引きずり込んでしまったけれど、怒らないでください。わたしにはどうしようもなかったのよ。手紙をくれるか、会いに来て――心配で気が狂いそう。わたしを少しでも愛しているなら、ペトラ、今すぐ助けてください。

ロロ

45　ジョン・マンティングの供述書（承前）

次にハリソン夫妻のことを耳にしたのは一九二九年十月の半ばごろ、思いがけずレイザムから「デヴォン州マナトン、草庵にて」という手紙を受け取ったときだった。水彩画と野生の食物に囲まれて毎年恒例の〝キャンプ〟をしているハリソンのところに泊まっているという。ハリソンがぜひ来るようにとあまりしつこくすすめるので、断わりきれなくなったらしい。レイザムはパリで数カ月、猛烈に仕事をしたあとで、かなりくたびれていた。耐え難いほど暑い長い夏も過ぎ、デヴォンで青々とした草に隠れた小道を歩きまわるのが魅力的に思えた。たとえ退屈なハリソンといっしょに過ごすというおまけつきでも。「意外にも」と彼は書いていた。「一人で田舎にいるときのハリソンはそう悪くない。彼にはこういう生活が本当に合っているんだ。家庭人としてはだめな男だが、別荘であれこれやっている彼はとても快活でいきいきしている。それに、確かに第一級の料理人だ。もっとも、ぼくはこれまでのところ、イラクサのスープやキノコの煮物はなんとか避けてきたけどね。この若さで命を落としたくはない。ここはきれいなところだ——もちろん、周囲何マイルにもわたって何もない。マナトン（家が五、六軒とパブが一軒）から続くうねうねした道の途中にあるんだが、その先は深い谷間で、谷のこちら側がマナトン尾根とベッキー滝、むこう側がラストリー・クリーヴだ。唯一の隣人は羊と牛——このあいだは年取った雄羊が台所に入ってきた。ハリソンは火にかけた鍋を前にしていて、初めはそれに気づかなかった。〝ベー・ヘイ・ヘイ〟と羊は言い、〝エー・ヘイ・ヘイ〟とハリソンは鳴いて、顔を上げた。するとあいつは老いぼれ羊にそっくりで、角が二本加われば見分けがつかなくなりそうだった！　毎朝、皿を洗って片づけると、ハリソンは折りたたみ式の脚やらなにやらついた最新の特上絵の具箱を持って谷間へ出かけ、一日中ハリエニシダのやぶにすわって、川の流れを紙に描き写そうとする。日照りで川はかなり涸れているが、彼が自慢げに見せてくる川の絵ほどひからびて生彩を欠いたものはない。毛が三本しかない筆でちょちょんのちょん、まるで餌をついばむカナリアだ。こんなに眺めのいいところに来て、ぼくはどうして仕事をしないかって？ ごめんだね、ぼくは人物画、肖像画が専門だ――それに、ここには休みに来たんだから。荘厳なる美を謳い上げるのはぼくの仕事じゃない――だからぼくは戸口でパイプをふかし、裏庭から牛を追い出し、シチュー鍋の火が強くなりすぎないように見張っている。

というわけで、ぼくはメネラーオス（ギリシャ神話のスパルタ王で、トロイ戦争の原因となった美女ヘレネーの夫）とともに心地よく流浪の生活、一方、ヘレネーは家にすわってシャツを縫っている。そのほうがいいんだ。こういうことはあまり深刻に受けとめてはいけない。結局のところ、ハリソンの考えが正しかったのかもしれないさ。食事の面倒は自分で見る、愚かな女どもは勝手にさせておく。女は男にはうるさいばかりだ。きみは結婚して、きっと整然とした家に住んでいることだろう。こうしてつむじ風と結ばれた今、仕事はしやすくなったかい？ まあ、きみのつむじ風も仕事をして、風車小屋の粉ひき機を回す役に立っているから、それでずいぶん違うだろうがね」

こういう調子が一ページ以上も続いた。シニカルな態度は以前の彼にはなかったものだから、なにかしら落ち着きを失っているようだとわたしは判断した。あのご婦人の厳しい要求に嫌気がさしたか、三人が暫定協定を結んだか、どちらかだろうと思ったのだ。どちらにせよ、わたしの知ったことではなかった。

最後に彼は、一両日中にロンドンに行くから、きみのうちに寄る、と書いていた。そのとき、わたしはブルームズベリーに住んでいて――現在の家である――妻は実家に帰っていて留守だった。わたしも彼女といっしょに出かける手はずを整えていたのだが、ぎりぎりになって急な仕事が入った――あるアンソロジーの前書きだが、ほかの出版社にアイデアを横取りされないうちに、超特急で出さなければならない本だった。大英図書館でたくさん調べ物をする必要があり、わたしはこちらに残らざるをえなかった。

十九日の午後一時ごろにレイザムが現われたとき、わたしは事情を説明し、ランチを出せなくてすまないと詫びた。たいていの男女と同じく、わたしも一人の食事は気が滅入るが、どうやら家政婦も同感で、一人のために料理をする気にはなれなかったらしい。妻が留守にする前までは、料理のうまい女だと思っていたのだが。エリザベスが彼女に、旦那様の食事の支度をするようにと紙に書いて渡していくと期待していたわけではないから、今までは妻の精神的影響力で生のマトンがロースト・マトンに変わっていたのだろうと推測するしかなかった。

レイザムは同情し、わたしたちは〈ボン・ブルジョワ〉で食事をした。外で食べようと決めたときには、彼は上機嫌のようだったが、ときどきふっとうわの空になるので、緊張しているのか、なにかに気をとられているらしかった。アンソロジーのことや、わたしの仕事全般について、興味がある様子で訊いてきたが、わたしが新しい小説のプロットを説明している最中に、急に言葉をさしはさんできたので驚いてしまった。

「なあ、奥さんが里帰りしているんなら、ぼくといっしょに来て、この週末を草庵で過ごさないか？　きみのためになる、頭がすっきりしてさ」

「なんだって？」わたしは言った。「ハリソンの別荘だろう。彼がぼくに会いたがるはずはない」

「とんでもない。喜んで泊めてくれるよ。ああ、つい昨日も、ぼくが出かけようとすると、帰りにはミスター・マンティングを連れてきてくれるといい、と言っていた。例の誤解のことはすっかり水に流しているよ。むしろ、後悔しているんだ。きみに対して不当なことをしてしまったと思ってね。あやまって、仲直りしたいのさ。ミスター・マンティングはきっと恨んでいるんだ、ずっとロンドンにいるのに一度も会いに来てくれない、と彼は言っている」

「ばかばかしい」わたしは言った。「ぼくがなぜこの件に関わらないほうがいいと考えたか、きみは知っているじゃないか」

「ああ、でも彼は知らない。だから当然、きみが気を悪くしていると彼は考えているわけさ」

「ぼくは忙しいと言ってくれなかったのか？」

「もちろん言ったよ。きみが人気作家だという事実は目いっぱい利用した。そうしたら、そりゃあの人はもう有名人だから、昔の友達のことにはかまっていられないんだろう、ときた」

「ちくしょう」わたしは言った。「きみは気のきかないやつだ、レイザム。彼の感情を傷つけることはないのに」

「わかってるよ。だからさ、いっしょに来ないか？　ハリソンはどんなにか喜ぶよ。それに、彼の奥さんもきみの奥さんもいないから、気まずいことにはならない。彼に対して礼儀を見せるいい機会じゃないか、きみの奥さんを巻き込まずにね」

「礼儀が聞いてあきれるよ」わたしは反対した。「彼が休暇を過ごしている別荘に、予告もなしに勝手に押しかけて、食事と宿を提供させるのが礼儀正しい行動なのか？　おそらく彼はぼくの顔なんか見たくもないだろうに。それに、週末だ。客用の食べ物を仕入れるのだって難しいじゃないか」

「ああ、それなら問題はない」レイザムは言った。「ぼくたちが食料を買って持っていけばいい。どうせそうするつもりだったんだ。あっちでは、週に二回来る配達人だけが頼りだ。とんでもなく寂しいところでさ。牛肉を少しとソーセージを二ポンドばかり持っていこう。それで充分だ」

わたしは考えた。

「なあ」レイザムはふいに言った。「来いよ。来てほしい。あそこの生活は悪くないけど、ちょっと退屈なんだ。たまには同じ言語を話す人間としゃべりたい」

「そんなにうんざりしているんなら」わたしは筋の通ったことを言った。「どうしてまだ泊まっているんだ？」

「ああ、うん——約束しちまったからさ。ほんと、悪くはないんだ。だけど、たまには変化があったほうが、ぼくら二人のためになる」

「しかしな、レイザム」わたしは言った。「いい考えとは思えない。ぼくは特に清教徒的人間ではないが」（どうして清教徒的などという表現を使うのだ——たぶん、自分の品位を否認したいとき、それを黒服にとんがり帽子のグロテスクなものとして提示すると、否認が容易になるのだろう）「きみがハリソンに対してとった行動を考えれば、きみが自分の友達を彼に押しつけるのは行き過ぎだと思う。きみ自身が何をするかはきみの問題だ」（振り返ってみると、わたしはなにかにつけこの陳腐な考えを振りまわして満足していたようだ）「だが、ぼくの場合は違う」

「ナンセンス！」レイザムは言った。「あれはもう完全にすんだことだ。終わった。洗い流された。蒸し返しているのはきみじゃないか。あんなことは忘れて、ぼくといっしょに来て、ハリソンを喜ばせてやってくれないか？」

「どうしてそう熱心なんだ？」

「いやあ、べつに熱心てわけじゃない。行けばきみも楽しむだろうと思っただけさ。どっちだっていい。今日の午後は何をするんだ？　また大英図書館か？」

わたしはそうではないと答えた。土曜日の午後は混むので、閲覧室には行かないことにしているのだ。わたしは彼の仕事について尋ねた。

彼は前と同じように曖昧に話し、落ち着いて作品に集中するのが難しい、今描いているモデルたちにはいらいらさせられる、と言った。美術院展で大成功を遂げたおかげで、彼はファッショナブルな画家となったが、ファッショナブルな女性たちはみな同じらしい。狭量で個性がない。仮面を描いているのと変わらない。こういう話はほかの画家たちからもさんざん聞かされていたから、レイザムはもう天狗になっているのだとわたしは解釈した。

今夜はロンドンに泊まることにして、芝居でも観に行かないかと誘ったが、芝居はあきあきだと彼は言った。今日はエージェントに会いに来ただけで、四時三十分の汽車で戻る。考え直していっしょに来ないか？

結局、わたしは考え直していっしょに行くことになった。なぜか、自分でもよくわからない。ただ、新婚六カ月目で妻が留守という状況で、分別ある男なら、なにもせずにぶらぶらしていることはないと考えるのがふつうだろう。

むっとする客室に落ち着いたわたしたちを乗せた特急は滑らかに走り、定刻どおり九時十五分にニュートン・アボットに到着した。記憶をたどってはみたのだが、道中のことはこれといってなにもおぼえていない。わたしは車中でおしゃべりするのが嫌いだし、レイザムもあまり話をしたい様子ではなかったから、わたしは本を読んでいた。ヒューズの『ジャマイカの烈風』（リチャード・ヒューズの一九二九年作の小説。子供たちを乗せて英国へ向かう船が海賊に襲われる）だ——全体としては過大評価されている作品だと思うが、あの不思議な説得力のある地震の光景描写は忘れ難い。蒸し暑い静寂、続いて、茶碗の受け皿を傾けたように、音もなく海と海岸線が傾く。あそこはいい。それに続く暴風。そして子供は、ふつうでないことが起きたとは気づかない。誰もこのことに適切な、恐ろしい名前をつけてくれないから。それはとても自然だ。だが、海賊の出てくるところは好きになれない。期待を裏切られた。

　わたしたちは車中で夕食をとったが、汽車での食事はめったに記憶に残るようなものではない。レイザムはぶつぶつ言って半分残し、わたしはハリネズミのスープや毒キノコの煮物に慣れた口には合わないのか、というような冗談を言い、彼はそれをひどい侮辱と受けとった。

　ニュートン・アボットでローカル線に乗り換え、ティングレース、ヒースフィールド、ブリムリー・ホルトと三十分以上かけてのろのろ進み、ようやく二十分遅れでボウヴィー・トレイシーのプラットホームに着いた。十時十五分であたりは暗かったが、土のにおいが感じよく漂い、一雨きそうなのがありがたかった。わたしは片手にアタッシェケース、残る片手に牛肉とソーセージを入れた袋を提げてプラットホームに立ち、一方レイザムは外で誰かとなにやら玄妙不可解な交渉を行なっていたが、やがて戻ってきて「送ってくれる男を見つけた」とぼそっと言うので、わたしたちは駅の外に出た。暗がりに古びたタクシーが一台、哀れっぽい音を立てていた。レイザムが先に乗り込み、わたしは彼の足元に袋を置いた。

「なんだよ、それ？」彼はぴりぴりした声を出した。

「食料だよ、ばかだな」わたしは言って、乗り込んだ。

「ああ、そうか、忘れてた」彼は言った。「さあ行こう、さっさと乗れよ」

　レイザムに慣れているわたしは彼の苛立ちを無視した。車はがたごと走り出した。

タクシーの中は墓地のようなにおいがしたので、わたしはそう言った。するとレイザムはふんと鼻を鳴らし、手荒く窓を下げた。わたしは愚かにも、デヴォン行きの熱が冷めてしまったみたいだな、と言った。

「そうべちゃくちゃしゃべるなよ」彼は言った。

またハリソンに会うというのが彼の神経を逆立てているようで、これは気の休まらない週末になりそうだとわたしは予想した。

「自分の招いた災いだ《ヴ・ラヴェ・ヴリュ》、ジョルジュ・ダンダン（モリエールの喜劇『ジョルジュ・ダンダン』で、主人公の独白）」とわたしは反省して内心でひとりごち、あきらめて煙草に火をつけた。狭い道は暗い生垣のあいだを上がったり下がったりしていたが、全体としては上り坂で、尾根に向かってくねくねと続いていた。ぼんやりした光が一つか二つ、それに黒い屋根がいくつかかたまっているのが見え、文明の存在を告げていた。レイザムは気力を取り戻し、「マナトンだ——昼間はここからの眺めがいい」と言った。

「じゃ、もうじきだな」わたしは言った。


彼は返事をせず、ふいにわたしは彼の息遣いが聞こえるのに気づいた。いったん意識してしまうと、その音に目をつむることができなくなった。夜中に自分の心臓の鼓動を聞くようなものだ——音はだんだん大きくなり、やがてあたりの静寂を埋め、とうとう眠れなくなってしまう。呼吸音は重く、近く、耳ざわりだった。

「えっ！」だしぬけにレイザムは言った。「なんて言った？」

さっき何を言ったか？ ずいぶん前のことだ。マナトンはもうずっと後ろに過ぎ、車はぜいぜいと息を切らしながら坂を下っていった。荷車の深い轍がおんぼろ車を揺さぶった。目的地までもう長くはかかるまいと言ったのだと、わたしは思い出して答えた。

「ああ」レイザムは言った。「すぐそこだ」

車はさらに十分、がたごと走り続けたが、やがて、きーっといって止まった。わたしは頭を出してみた。暗がりの中にぼんやりと畑や木々が見え、南西の風に乗って遠くから小川の水音がかすかに聞こえてくる。明かりはない。建物もない。

「ここなのか?」わたしは訊いた。「それとも、エンストか?」

「なんだって?」レイザムはいらいらと言った。「ああ、もちろん、ここさ。どうしたんだよ? さっさと行こうぜ——一晩中こんなところにはいられない」

わたしはドアと格闘し、ようやく外に出た。レイザムもすぐ続いた。彼は運転手に金を払い、車はターンする場所を探して坂道をよろよろと下り始めた。

「おい!」わたしは言った。「牛肉の包みは?」

「あっ、しまった」レイザムは言った。「きみが持っていると思っていた」

わたしはタクシーを追いかけて食料品を取り返し、レイザムの立っているところに戻ってきた。先を急ごうという気持ちは萎えてしまったらしい。彼はマッチを擦ったが、なかなか火がつかなくて苦労していた。車は百ヤードほど離れたところで、ゴホゴホと息の詰まったような音を立てた。ガチャガチャとギアを荒っぽく動かす音。ブルブル、ゴホゴホ、ブルブル、ゴホゴホ、ようやく一速でのろのろ動き出した。どすんばたんとわたしたちの前を過ぎ、二速に入った。躊躇してから三速に入った。赤い後尾灯が視野から消えたと思うと、また見え、ぎくしゃく動いてはまた消え、やがてゆっくり空を指して進んでいった。

「いいか?」レイザムは言った。

彼が動き出すのをこちらが辛抱強く待っていたのだと指摘はせず、荷物を取ってあとに続いた。

「畑を横切らなきゃならない」彼は説明し、わたしのためにゲートをあけていてくれた。

しばらくよたよたと歩いていくと、彼が急に足を止めたので、わたしはぶつかってしまった。

「あそこだ」彼は言った。

目をやると、木々のあいだの闇の中にさらに濃い闇が見えるばかりだった。

「明かりがついていない」わたしは言った。「彼はきみが帰ってくると知っているのか? ぼくが来たんで不愉快になったりしないといいがな」

「ああ、大丈夫だ」彼はぶっきらぼうに言った。「もう寝たんだろう。早起きだからな。ヒバリとともに起き、お天道様とともに寝るってやつさ。かまわない。勝手に漁って食えばいいんだ」

数分後、わたしたちは草庵の戸口に立っていた。どんな家かは言うまでもないが——実際、今ではイギリス中の人人が知っている——丈の低い二部屋のコテッジで、石造り、スレート屋根の醜い建物。平屋で、スコットランドでは〝バット・アンド・ベン（手前が居住空間、奥が寝室の二部屋の小屋）〟と呼ばれるものだ。窓にシャッターはついていないのに、どこからも光は漏れていなかった——蠟燭はもとより、暖炉の残り火さえ見えない。

レイザムがふいに叫び声を上げた。

「あいつ、先に寝ちまったんだな」彼はつぶやいた。わたしがドアのハンドルを手探りしていると、彼はわたしを押しのけた。掛け金がカチャッといってドアがあいた。彼は立ったまま、暗い家の中を見つめていた。

「どこかに出かけて道に迷ったなんてことはあるかな？」彼は言い、まだ敷居の前でぐずぐずしていた。

「入って確かめたらいいだろう」わたしは言い返した。

「今入ろうとしていたんだ」彼は中に入った。マッチ箱をカラカラいわせる間違えようのない音がして、彼が明かりを点そうとしているのがわかった。なかなかうまくいかず、何度も擦りそこねては悪態をついたあげく、ようやく小さい炎が燃え上がった。彼がそのマッチを高く掲げると、その瞬間、居住用の部屋が目に入った——食器の散らかった台所のテーブル、流し、空っぽの暖炉、一隅には絵の道具がまとめてある。やがてマッチの火はちらつき、彼は指が焦げそうになって取り落としたが、次のを擦ろうとはしなかった。

「ばかだな！」わたしは挑戦するように言った。この陰気な歓迎が神経にさわってきたのだ。「おい——蠟燭かなんか、ないのか？」

わたしはポケットを漁って、オイル・ライターを探し出した。これで少しは安定した光が手に入ったから、ドアのすぐ裏に蠟燭挿しがついているのを見つけ、蠟燭をはずして火をつけた。ごたごたした部屋がまた目に飛び込んできた。わたしは蠟燭をテーブルの上、食事の残りがきたならしく出しっぱなしになっている横に据えた。床には椅子が一脚倒れていた。わたしは機械仕掛けのようにそれをまっすぐに直し、あたりを見まわした。レイザムはまだドアのそばに立ったままで、首をかしげ、耳を澄ましているような様子だった。

「なんだよ」わたしは言った。「ずいぶんと楽しい家だな。もしハリソンが――」

「静かに」彼は言った。「あいつのいびきが聞こえたように思ったんだ」

わたしは聞き耳を立てたが、蛇口の水がぽたぽたと流しに垂れる音しか聞こえなかった。

「彼は出かけているようだ」わたしは言った。「暖炉に火をおこさないか？　ぼくは寒い。薪はどこだ？」

「籠の中だ」レイザムはぼんやりと言った。

わたしは籠を調べたが、中は空だった。

「しょうがないな」わたしは言った。「じゃ、一杯飲んで寝るとしよう。もしハリソンがあとで帰ってきたら、きみが事情を説明するんだな」

「ああ」レイザムは乗り気になって言った。「それがいい。一杯やろう」彼は歩きまわった。「あいつ、ウィスキーをいったいどこにしまったんだ？」彼は戸棚をあけ、ぶつぶつ言いながら中を手探りした。

ここで、わたしはふと思いついた。

「ハリソンはドアに鍵もかけずに出かけるか？」わたしは言った。「彼は原則として注意深い男だぜ」

「なんだって？」レイザムは戸棚からひょいと頭を出した。「ああ――うん――鍵はかけるだろうな」

「じゃ、どこかにいるんだ」わたしは言った。それまでわたしたちはひそひそと小声で話していた――眠っている人を起こしてはいけないという配慮だったのだろうが、わたしの我慢もこれまでだった。

「ハリソン！」わたしは大声で呼んだ。

「黙れ！」レイザムは言った。「ウィスキーは寝室に置いてあるんだろう」彼は蠟燭をつかみ、奥の部屋にぱっと入った。

影が分かれ、出ていった彼のあとを埋めるようにどっと流れ込んできたので、わたしはまた闇の中に一人取り残された。彼の足音がふと止まり、そのあと長い間があった。それから彼の声がした。奇妙なしゃがれ声で、蓄音機の針がレコードの傷の上を通るときのような、ひっかかりがあった。

「おい、マンティング。ちょっと来てくれ。なにかおかしい」

奥の部屋はめちゃくちゃだった。急ぎ足で入っていくと、夜具につまずいた。部屋にはベッドが二台あり、レイザムはむこう側のベッドのわきに立っていた。彼は一歩離れたが、手が震えていて、蠟燭の炎が踊った。わたしは初め、ベッドの上の男が動いたのかと思ったが、光が揺れているだけだった。

ベッドは壊れ、グロテスクに斜めにかしいでいた。ハリソンはその上に大の字になり、周囲には汚れた毛布がくしゃくしゃになっている。彼の顔はゆがんで青ざめ、白目をむいていた。わたしはかがんで、その手首に触れた。冷たく、重く、放すと重い荷物のようにどさりとベッドに落ちた。鼻孔がいやな感じに見えた――蠟細工をくりぬいたような、黒い空洞――とても肉体とは思えない――そして唇はねじれて歯がむき出しになり、白っぽい舌が突き出ていた。

「なんてことだ！」わたしは思わずつぶやき、振り返ってレイザムを見た。「死んでいる！」

「死んでいる？」彼はハリソンではなく、わたしを見ていた。「確かか？」

「確かどころか」わたしは垂れた顎の下に指をつけた。顎はびくともしなかった。「もう死んで何時間もたっているに違いない。こちこちだよ！」

「ああ、ほんとだ、あいつ、気の毒に――」レイザムは言った。

彼は笑い出した。

「静かにしろ」わたしは言い、彼の手から蠟燭をもぎとると、もう一台のベッドに彼を荒っぽく押し倒してすわらせた。「しっかりしろ。きみには酒が必要だ」

苦労してウィスキーを探し出した。ハリソンのベッドの下の床に転がっていたのだ。苦しまぎれにびんをつかんだが、取り落としたのだろう。さいわい、コルク栓はきちんとはまったままだった。タンブラーもあったが、それには触れなかった。手前の部屋から別のを取ってきて（レイザムは暗い中に置き去りにしないでくれと叫んだが、わたしは無視した）、ウィスキーをたっぷり注ぐと、生《き》のままで彼に飲ませた。すわって震えている彼の前にわたしは立った。

「すまない」彼はようやく言った。「みっともないところを見せてしまった。いくらなんでも、びっくりするよな？しかし、きみの顔ときたら――やれやれ！――見せたかったよ！　たいしたみものだった！」

彼はまたくすくす笑い出した。

「ばかな真似はよせ」わたしは言った。「ヒステリーを起こしている暇はない。なにかしなければ」

「ああ、もちろんだ」彼は言った。「そうだ――なにかしなければ。医者を呼ぶとか。大丈夫だ。もう一杯やればなんでもなくなる」

わたしは控えめに一杯注いで彼に渡し、自分でも少し飲んだ。これでやや頭がはっきりしたようだった。

「マナトンはどのくらい離れている？」

「三マイルか――もう少しあるかな」

「よし」わたしは言った。「きっと電話を持っている人がいるだろう。あるいは、使い走りを出してくれるか。ぼくたちのどちらかができるだけ急いでマナトンへ行って、警察に連絡をつけるんだ」

「警察？」

「当たり前だよ、ばか。警察に知らせなきゃ」

「でも、なにもおかしなところはないだろう？」

「おかしくない？　死人がいるんだぜ――それだけでも、かなりおかしいと思うがね。彼はなんらかの原因で死んだ。心臓とか、てんかんとか、持病があったか？」

「ぼくの知る限りでは、ないな」

わたしはおぞましいベッドをもう一度よく見た。

「見たところ、むしろ——食べ物にあたったような——」

ふと思いついて、わたしは言葉を切った。

「あっちの部屋にあるものを見てみよう」わたしは言った。

レイザムはぱっと立ち上がった。

「ぼくが出かける間際、彼はキノコがどうとか言っていた——かわった種類のを取ってくるとか——」

わたしたちは寝室を出た。テーブルにあった小鍋には、黒いぐちゃぐちゃしたものが入っていた。わたしは慎重ににおいを嗅いでみた。すえた、キノコらしきにおいがかすかにして、地下倉を思わせた。

「なんてことだ」レイザムは情けない声を出した。「いつかこうなると思っていたんだ。彼には繰り返し言ってやったのに。一笑に付してさ。間違いを犯すなんて、ありえないと言っていた」

「まあ、わからないが」わたしは言った。「その間違いを犯してしまったようには見えるな。かわいそうに。よりによって、そばに誰もいないときにこんなことになるなんて。彼はまったくひとりぼっちだったろう？　商人が立ち寄ったりしないのか？」

「配達人が月曜と木曜に品物を届けに来る」レイザムは言った。「そのとき、次のぶんの注文を取っていくんだ」

「牛乳配達は？　パン屋は？」

「いや。缶詰のコンデンス・ミルクを使うし、パンは配達人が持ってくる。留守のときは、窓辺に置いていくんだ」

「なるほど」ずいぶん不便な生活に思えた。「それじゃ」わたしは続けた。「きみが行くか、それとも、ぼくが行こうか？」

「二人で行ったほうがいいんじゃないか？」

「ナンセンス」わたしははっきり反対した。なぜかよくわからないが、ハリソンの遺体を置き去りにしていくのはけしからぬ行動に思えたのだ。置いて出たところで、なんの害にもならないだろうが。「きみに行く元気がないなら、ぼくが行く」

「ああ——いや、だめだ！」彼は不安げにあたりを見まわした。「わかった、きみが行ってくれ。丘をまっすぐ登っていくだけだ。迷いっこない」

わたしは帽子を取って出ていこうとしたが、彼に呼び戻された。

「その——悪いけど——やっぱりぼくが行くよ。気分が悪い。外の空気を吸ったほうがよさそうだ」

「いいか」わたしはきっぱり言った。「一晩中ぐずぐずしているわけにはいかない。きみが家の中にいたくないんなら、マナトンへ行ってくれ。だが、さっさと心を決めることだな。なるべく早く誰かに連絡するのが先決だ。警察に知らせれば、きっと医者を見つけてくれるだろう。それから、きみはかれらにミセス・ハリソンの住所を教える」

「それは考えていなかった。そうだな——そりゃ——確かに——警察は彼女に知らせる必要がある」

「誰かが知らせなきゃならない。いやな仕事だが、きみは親類の人なんか知らないだろう?」

「うん。それじゃあ、行ってくるよ。ほんとにいっしょに来ないか? ここに残ってかまわないのか?」

「きみがさっさと行けば、そのぶん、ぼくが一人でここにいる時間は短くなる」わたしは言った。

「わかったよ!」彼はふと間を置き、なにか言うかに見えたが、「わかったよ!」と繰り返しただけで出ていき、ドアを閉めた。

夜道を三マイル、しかも上り坂だ——確実に一時間近くかかるだろう。それから、誰かを起こし、電話があれば見つけ、警察に連絡する——それに三十分かかるとしよう。そのあとは、すぐ出せる車が村にあるかどうかにかかってくる。彼は折り返し戻ってくるか、警察官が——おそらくボウヴィー・トレイシーから——来るまで待つか。あと一時間四十五分は何も起きないと、わたしは踏んだ。ふいに寒さを思い出したので、たきつけを探した。しばらくかかったが、外の小屋に薪を見つけた。暖炉の火はたいして苦もなくおこり、それからさらに二本蠟燭を見つけて点すと、気分が落ち着いて、状況を考えてみる余裕ができた。

マントルピースの上にボウリルのびんが載っていて、熱い飲み物はなによりだと思ったから、わたしはやかんに水を入れようと、蛇口へ持っていった。流しの中を一目見て、もう少しで予定の行動をとりやめるところだったが、なんとかむかつきを抑え、気をつけて水を汲んだ。流しに残っていた嘔吐の証拠を洗い流してしまいたい衝動に駆られたものの、その考えが頭をよぎったとき、〝証拠〟の一語が前に出てきた。「証拠は保存しておかなければ」わたしは自分に言い聞かせた。同時に、無意識のうちにこんなことも心に留めていた——この些細なエピソードで、今までいつも信じていたことが明らかになった、アナトール・フランス（フランスの小説家、批評家）の言うとおり、人はつねに、いや少なくともたいていは、具体的な言葉を用いてものを考える。

　ボヴリルと心理学で気力を取り戻したわたしは頭の中でハリソンの死の模様を再現してみた。彼の体は硬くなっていた。死後硬直に関して以前読んだことを思い出そうとした。こういうことは知っているつもりでいて、いざとなるとろくにおぼえていない。たしか、ふつう死後六、七時間で硬直が始まり、それは首と顎から始まって四肢と胴体に進んでいくが、やがて同じ順序で消えていく。それが何時間後だったかは思い出せなかった。わたしは気を引き締めてハリソンのところへ戻り、もう一度その体にさわってみた。顎は硬くなっているが、四肢はまだわりに柔らかい。そうすると、彼は今日の午後に死んだに違いない。レイザムが何時の汽車でロンドンに出てきたと言っていたか、よくおぼえていないが、何時であったにせよ、彼が出かけた時点では、ハリソンは元気だった。今は土曜日の深夜に近い。かりにハリソンが死んで六時間たっているとすれば——どうなのだ？　キノコの中毒で——死因がキノコの中毒だったとして——死に至るまでどのくらいかかるものなのか、わたしは知らない。おそらくは摂取量と本人の心臓の強さによって違ってくるだろう。

　テーブルに残っているのはいつの食事だろう？　わたしは戸棚の中を覗いた。大きなコテッジ・ローフ（二段重ねの山の形をした丸いパン）が一個、切らないままで入っていた。テーブルにももう一個置いてあり、こちらは一、二切れ分切り取ってある。木曜、金曜、土曜、日曜。もし二個のパンが次に配達人が来るまでの四日分だとすれば、最後の食事は木曜日のいつかということになりそうだ。ハリソンが前のパンを木曜の朝に食べきったとすれば、ここに残っているのはおそらく木曜の昼食か夕食だろう。戸棚の中には牛のすね肉約一ポンドもまだ肉屋の紙に包まれたまま入っていて、においと見た目から、やや古びているのがわかる。そのほか、タラの干物と多量の缶詰もあった。肉は悪くなってはいないものの、血は乾き、黒ずんでいた。木曜日に配達人が届けたもののようだ。そうすると明らかにそのときハリソンは生きていて、それをしまうことができたのだ。しかし、調理はしていないのだから、彼は木曜の夜か金曜の朝に具合が悪くなったのだろうと、わたしは結論を出した。

ここまでの推理に満足して、わたしはさらに考えた。食事のあとどのくらいたって、症状が現われたのだろう？ テーブルは片づいていない。彼は食べ終わるとすぐ後片づけをするようなきちんとした男だっただろうか？ そうだと思う。それなら、病気は食後すぐに始まったのだ。使った皿の前の椅子は倒れていたのだから、あわてて立ち上がった拍子に突き飛ばしてしまったのだろう。床の上を探すと、パイプが見つかった。煙草を詰めてあるが、ほんのわずかしか吸った形跡はない。テーブルには半分コーヒーの入ったカップもあった。ハリソンは夕食をすませ、椅子を敷物のそばまで引いて、パイプに火をつけ、食後のコーヒーを楽しんでいる。突然、彼は痛みか吐き気に襲われる。がばと立ち上がり、パイプを取り落とす。流しに駆けつけ、その拍子に椅子は敷物の端に引っかかって倒れる。彼は流しの縁につかまって激しく嘔吐する。それから？

わたしは蠟燭を取り、裏庭に出た。そこには田舎によくある原始的な便所があった。きれいとは言い難い捜査を続けるうち、検死官、警察官、医師、探偵、といった人たちの仕事は、大衆的な探偵小説に描かれているよりずっと不快なものなのだと悟った。しばらくすると庭は充分見てしまったから、わたしは家の中に戻った。

そのあとは――寝室だろう、と思った。それにもちろん、ウィスキーだ。痛みと疲労にぐったりして、アルコールを求める。ウィスキーとタンブラーがどこにあったかはわかっていた。それからまた嘔吐――このころには彼はもう動くこともできなかった。それから――壊れたベッドは見るからにいやな感じだった。キノコに中毒すると、どういう死に方をするのだろう？　安らかな死ではなさそうだ。あのゆがんだ体と顔に安らかさはなかった。錯乱と痙攣の苦しみはどのくらい続いたのだろう？　これほど苦しみながら、まったくひとりぼっちで死んでいくとは、なんと忌まわしいことだ。

考えるといやな気持ちになった。わたしはもう一台のベッドからシーツをはがし、なにも動かさないように気をつけて、それをハリソンの遺体にそっと掛けてやった。それから、部屋に戻って暖炉のそばにすわった。

一時半ごろ、外に人声が聞こえ、ドアをあけると、レイザム、巡査部長、それにボウヴィー・トレイシーのドクター・ヒューズと紹介された男の姿があった。医師はてきぱきとしっかりした中年の男で、これでもう大丈夫と安心感を与えてくれる雰囲気があった。

「おやおや」彼は言った。「ええ、残念ながら完全に死んでいます。死後七時間か八時間でしょう。もっとかもしれない。なんて運の悪い！」彼はポケットからピンセットを出し、遺体のまぶたを慎重に持ち上げた。「うむ！　瞳孔はやや収縮している――あなたの見立てが正しいかもしれませんよ、ミスター・レイザム。なんらかの中毒のようです。薬は？　グラスは？　そういったものは？」

わたしは夜具の下からタンブラーを取り出し、ウィスキー・ボトルのことを説明した。

「ああ、そうか。さあ、巡査部長――これはあんたの管轄だ」

「ウィスキーはなんでもない」わたしはすすんで言った。「実は、三、四時間前にぼくら二人とも少し飲みましたが、病気にはなっていません」

「それは早まったことをしたな」ドクター・ヒューズは陰気な微笑を浮かべて言った。「それでも、押収させてもらいますよ」

「キノコはここです、ドクター」レイザムは心配そうに言った。

「待ってくれ。こっちを先に片づける」彼は遺体に触れ、その関節を曲げ、詳しく調べた。「きみが彼と別れたとき、ベッドはこうなっていた？　違う。おそらくは痙攣の発作で暴れて壊したんだろう。そうだな。それじゃ、巡査部長、この部屋を調べてくれてかまいませんよ。遺体と夜具は、この状態のまま死体安置所に運んでもらいたい。それに、調理器具も――」

レイザムがわたしの腕を引っ張った。「外に出ようぜ」彼は誘ったが、わたしは動かなかった。好奇心か、題材を求める小説家の欲か、なにかに駆られて、わたしは部屋を去らなかった。

医師は調べをすませ、また遺体を覆った。

「さてと」彼は言った。「今のところ、わたしにできるのはここまでだ。さっき話していた小鍋というのはどこだ？ああ、そうだ、明らかにキノコだな。見ただけでは種類はわからないがね。これはぜんぶロンドン行きだ、巡査部長。警視が来たら、まとめて荷造りする手配をしてくれるだろう。送り先の住所を書いて渡しておきますよ。内務省所属分析医、サー・ジェイムズ・ラボックだ。はい。こちらの警察から彼に電話して、証拠物件が届くと知らせてあげてくださいよ」

「はい、先生」

「あんたはこれからどうするんだ、巡査部長？ 交代要員が来るまで、ここでがんばるのか？」

「はい。もうすぐ警視がみえると思います。電話してありますから」

「よし。じゃ、わたしは失礼する。お産が控えていてね。必要なら、フォーブス夫婦の家にいる。始まる前で幸運だった。まだ何時間もなにも起きないに決まっているんだが、初産なんでね、二人とも当然ながらびくびくしている。さっさと行ってやらないと、恨みのあまり、到着前に生まれてしまうかもしれん。そうなったら、どんなに文句を言われ続けるか。それじゃ、失敬。誰も車に乗せてあげられなくて申し訳ないが、わたしの行き先は反対方向なもんでね」

彼はそそくさと出ていき、車が遠ざかる音が聞こえた。巡査部長はとんだことで、と言い、レイザムとわたしが話せることを話してくれればメモしよう、と提案した。わたしは外の小屋から太い薪を取ってきて暖炉にくべ、やがて火は煙突に向かってごうごうと勢いよく燃え始めた。わたしにはだんだんこれが本の一場面のように思えてきてしかたなかった。実人生とは思えないのだ。おかしなことだが、ほとんど心地よいくらいだった。最後には楽しんでいたといってもいいほどだ——警察官の声は太った森鳩のクークーと鳴く声のように聞こえ、赤い炎が彼の丸顔を照らす。太い親指がメモ帳のページをめくり、ピンク色の舌がちびた鉛筆を舐める。レイザムは話し、答え、明快に説明する（緊張がゆるんだ今、彼は子供のように熱心に話をしていた）——ただ、どうしても楽しみきれなかったのは、頭の奥からある恐怖感が消えないせいだった。

太陽……

あのきりりとした冷たい日の出は、言葉で描写して足りるものではない。わたしは窓のほうを向いていたので、それが見えた——まず、ぼんやり白くなり、それから空の輪郭がくっきりしてくる——続いて、天井に青みがかった光が反射する——そして、垂れこめた雲の下に不安定な微光がのぞく。天気が変わりそうだった。

わたしは立ち上がり、ふらりと外の野原に出た。遠くから聞こえる川のせせらぎが、静寂の中に響く唯一の声だが、それは人の声と違って、その背後には血も生命もなかった。

わたしは斜面の端まで歩いていった。そこから先は急に深い谷間となり、ハリエニシダやヒースやワラビが灰色の丸石とからみあっている。目をやると、反対側の斜面の上はラストリー・クリーヴで、花崗岩の肩をすぼめたかのような巨大な岩山が村を見下ろしている。厳しい風景だった。

わたしは考えていた——ハリソンは妻とレイザムの浮気に感づいたことがあったのか？　別荘で二人きりで何日も過ごしていたあいだ、レイザムは彼に何を話したのだろう？　ハリソンは、自分が邪魔者になった場所からきれいさっぱり出ていくのが最善の解決法だと決めたのだろうか？　彼の言行にはいらいらさせられるところがあったが、掛け値なしに没我的なものを持った男だったと、わたしは知っていた。そして、あれだけの知識があれば、キノコを採集するときに故意に間違うくらい、彼にはまったく容易なことだっただろう。

これほど苦しい死をわざわざ選ぶ人間はいるだろうか？　つい最近、着ている服にガソリンをかけて火をつけ、自殺した男がいたではないか。それにハリソンの場合、中毒死はどんな方法より自然に見える。なぜレイザムはあんなに熱心にわたしを誘っていっしょに来させたのだろう？　彼は自分が歓迎されないのではないかと心配していた？　なにかを予期していた？　ひょっとしてハリソンは、レイザムが帰ってくるまでに道をあけると同意、約束、あるいは暗示したのか？　それとも、レイザムが爆弾発言をして――否定できない証拠を見せて――あとは事実が彼の心をむしばむにまかせたのか？

　谷間で雄鶏が鳴いた。羊が一頭、すぐ後ろで「べー！」と言ったので、わたしはびっくりして笑い出した。ぞっとすることばかり考えていた。ハリソンはおよそ自殺するようなタイプではない。彼がおとなしくライバルに道を譲る？　まさか！

　わたしは草庵に戻った。巡査部長はベルトをゆるめ、制服のボタンをはずして、居眠りしていた。レイザムは頬杖をついて、暖炉の火を見つめていた。

「やあ、お二人さん！」わたしは不必要に元気よく言った。警察官はびくっとして目を覚ました。「やれやれ、しまった」彼は詫びるようにぼそぼそ言った。「ついうとうとしてしまったらしい」

「それがいちばんだ」わたしは言った。「時間がつぶれる。そうだ、ゆうべぼくたちが持ってきた荷物の中にソーセージがある。朝飯でも、どうです？」

　ここにある鍋類を使いたくはなかったから、棒切れを削って尖らせ、ソーセージを刺して暖炉であぶり焼きにした。それでも決してまずくはなかった。

第二部　分　析

46　マーガレット・ハリソンより　ハーウッド・レイザム宛

ベイズウォーター
ウィッティントン・テラス一五番地
一九二九年十月二十日

ああ、ペトラ、ようやくわたしのものになった愛しいひと！

今朝、電話で何が起きたかを知らせるあなたの声を聞いたとき、どうやって信じたらいいのかわかりませんでした。だって、あんまり不思議で。受話器を掛けたとき、これは夢ではないと確かめるのに、自分をつねったほどです。階上へ行くと、家政婦がガウン姿で踊り場に立っていました。階段の上で立ち聞きしていたらしく、こう言いました。「ああ、奥様、いったい何があったんですか？　電話のベルが聞こえたので顔を出したら、奥様がお話しになっているのが聞こえました。事故でもあったんですか？」わたしが「ええ、恐ろしい事故があったの。ミスター・ハリソンは死にました」と言うと、彼女は目を丸くしました。「あのいやらしい野生のキノコを食べて中毒したのよ」わたしは言い、彼女は泣き出しました。「そんなことになるんじゃないかと心配していたんです！　ああ、奥様、なんてことでしょう。旦那様はあんなにご立派な紳士でいらしたのに」そう言われると、なぜか事が現実味を帯びてきたように思えました。「ご立派な紳士」――そりゃ、家政婦はあの人と結婚していたわけじゃないもの。わたしの気持ちがわかるはずもない。それでさいわいってものだわね、ペトラ？　彼女はうろうろしていましたが、めそめそ泣きながらわたしにお茶を持ってきました。わたしはなにも言えませんでしたが、それでよかったの。悲しみのあまり呆然としていると思われたみたい。呆然としていたのは本当です。

今でもまだ実感がないの――新聞で見たところなのに。新聞種になるなんて！　いろんな人たちがお見舞いに来てくれるけれど、わたしは誰にも会えないと断わっています。この自由を一人きりで味わいたいから。

ああ、ペトラ――神様はわたしたちの味方だと言ったでしょう？　わたしたちの愛はあまりにも美しく、あまりにも正しいものだから、神様は奇跡を起こしてそれを救わなければならなかったのよ。すてきじゃない――わたしたちはなにもしなかったのに！　これで、わたしたちの愛がどれほど正しいものか、はっきりしたわね。今となっては、二人で考えたあれこれの恐ろしいことを実行しなくてよかったと思います。そんなことをしていたら、どんなにか危険で――ひょっとしたら――わからないけれど――あとになって、考えてしまったかもしれない。きっと、いつも火山の上に住んでいるような気分だったでしょう。でも今、天から助けの手が伸びて、これでもう永遠になんの問題もなくなったわ。

ああなったとき、あなたがその場に居合わせなくて、ほんとによかった。それも特別な神慮（『ハムレット』の一節）のように思えない？　だって、そこにいたら、あなたは医者を呼ばなきゃならなかったでしょうし、そうしたらあの人は回復していたかもしれない。それに、あなたがあの事故に関わっていると、人に思われたかも――もしあなたとわたしのことが明るみに出ればね。これって、彼に下った審判だという気がしない、ペトラ？　前にはわたし、あの人の料理やら、キノコの本やら、すべてがしゃくにさわっていたけれど、そのあいだじゅう、あの人は自分がはまり込む穴を掘っていたのよ、聖書に出てくる邪悪な男みたいに！（聖書「伝道の書」の一節、「落とし穴を掘る者は自らそこに落ちる」）初めから計画されていたんだわ、わたしたちが自由を得て、二人いっしょに美しい生活を送れるように。昔よく聞いた言葉、なんだったかしら――ラテン語で、神は破壊しようとする人間をまず狂わせる（十七世紀の金言集の言葉）、とかいうの。あの人はキノコやなにかに狂っていた。ときどき、彼が例の恐ろしい癇癪を起こすと、実際に頭がおかしいのじゃないかと思うことがあったわ。あのころ、わたしは彼を恐れていたけれど、恐れるようなことなんかなにもなかったのだと、今はわかります。すべては、最終的にわたしたちを助けてくれるようにできていたのよ。

それにね、ペトラ——わたしが恐れていた、あのもう一つのこと——わかるでしょ——もう大丈夫！　なんにも起きないわ！　間違いだっただけ。ああ、うれしい！　これでわたしたち、急いで結婚する必要がなくなったもの。そんなことをしたら、人の噂になっていたでしょう。あとはもう少し待つだけ——ほんのちょっとの我慢よ、そうしたら——ああ、ペトラ！　わたしたちの幸福、考えてみて！なにもかも一度に片づいてしまったわね、ダーリン？　雲はすっかり晴れて、太陽が輝いている。

ところで、ダーリン——ここでほんのちょっぴりビジネスの話をしてもかまわないわね？　わたしたちの愛だけが頭の中をいっぱいにしているべきときに、こんなことを考えるのは下品にも思えるけれど、少しは実務的にならないと。わたし、今朝、弁護士を呼ばなければならなかったでしょう。彼が見せてくれた遺言書によると、いろいろな清算をすませたあと、一万五千ポンドくらいの遺産がありまず。この半分はそのまま彼の息子のポールのものになり、残り半分はわたしが生きているあいだはわたしのもの、そのあとはわたしの子供——彼とわたしの子供——が相続します。もっとも、それは二人のあいだに子供がいる場合で、そうでなければ、わたしが死んだら財産はポールに行きます。というわけで、わたしにはわずかな収入しかないけれど、あなたは今、たっぷりお金を稼ぐようになったから、わたしたち、そう貧しい生活にはならないわね？　おかしいわ——もしあなたとわたしのあいだに実際に子供ができていたら、法律上は彼の子供とされて（考えてもみて！）、その子はいずれ財産を相続していたはず！　でも、たぶん今の状況のほうがいいのだと思います。真実とは言い切れないことで得をするのはいやしい行為だし、わたしたちの愛に関わることはすべて、完全に清らかで高潔で、わたしたちには咎められるようなところはなにもないと、わたしは感じていたいもの。そりゃ、心の狭い人たちは、わたしたちの愛そのものが邪悪だと考えるかもしれない——でも、愛さずにはいられないものはしかたないわ、そうでしょう、ダーリン？　太陽に昇るなと言うようなものよ。あなたとわたしは二人で一つなんだもの、世界中のなにもそれを変えることはできない。だから、お金のことは気にしないでくれるわね、ペトラ？　ひょっとして彼は意地悪く、わたしの再婚を禁じる項目でも入れていたのじゃないかと心配したけれど、そこまでは考えなかったみたい。

もちろん、あなたは検死審理のためにそちらに残らなければならないわね。わたしも行かないとだめかしら？　みんなにじろじろ見られる中に立つなんて、いやだわ。どうせわたしにはなにも言うことはないし。彼はむこうに埋葬するべきかしら、それとも、ロンドンに運んできたほうがいい？　見た目に正しいとあなたが思うことなら、なんでもそうします。ポールには電報を打ったけれど、なにしろあんなに遠い未開地にいるから、返事が間に合うかどうかわかりません。こういうことって、すごく不合理だし、考えるのもいや。人の死は偽善と形式で塗り固められているのね。もっと単純で美しいものであるべきなのに、木の葉が落ちるみたいにね。わたし、喪服と未亡人のヴェールを注文しなくちゃ——しあわせなときに黒い服を着るなんて。本当は虹でこしらえたドレスを着たい——心の中ではそれを着ているわ、ダーリン——あなただけのためにね！

早く手紙を書いて、どうしたらいいか教えて。そして、あなたもわたしと同じくらい喜んでいる、わたしがあなたを愛しているのと同じくらい、あなたもわたしを愛していると言って！

ロロ

47

《モーニング・エクスプレス》切り抜き、一九二九年十月二十一日月曜日付

キノコ中毒死事件検死審理開かれる
苦痛にもだえる被害者に助けもなく
有名画家が証言

デヴォン州の僻村マナトンの小さな学校教室が、今日は人でごった返した。当地域担当の検死官プリングル医師が、ジョージ・ハリソン（五六）の遺体に関する検死審理を開いたのである。フロビッシャー、ワイリー&テディントン電気工学社の経理部長だったハリソン氏は、去る土曜日の夜、自身の別荘〈草庵〉において、異常な状況のもとで死んでいるのを発見された。

故人が変わった趣味の持ち主であったことが、友人のハーウッド・レイザム氏の証言で明らかにされた。当時、彼とともに〈草庵〉に滞在中だった新進画家のレイザム氏は、遺体の発見者である。

故人は『忘れられた食用植物』の著者で、これは自然林や生垣から得られる食物を扱った、非常に興味深い独創的な本だが、彼は風変わりな料理を実験することを好んだといい、毒キノコを調理したものを誤って食べたために死んだものと考えられる。遺体が発見されたとき、〈草庵〉のテーブルに、このキノコ料理の一部が見つかったという。

今後、遺体の臓器を化学分析する必要があるため、次の検死審理は二週間後に行なわれる。

遺体の正式な身元確認のあと、第一の証人としてハーウッド・レイザム氏が呼ばれた。混色織ツイード地のニッカーボッカー・スーツを着て、顔に不安と心労の表情を浮かべたレイザム氏は、低く抑えた声で証言した。

ハリネズミの黒焼き

証言によると、レイザム氏はハリソン氏とその家族を十

二ヵ月あまり前から知っていた。彼はベイズウォーターでハリソン家の上階のメゾネットに住んでいたことがあり、その折に夫妻と知り合って、かなり親しくなった。彼が描いたハリソン夫人の肖像画は、一九二九年春に王立美術院に展示された。金銭的その他の事情があって、彼はメゾネットの賃貸契約を二月で打ち切り、パリに生活の拠点を移したが、手紙のやりとりや、たまの訪問などで、ハリソン夫妻との友情は継続した。

ハリソン氏は毎年〈草庵〉で「一人で」休暇を過ごすのを恒例にしており、独身生活を送りながら、趣味の自然料理の実験を楽しんでいた。また、水彩画もたしなんだ。レイザム氏が十月にイギリスに戻ったとき、ハリソン氏から、〈草庵〉に泊まりに来ないかと誘われた。二人は十月十一日土曜日に連れ立って出かけ、非常に楽しい休暇を過ごした。

検死官：食料品など、必要なものをどのように手に入れていたか、説明していただけますか？――パン、肉、野菜は、必要に応じて配達人が届けてきました。配達人は月曜と木曜に来て、そのとき、次のぶんの注文を取っていきます。そのほか、コンデンス・ミルクをはじめ、あれこれの缶詰は〈草庵〉に貯蔵してありました。新聞は取っていませんでした。手紙はマナトンの局留めで、マナトンのほうに行く用事のある者が取ってくるか、さもなければ配達人が来るときについでに届けてくれました。

料理と家事は誰がしていましたか？――皿洗い、薪運びなどの仕事は二人でやりましたが、料理はハリソン氏が一人でやっていました。彼は一流の料理人でした。

彼は肉や缶詰などのほかに、自然食の実験作品ともいうべきものも出しましたか？――はい。たとえば、ある晩、ハリネズミの黒焼きを食べたことがあります。（会場に笑い声）

どんな味でしたか？――おいしかったです。（会場に笑い声）

「野生のキノコは食べていません」

検死官：ハリネズミですか。変わった料理はそれだけでしたか？——いいえ。一、二度、ハリソン氏はさまざまな種類のキノコを採集してきて、それを朝食や夕食に食べました。

そのキノコの中には、ふつうに販売されているマッシュルームも含まれていましたか？——一度、そういうことがありました。

あなたはその料理を食べましたか？——少しだけ食べました。わたしはマッシュルームがあまり好きではないので。

ほかのときはどうしましたか？——二度だったと思いますが、ハリソン氏はほかのキノコを持ってきて、食用になるものだと説明してくれました。あのあたりの谷間や湿った低地には、キノコがたくさん見つかるのだそうです。一つは、たしかシャンタレルとかいう種類で、そのほか、〝アメシスト〟なんとか、という紫色のものもありました。

それらはふつうに人が食べる種類のキノコではありませんね？　一般に〝ガマの腰掛け〟などと呼ばれているものでしょう。——はい、ありふれた野生のキノコです。

おいしいものでしたか？——わかりません。とてもいい香りでしたが、わたしはまったく食べませんでした。

どうしてですか？——安全だと思えなかったからです。万一、毒のあるものを食べるのがこわかった。

ふつうのマッシュルームのほかに、食用になるキノコは非常にたくさんあると知っていましたか？　それに関する政府刊行物もあるはずですが？——あると思います。

ハリソン氏はこの分野の権威とされていましたか？——一般にそう考えられていたかどうかは知りませんが、彼はこの分野を詳しく研究し、自然の食物についての本も書いていました。

あなたはその本を読みましたか？——いくつかの部分は読みました。

しかし、野生のキノコを自分でも口にしようと思えるほどには、故人の判断力を信頼していなかったのですね？——そうだと思います。こういうことはだいたい偏見にすぎませんが、それでも、野生のキノコを食べるのは気が進みませんでした。

無視された警告

検死官：しかし、ハリソン氏はそれらを食べ、なんでもなかった。――ええ、そのとおりです。彼はキノコ料理をとても楽しんで食べていたようで、具合が悪くなるようなことはありませんでした。

こういう危険なキノコ類を食べる習慣について、故人に忠告したことはありますか？――いつか事故が起きるかもしれない、と言いました。このことは、それ以前、彼が本を準備していたときにも、よく話題になりました。ハリソン夫人や彼の友人たちは、よく冗談に、いつかあなたは検死審理の対象になる、と言っていました。

故人はそういう警告をどう受けとめていましたか？――彼は笑って、すべては無知と偏見だ、と言いました。この分野をきちんと研究した者にとっては、危険などまったくない、と言っていました。

こういったキノコの調理法を説明していただけますか？――いくつかの方法がありました。バターとニンクで網焼きにする、あるいは、コンデンス・ミルクかビーフ・ストックで煮込む。彼は新しい調理法を発明するのが好きでした。

「キノコを探しに行く」

検死官：それでは、死亡時刻についてうかがいます。あなたは当時ロンドンへ行っていたのですね？――はい。ロンドンでエージェントに会い、いくつか仕事の話をする必要がありましたので、木曜日の朝、ボウヴィー・トレイシー発八時十三分の汽車で出かけました。前日にタクシーを予約しておきました。

出かけたとき、ハリソン氏は元気でしたか？――実に元気で、ことのほか上機嫌でした。朝早く起き、夕食用にある特別な種類のキノコを採集するつもりで、それが取れる場所は知っていると言っていました。

その名前をおぼえていますか？――確信はありませんが、〝ウォーティー・ハット（いぼのある帽子）〟だったように思います。（会場に笑い声）これがたくさん生えている林を知っていると、彼は言っていました。

ここにハリソン氏の著書があります。食用になるキノコの一つとして、〝ウォーティー・キャップ〟というのが挙げられていますが、これでしょうか？　ラテン名は〝アマニタ・ルベスケンス〟です。――たぶんそれだと思います。ハリソン氏はあなたが出かける前に家を出ましたか？

――いいえ。彼は道路に面したゲートのところでわたしを見送ってくれました。

中毒死の苦悶

続いてレイザム氏は、土曜日の夜遅く、ジョン・マンティング氏を伴って〈草庵〉に戻ったと証言した。マンティング氏は彼とハリソン夫妻の共通の友人で、ベストセラー小説の著者である。

十一時ごろ〈草庵〉に到着すると、家は暗く、暖炉の火は消えていた。手前の部屋のテーブルにはキノコ料理の残りと、ゆで卵の殻、パン、四分の一ほどコーヒーの入ったカップがあった。

奥の部屋に入っていくと、二人はベッドの上にハリソン氏の遺体を発見した。きちんと服を着ておらず、体はすでに冷たく、顔の表情は非常にゆがんでいた。部屋の中には物があちこちに投げ出され、木製のベッドは壊れていた。ハリソン氏が繰り返し嘔吐したしるしが両方の部屋に残っていた。ベッドの下からウィスキーのボトルとタンブラーが一個見つかった。

〈草庵〉とマナトンのあいだには電話が通じていないため、レイザム氏は助けを求めて、歩いて村まで行かなければならなかった。マナトンの旅館の亭主がボウヴィー・トレイシーの警察署に電話した。伝言を受けたウォーベック巡査部長は、すぐにヒューズ医師に連絡し、医師の車で悲劇の現場に急行した。

検死官：ハリソン氏は明るい性格でしたか？――無口で、概して静かな生活を好む、穏やかな人でしたが、たまに些細なことにひどく腹を立てる傾向がありました。

あなたが〈草庵〉に泊まっていたあいだ、彼はなにか心にかかるものがある様子でしたか？――とんでもない。しごく上機嫌でした。

あなたの意見では、彼は自殺するような人ではなかったと思いますか？――はい、まったくそんな人ではありません。あれは純然たる事故、食べたキノコに中毒してのことだったと、わたしは当時確信しましたし、今もその気持ちに変わりはありません。

それはあなたには非常な驚きでしたか？――ええ、もちろん、ひどくショックを受け、動転しましたが、あとでよく考えてみると、そうですね、非常に驚いたとは言えません。

ここでヒューズ医師が証言した。彼は現場でハリソンの遺体を調べたが、午前一時三十分の時点で、被害者は死んで七時間ないし八時間になるものと判断した。医師は遺体を剖検のためにボウヴィー・トレイシーに移動させた。警察と協力のうえ、彼は臓器の一部、夜具の一部、および食べ物の残りを化学分析のため専門家に送った。

検死官：審理の現段階で、あなたは死因を特定することができますか？――見たところ、なんらかの物質に中毒したものと思われます。その結果、激しい嘔吐と下痢に見舞われ、続いて長時間におよぶ譫妄《せんもう》と痙攣、最後は昏睡から死に至った。瞳孔はやや収縮しており、毒に対する反応と思われました。

キノコの中毒でそうなるのですか？――はい。そのほか、ある種の植物性毒素、例えば阿片も同じ反応を引き起こします。しかし、瞳孔の収縮状態が死後長く続くのはめずらしく、この症状だけで判断することはできません。

さっきおっしゃったいくつかの一般的症状は、毒キノコによる中毒を示していますか？――その可能性と矛盾していません。

ヒューズ医師はさらに、遺体には外部から暴力を振るわれた痕跡はなかった、と付け加えた。

未亡人の涙

ジョン・マンティング氏はレイザム氏の証言をあらゆる点で正しいと確認した。

続いて、未亡人マーガレット・ハリソン夫人が証言台に立つと、狭い会場にざわざわと同情の声が広がった。黒い滑らかなウールのドレスにぴったりした釣鐘形の帽子という、ファッショナブルながら地味ないでたちのハリソン夫人は、ほとんど聞き取れないほどの低い声で話した。

その証言によれば、彼女の夫はこの休暇をとても楽しみにしていた。こういうとき、彼は一人で、あるいは男友達といっしょに〈草庵〉に行くのが習慣で、彼女は夫に伴って〈草庵〉を訪れたことはない。以前はよく、彼は休暇旅行に息子のポール・ハリソン氏を連れていくことがあった。先妻とのあいだの息子であるポール氏は土木技師で、現在中央アフリカ在住である。未亡人の理解するところでは、故人は〈草庵〉ではいつも自分で料理し、変わった食材で実験することがあった。

そういう実験には危険がつきまとうと、彼女は繰り返し警告したのだが、故人は食用になる植物と毒のある植物とを見分ける能力に非常に自信を持っていて、忠告はつねに笑い飛ばしていた。

故人は自殺するような人物であったか、との質問には、未亡人は怒りを表わして答えた。

「主人にはそんな恐ろしいことをする理由はまったくありませんでしたし、そんなことなど考えもしなかったと、わたくしは確信しています」

証人は感極まって激しく泣き出し、付添人に助けられて着席した。

検死官はここで審理を停会し、遺体の臓器内容、および家の中で発見されたさまざまなものの分析に時間を要するため、審理は二週間後に再開されると宣言した。

48　《モーニング・エクスプレス》切り抜き、一九二九年十一月五日金曜日付

中毒死ドラマにジェイムズ・ラボック卿登場

検死官から子を持つ親に警告の言葉

「事故死」判決

今日、マナトンでジョージ・ハリソン（五六歳、ベイズウォーター、ウィッティントン・テラス一五番地）の検死審理が再開され、驚くべき証言があった。ハリソン氏は十月十九日土曜日、〈草庵〉と呼ばれる寂しい別荘において、不可解な状況のもとで死んでいるのを発見された。

前回の審理では、有名な画家のハーウッド・レイザム氏が証言し、彼が一時ロンドンを訪れたあと、『わたしからヘラクレスに』の著者ジョン・マンティング氏とともに別荘に戻ってきたとき、遺体を発見した模様を語った。レイザム氏はそれまでハリソン氏と二人で〈草庵〉で休暇を過ごしており、ハリソン氏が〈草庵〉で奇妙な独身生活を送っていたこと、ハリネズミやキノコといった自然の食材で変わった料理を作り、食べる習慣があったことを述べた。

内務省専門家と「死を招くキノコ」

再開された審理では、まず内務省所属分析医ジェイムズ・ラボック卿が証人として呼ばれた。その証言によれば、彼は故人の胃その他の臓器の内容物と、夜具等から得られた吐瀉物を分析した。また、テーブルにあったキノコ料理の残りと、その他の食べ物も分析した。

「胃と吐瀉物、およびキノコ料理の食べ残しから」とジェイムズ卿は語った。「分析の結果、〝ムスカリン〟と呼ばれる物質がかなり多量に検出されました。これはアマニタ・ムスカリア、あるいは蠅取り茸というキノコに含まれる有毒物質です」

ジェイムズ卿はさらに付け加え、嘔吐によって体内から

排出された毒の量から推定して、故人は非常に多量の毒を摂取したと考えられる、と言った。

死を招くに充分な量ですか？――もちろんです。ムスカリンはきわめて強力な毒です。

ムスカリン中毒ではどのような症状が出ますか？――場合により異なります。一般的にいえば、まず、食べてすぐに強い吐き気を感じ、それから激しい嘔吐と下痢が続きます。息が詰まってめまいがする、ときには目が見えなくなることもあります。強い苦痛をおぼえ、意気消沈し、死の恐怖に襲われる。これに引き続き、昏睡に陥るか、あるいは激しい痙攣と長い譫妄状態が続きます。最後はふつう、呼吸機能停止の結果、死ぬことになります。

その点をもう少し簡単に陪審に説明していただけますか？――毒は喉と胸の筋肉を麻痺させ、被害者は呼吸ができなくなるため、窒息死します。

前回の審理記録でご覧のとおり、ヒューズ医師は遺体を最初に見たとき、瞳孔がやや収縮していたと証言しています。そこからあなたはどのような結論を導き出しますか？

――確実には言えません。縮瞳、つまり瞳孔の縮小は、ムスカリンをはじめ、ある種の毒の影響として典型的なものですが、ふつうは死んだ時点で縮瞳は消えるのです。ただし、おもしろいことに、エセリン中毒の場合は、死後五時間たってもはっきりした縮瞳が認められた例があります。わたしとしては、ある程度の収縮はムスカリン中毒の影響といえると思いますが、死因がムスカリン中毒であるかないか、それだけでは決定できません。

あなたはムスカリン中毒の症例を見たことがありますか？――おそらく五、六件のケースを見た経験があります。ほとんどは、蠅取り茸を食用キノコと誤解して食べてしまった子供です。わたしの記憶にある一例では、病院に来るのが遅すぎたため、手の施しようがなく、患者は昏睡状態のあと、痙攣を起こして亡くなりました。三、四人はアトロピン注射が効いて、完全に回復しました。また、なにもせずに症状が消えてしまってから報告を受けた例もあります。この場合、食べた量はごくわずかでした。

中毒しても、必ずしも死ぬわけではない？――もちろんです。即座に適切な治療を施せば、回復する可能性は高い。しかし、治療しなかったり、摂取した毒の量が多ければ、回復の可能性はずっと低くなります。

検死官：あなたの意見では、ハリソン氏の死因は何だと思われますか？

ジェイムズ・ラボック卿：わたしが分析したキノコ料理に含まれていたムスカリンで中毒死したことに、疑問の余地はありません。

ジェイムズ卿はさらに付け加え、蠅取り茸、アマニタ・ムスカリアは林や岩陰などにしばしば見られ、同科の別種のキノコで見た目がよく似ているが食用になる、アマニタ・ルベスケンス（ウォーティー・キャップ）と間違えて食べられることが多い、と語った。

政府刊行物『食用キノコと毒キノコ』、故人の著作である『忘れられた食用植物』が取り上げられ、問題のキノコの絵が陪審員のあいだに回された。

卵、パン、コーヒー、ウィスキー等、〈草庵〉から発見されたその他の食べ物に関して質問を受けたジェイムズ卿は、それらすべてを慎重に分析したが、なんの有毒物質も検出されなかったと答えた。

キノコ狩りの姿を目撃

剖検を行なったボウヴィー・トレイシーのヒューズ医師は、故人の心臓は非常に肥大しており、これはアマニタ・ムスカリアの中毒に特有の症状であると語った。

労務者ハロルド・コフィンは、十月十七日の朝、ハリソン氏と会ったと証言した。彼はズックの袋を肩に掛け、地面にあるなにかを探しているように見えた。八時ごろのことだ。彼はやがてマナトンの下の谷間にある林に入っていった。コフィンはそれ以前にもしばしばハリソン氏が田園を歩きまわっている姿を見ている。ときにはスケッチ用のイーゼルを持ち、ときには植物や根菜類を採集していた。彼はイラクサや野生のキノコといった不自然なもので食事を作るという話をしたことがあり、コフィンはいつもあの人は少し頭がおかしいのだと思っていた。

配達人ヘンリー・トレフューシスは、十月十七日木曜日の午前十時三十分に、〈草庵〉にパン、牛のすね肉一ポンド、その他の品物を届けたと証言した。ハリソン氏は庭の薪小屋から彼に声をかけ、届け物は窓敷居の上に置いていってくれと言った。彼が見聞きした限りでは、ハリソン氏は当時、いつものように健康で機嫌よくしていた。

ふたたび呼ばれたレイザム氏は、前回の供述を再確認し、ハリソン氏は水曜日の夜、翌日キノコの採集に出かけるつもりだと話し、〝ウォーティー・ハット〟あるいは〝ウォーティー・キャップ〟というような名前が出てきた、と言った。

検死官は陪審員に事件の要点を略説し、変わった食材で実験することの危険性を強調した。彼は言った。よく知られているように、外国の人々、たとえばフランス人は、カエル、カタツムリ、タンポポ、さまざまな種類のキノコなど、天然の産物を多く食用にする習慣があるが、わが国では、こういった産物は人間の食べ物としては不適と考えられている。こういう実験は、詳しい知識のある専門家が行なえば、よい結果が出ることもあるだろうが、絶対に間違わないという人間はいないのだから、ほとんどの場合は、賢明に用心したほうがよいことは疑いない。ジェイムズ・ラボック卿がいくつかの悲しむべき例を挙げたように、残念ながら危険な野生のキノコは全国各地に多数生育し、誤ってそれらを食べ、中毒する子供は少なくない。親は子供が戸外で遊びに摘み取るものを決して口に入れないよう、注意を与えるべきである。本件は恐ろしい警告ともいえ、長く人の記憶にとどまることが望まれる。〈草庵〉が辺鄙な場所にあり、しかもたまたまレイザム氏がロンドンに出かけて留守だったために、故人がこの事故で倒れたとき、助ける者がそばにいなかったのは実に不運であった。故人が孤独に苦痛のなかで死んでいったことを思うと、未亡人と子息に対して深い同情を禁じえない。

陪審は数分間の協議後、アマニタ・ムスカリアの中毒による事故死、との評決を答申した。陪審長は言った。遺族に対し、陪審から深い弔意を表したい。また、本評決の補足条項として、周辺地域の学校教師は生徒たちに野生のキノコを食べないよう警告を与えること、教室には毒キノコ類を描いた図表を貼り出すべきことを付記する。

（八面に、著名な博物学者ブルックス教授によるキノコ類についての記事）

49 ポール・ハリソンの供述書

父の死の知らせが届いたとき、私はアフリカにいた。関わっていた仕事はほぼ完成に近づいていたので、すぐにその最終段階を同僚に引き継いで、イギリスに帰る手配をした。引き継ぎをすませ、内陸から港に出る手はずを整えるのにしばらく時間がかかり、ようやくロンドンに到着したのは一九三〇年一月六日だった。

死因の評決を聞いた瞬間から、これは事故ではないと私は強く確信した。キノコに関して父は幅広い専門知識を持ち、しかもこういったことには大げさなほど正確を期する人だった。父がアマニタ・ムスカリアとアマニタ・ルベスケンスを取り違えて採集する、ましてや料理の下ごしらえとして皮をむくなどしているときにその違いに気づかなかったとは、まったく信じられない。平均的な検死審理の陪審は、子供や旅行者の事故を扱うことに慣れているから、そういう取り違えはごく自然なことと考えるだろう。だが、父がムスカリアを見てルベスケンスだと思うのは、鋳鉄を見て急冷鋼だと思うくらい、ありえないことなのだ。私は即座に事故説をはねのけた。そこで、調査すべき二つの可能性が残った。父は自分が結婚したあの無価値な女に対するひたむきな愛情から、人に疑いを持たれぬよう、事故に見えるような苦痛の多い方法を選んで自殺した、さもなければ、殺害されたのだ。どちらにしても、あの女が自分の引き起こした犯罪から利益を得ることを許してはおけない、と私は心に決めた。

マーガレット・ハリソンに対してこういう感情を抱いていた私は、父の家に泊まる気にはなれなかった。それで、便利な中央部のブルームズベリー地区にあるホテルに部屋を取り、この問題をあらゆる角度から検討してみる作業に乗り出した。

私は検死審理を報道した新聞記事すべてと、父が過去二年間に私に書いてきた手紙すべてを何度も丁寧に読み返した。父の手紙のうち、もっとも重要なものは、本件の提出書類の中にすでに含めてある。ここに含めなかった手紙がもう一通あるが、その基本的な内容はミスター・マンティングの供述書で触れられているとおり、ミス・アガサ・ミルサムが〝病院送り〟になったこと、したがって、ミスター・マンティングの疑いは晴れたこと、である。

私はまずこの事件に着目した。当時、私は本能的にミス・ミルサムの話は事実を説明したものではないと思った。父がもともと抱いた疑惑は正しく、ミス・ミルサムの病気はマンティングが真相をごまかすのに役に立ったのだと私は信じた。マーガレット・ハリソンとマンティングはずっと関係を続けており、父が都合よく死んだあと、自由になった二人は、それなりの期間をおいて結ばれる。

それならば自殺か、と私は考えた。なんらかのきっかけで、父は実情に気づいた。そのきっかけをもたらしたのは、疑いなくレイザムだ。彼はマンティングの友人であり、故意に、あるいは無意識のうちに、状況を明白にする言葉を〈草庵〉滞在中に漏らしたのだ。この青年は表裏二心ある役を演じ、父と親しいふりを装いながら、実はマンティングの利益を計っていたということもありうる。殺人の線で考えてみると、マンティングにはアリバイがあるようだった。彼がレイザムといっしょに土曜日の夜到着したのは目撃されているし、ああいう人の少ない場所では、それ以前に誰にも見られずに現われたことがあったとは思えない。彼とレイザムが共謀して殺した可能性はあるだろうが、この段階では、父はこの二人、いや三人の手で自己破壊にまで追い詰められたのだと、私は考えていた。

とりあえず、マーガレット・ハリソンに会わなければならなかった。私がロンドンにいることは、父の弁護士たちからすぐに彼女の耳に入るだろう。私もかれらに連絡せざるをえなかったからだ。だから、彼女が私の疑念に気づかないよう、また、近所の人たちから変に思われないよう、早く彼女に会っておくほうがよかった。

それで、私は到着した翌日にウィッティントン・テラスを訪ねた。家政婦に名前を告げると（私がここにいたころとは別の若い女だった）、しばらくしてマーガレット・ハリソンが降りてきた。彼女は非常にファッショナブルなデザインの黒ずくめの喪服に身を包み、私が昔から大嫌いだったメロドラマじみた物腰で近づいてきた。

「ああ、ポール！」彼女は言った。「なんて恐ろしいことでしょう！　あなたもお気の毒に、あんなに遠いところで！　ようやく帰国なさって、ほんとにうれしいわ！」

「うれしいというのが本心なら」私は言った。「初めての記録を達成したわけだ」

彼女はふくれ面になった。見慣れた顔だった。

「あなたがわたしを好きでないことは知っていたわ、ポール」彼女は言った。「でも、よりによってこういうときに嫌味を言わなくたっていいでしょう」

「たしかにね」私は言った。「でも、ぼくに会ってうれしいという演技をする価値もなさそうですよ」

「好きにして」彼女は言った。「とにかく、すわりましょう」

彼女はすわり、私は窓際に立った。

「もちろん、ここに泊まるつもりね？」短い沈黙のあとで彼女は言った。

私は今のところ用事を片づけるのに便利だから、ホテルに泊まっている、と答えた。

「そりゃ」彼女は言った。「いろいろ用事があるでしょうね。よくわかります。今まであなたの予定がわからなかったから、この家に住み続けてきたのよ。でも、手放したほうがいいかしら？」

「なんなりと好きなようにしてください」私は答えた。

「家具はあなたのものでしょう？」

「ええ。でも、わたし一人では、この家をもてあましてしまう。それに」——ここでわざとらしく体を震わせ——「なんだか、死人に取り憑かれた家みたいで。あなたが戻ってくるつもりがないのなら、わたしはここを手放して、どこかで小さいフラットでも借りるわ。あなたが落ち着くまで、荷物は預かっていてあげます」

私は礼を言い、今後の予定は決めたのかと訊いた。

「ぜんぜん」彼女は言った。「今はまだ、呆然としていて。なにしろショックだったもの。どうせもうしばらくは様子を見るわ。初めのうちはまごつくでしょう。わたしたち、ほとんど人に会わなかったから——世間との関わりがなくなってしまったのよ」

「父の友人たちがいるでしょう」私は言った。

「ええ、でも、わたしの友人ではないわ。お茶や夕食にいらしていただけで、今になっては誰もわたしに会いたいとは思わない。わたしは邪魔者よ。それに、あの人たちはずっと年上でしょう。共通点がないのよ」

「ええ」私は言った。「マーガレット、あなたはまだ若い。きっとすぐに再婚するでしょう」

彼女は派手に怒りを表わした。

「ポール！　よくもそんな心ないことが言えるわね、お父様が気の毒にも亡くなったばかりだっていうときに！　あなたには彼のことなんかどうでもいいんだと、人に思われるわ。もっとも、父親は夫とは違うものでしょうけどね」

私は胸が悪くなった。

「ぼくのためにわざわざそこまで感情表現してくださる必要はありませんよ」私は言った。「生前の父はあなたの感情表現で充分に不愉快な思いを味わっていた、悲嘆に暮れる未亡人の演技まで見なくてもね」

「あなたって、彼にそっくり」彼女は言った。「すぐに人を鼻であしらって黙らせるところがおんなじよ。誰もがあなたみたいに感情を抑えられるとは限らないんだって、理解できないんでしょう。彼が幸福でなかったのはわたしのせいじゃない。そういう性質だったのよ」

「ばかばかしい」私は言った。「それはあなただって承知だ。父は実に気取りのない、優しい、気さくな人物だった——あなたは彼のために本当の妻にはなれなかったんだ」

「ならせてくれなかったわ」彼女は言った。「最後のころは、たしかにわたしたち、あまりうまくいっていなかった。でも、わたし、努力はしたのよ、ポール。ずいぶん努力したわ。最初はありったけの愛情を彼に注ぐ覚悟だった。だけど、あの人はそれが気に入らなかった。わたしは干上がってしまったの。彼のせいで気力がなくなってしまったのよ、ポール」

「父は気持ちを派手に表現する人ではなかった」私は言った。「でも、父があなたを誇りに思い、心を尽くして愛していたことは、あなただってよくご存じでしょう。父がぼくに向かってあなたのことを話す言葉を聞いていれば——」

「あら！」彼女はすばやく割り込んだ。「でも、わたしはそんな言葉を聞いたことはなかった。それが問題だったのよ。こちらの知らないところでほめたたえられたってなんになる？　面と向かっているときは、叱られたり、鼻であしらわれるだけなのに。よけい悪いわ。みんながわたしはいい夫に恵まれていてしあわせだ、感謝すべきだと思っている——それでいて、実際には家の中でわたしがどれだけ意地悪な言葉や冷たい表情につらい思いで耐えているか、誰も知らない」

「うらやましいと思う女性はたくさんいるでしょう」私は言った。「家の中では愛想がいいが、妻の目の届かないところでは浮気しているような夫のほうがよかったんですか？」

「ええ」彼女は言った。「そうよ」

「あなたのことは理解できない」私は言った。「そんな言い方をして、恥ずかしいと思うべきです」

「そう」彼女は言った。「あなたには理解できない。そこなのよ。あの人もわたしを理解できなかった」

「ぼくに理解できるのは、あなたが父の人生をめちゃめちゃにし、ついには恐ろしい死に駆り立てたということだけだ」私はつい言ってしまった。そこまで行くつもりはなかったのだが、あまりに腹が立って、考える前に言葉が出てしまったのだ。

「どういう意味?」彼女は言った。「いやだ――あなた、まさかあの人が――でも、そんなことをする理由がある?」

もう退却できないところまで来てしまっていたから、私は自分の考えを話した。

「まったくの考え違いよ」彼女は言った。「あの人がそんなことをしたはずはないわ」

「父はあなたのためならなんでもした」私は怒って言った。「なんでもね。たとえあなたを自由にするために自分の命を投げ出さなければならなくても――」

「キノコの通としての自分の評判を犠牲にしても?」彼女はいやな微笑を浮かべて口をはさんだ。

「それすらいとわなかったでしょう」私は答えた。「そんなふうにあざ笑っているが――あなたは父の趣味をいいと思っていなかった――理解していなかった――あなたはなにひとつ理解できないし、なにひとつ気にかけない、自分の安っぽい感情のほかにはね」

「これだけはわかっているわ」彼女は落ち着いて言った。「もしわたしが自由になりたがっていると彼が考えたなら――自信満々だったから、そんなことを考えはしなかったけれど――でも、もし考えていたなら、一騒ぎせずにはおかなかったでしょう。彼は言い争いをするのが大好きだったもの。わたしが簡単に彼と別れられるようになんかするもんですか。ここぞとばかりに嫌味を言い募ったに違いないわ」

彼女の表情も、その言葉と同じくらい醜く下品だった。私は自制心を失いそうだったから、さっさと退出したほうがいいと思った。

「繰り返しますが」私は言った。「あなたは父を理解したことはなかったし、これからもしないままでしょう。あなたにはその能力はない。これ以上話をしても無駄だ。これで失礼します。ミスター・マンティングの住所を教えてもらえますか？」

ふいにこの質問を挟み込んで彼女をおびえさせる効果を狙ったのだが、彼女はややびっくりした顔になっただけだった。

「ミスター・マンティング？　住所なんて知らないわ。結婚後は一度会ったきりで、それも美術院展の会場だったし。あと、それに——検死審理のときね。ブルームズベリーのどこかに住んでいると思うけど。たぶん、電話帳に載っているでしょう」

私は礼を言い、家を出た。結婚！　父はその点に触れようと思いもしなかったのだ。これで私の推理は崩れた。もしマンティングが結婚しているなら、父の自殺が——あるいは殺人であるにせよ——どんな目的を達するのだ？　父が死んだところで、マーガレットがマンティングと結婚できるようになりはしない。たんなる浮気なら、父が生きていようといまいと、関係なく続けられたはずだ。もちろん、父は不名誉を担うことが耐えきれず、絶望と苦悩のあまり自殺したのかもしれないが、それはありそうなことではなかった。

これで私は計画を変え、マンティングにすぐ会いに行くのはやめた。まずはレイザムをつかまえ、この問題を解明するなんらかの光を彼から得られないものか、試してみるほうがよいと考えたのだ。

画商のあいだを訊いてまわったところ、レイザムの住所がわかった。彼はチェルシーのアトリエに住んでいた。翌朝その場所におもむくと、男物の帽子をかぶった不機嫌な表情の老女が出てきて、ミスター・レイザムはまだ寝ていると告げた。

すでに十一時だったから、私は彼女に名刺を渡し、待たせてもらうと言った。油絵の具のチューブや未完成のキャンヴァスが散らかり放題のアトリエに私を通したあと、彼女は名刺を持って奥のドアのほうへよたよた歩いていった。

しかし、ドアに達する前に向きを変え、私にすりよってくると、ねばねばしたささやき声で彼女は言った。

「失礼ですがね、ハリソンさん、あんた、あの妙な死に方をなすったお気の毒な紳士のご親戚ですかね？」

「それがあんたになんの関係がある？」私はぴしりと言った。彼女はにたにたしてうなずいた。

「ああ、いや、悪気はありませんて。そうきつい言葉はなしにして。でも、おかしな事件でしたよねえ。あんた、あのお方の息子さんかね？」

「誰だろうと、あんたの知ったことではない」私は言った。「ミスター・レイザムに名刺を届けて、五分か十分時間を割いていただければありがたいと伝えてくれ」

「ああ、時間なら割いてくれますよ。そうしなけりゃ、変に見えるでしょうが？　変に見えることはたくさんある、本当のところをこっちが知っていりゃね」

「何が言いたいんだ？」私は不安になって訊いた。

「いやあ、なあんでもありませんて！　あんたが親戚でないなら、なんにも関係ないでしょう？　急に死んじまう人だっている、誰が悪いわけでもなしにさ。毎日毎日、新聞に載らないことがいくらだって起きているものさね。それはそれとして！　お客さんにはなんの関係もないことですよ」

彼女はいやらしい笑みを浮かべて離れていった。奥の部屋でその声に続いて男の声が答え、やがて彼女はアトリエに戻ってきた。

「五分お待ちいただきたいとミスター・レイザムは言ってます。ご心配なく、すぐに出てきますよ。しごく愛想のいい紳士でしてね、ミスター・レイザムは。あたしはあの人をお世話して三カ月になる。フランスから引っ越してきたのが、そう、十月のいつかだったからね。あの悲しい事故が起きる前だ。ミスター・レイザムはずいぶん動転してましたよ。検死審理から戻ってきたときには、とても同じ人とは思えないくらいだった。幽霊でも見たような顔でさ――真っ青で、ふつうじゃなかった。あのお気の毒な紳士の死に様はさぞかし恐ろしかったんでしょうねえ。残酷な死に方だ。とはいっても、誰しも一度は死ぬものさね。こういう死に方でなけりゃ、ああいう死に方、早死にしなけりゃ遅く死ぬ。運のいい人もいれば、運の悪い人もいるってだけだ。お待ちのあいだに、お茶はいかがですか?」

私は彼女を追い払うために、お茶をもらうと言ったが、レンジはアトリエの一隅にあり、彼女はガスに火をつけてやかんをかけると、また戻ってきた。話をするあいだずっと、そのやせた手をこすり合わせているのが、いかにも欲深げに見えた。

「何がどうなるか、わかんないもんですよね、お客さん。あたしのうちのそばに、以前くず肉屋が住んでましてね、あのあたりじゃ一番のくず肉屋で、みんなに尊敬されてた人ですよ。それがあるとき、月賦でドレスを売る店の売り子と結婚したんです。あたしに言わせりゃ、ああいう店は誰の役にも立ちやしない。それがね、その人、急に死んじまった」

「そうかね?」

「そうですともさ！　突然ぽっくりとね。すごく暑い夏でね、食あたりだったってことだった。そうだったのかもしれないし、あたしにはどうこう言えませんよ。でもね、一年とたたないうちに、彼女は例の洋服屋の支配人だった若い男と結婚しちまった。いい結婚ですよ、まったく！　あのとき旦那が死んで、彼女はひとっつも損しませんでしたからねえ」

私は答えなかった。老女はやかんを取り、ティーポットに湯を満たした。

「さあ、お茶がはいりましたよ。こいつにはなんにも変なものは入っていない。健全ですよ。あたしは紳士がたがお好みのお茶をいれるこつを心得てますからね。カッツといいますよ、ミセス・カッツ。ここいらじゃ知られてます。もう三十年も絵描きさんたちのお世話をしてるから、事情にはすっかり通じてる。朝ご飯には何を出すか、絵やらなにやらはどう扱うか、それに、話をしていいときと口をつぐんでいるときをわきまえてますからねえ。それでみんな、あたしに金を払ってくれるんだ」

「ありがとう」私は言った。「おいしいお茶だ」

「ええ、そりゃどうも、お客さん。あだしの名前はカッツですよ、もしご用があればね。このあたりのアトリエにいる人なら誰に訊いても、ミセス・カッツの居場所を教えてくれる。ああ、ミスター・レイザムが来ましたよ」

レイザムが寝室から出てくると、老女はよたよたと姿を消した。

正直なところ、レイザムの第一印象はよかった。清潔な身なりで、物腰も感じがいい。

「ミセス・カッツがお茶を出してくれましたね」握手をしたあと、彼は言った。「いっしょに朝飯はいかがです？」

私は礼を言い、もう朝食はすませたからと断わった。

「ああ、そりゃそうだ」彼は微笑して答えた。「このあたりの人間は朝が遅くてね。ベーコン・エッグを食べさせてもらってもかまいませんか？」

どうぞ遠慮なく、と私が言うと、彼は戸棚から食べ物を出した。

「いいんだ、ミセス・カッツ」彼は大声で言った。「ぼくが料理する。このかたは仕事の話に見えたんだから」

返ってきたのは廊下を掃くほうきの音だけだった。

「さてと、ミスター・ハリソン」彼は快活な態度を捨てた。「お父上のことで、わたしの話を聞きにいらしたんでしょう？　いや、なんともお気の毒でした。ご存じのとおり、あのときわたしはあそこにいなくて――」

「ええ」私は言った。「こまごまうかがってあなたにいやな思いをさせるつもりはありません。さぞかしショックでしたでしょう」

「ええ、まったく」

「よくわかります」私は彼の顔が真っ白で緊張しているのを認め、さらに言った。「こうしてうかがったのは――あなたは父に会った最後の人ですから――」

「違います」彼はあわてたように口をはさんだ。「わたしが別荘を出たあとで、あのコフィンという男が見かけていますよ、例の――いまいましいキノコを採集しているところを――それに、もっとあとで、配達人も彼に会っている」

「ええ――でも、そういう意味ではないんです。つまり、あなたは父と最後に親しく話をした友人ですから」

「ああ、はい――そのとおりだ」

「わたしがお訊きしたいのは、あなたご自身が満足されたかどうか――つまり、あれが本当に事故だったということで満足されたかどうかなんです」

彼はフライパンにベーコンを入れたので、ジャーッといって脂がはねた。

「なんですって？　よく聞こえなくて」

「あれが事故だったという点に満足しておられますか？」

「ええ、もちろんです。ほかに可能性がありますか？　ミスター・ハリソン、わたしとしては、その――お父上を責めるようなことは言いたくありませんが――しかし、野生のキノコで実験するのは非常に危険です。誰だって同じことを言うでしょう。深い知識のある専門家なら別でしょうが――それでも間違いを犯さないとは限らない」

「そこが気になるところなんです」私は言った。「父はまさに深い知識のある専門家で、まったく間違いを犯すような人ではなかった」

「絶対に間違わないという人間はいませんよ」

「おっしゃるとおりです。それでもね。しかも、ちょうどあなたが留守だったときにああいうことになったのは奇妙だ」

「たしかに、なんとも運が悪かった」彼はフライパンに目を据え、フォークでベーコンを返した。「とてつもない不運だ」

「あまりにも奇妙で、あまりにも不運だから、そこになにか理由があるのではないかと思うんです！」

レイザムは卵を二個取り、慎重に割った。「どうしてです？」

「たぶん気づいておられたでしょう、父は――あまり幸福な結婚生活を送っていなかった」

彼は押し殺した声で毒づいた。

「なにかおっしゃいましたか？」

「いや――黄身を壊してしまっただけです。失礼。お答えしにくい質問ですが」

「率直にお話しくださってかまいません、ミスター・レイザム。父の家庭生活をよくご覧になっていたなら、きっと気づかれたはずだ——二人は似合いの夫婦ではなかった」

「ええ、まあ——たまには些細なことをあれこれ見聞きするものです。でも、うまくいっている夫婦でも、ときにはけんかをするものではありませんか？　それに——その——お二人には年の差もありましたし」

「そこなんです、ミスター・レイザム。父の妻のことを非難するつもりはありませんが、年上の男性と結婚している若い女性は、もっと年の近い人に惹かれても不自然ではない」

彼はなにかつぶやいた。

「そういう場合、父ほどいつも自分を二の次にする人はいませんでしたから、彼女に自由を返してやるのが義務だと考えたかもしれない」

彼はくるりと振り向いた。

「まさか！」彼は言った。「そんな！　恐ろしい考えだ、ミスター・ハリソン。思いもよらなかった。そこまでいくのは考えすぎだ」しばらくためらいがあった。「ええ——」悩んだような表情で続けた。「そうです、そんなふうに考える必要はありませんよ」

「本当にそう思いますか？　父はなにも言っていませんでしたか？」

「奥さんのことは、いつも深い愛情をもって話しておられた。彼女をとても高く買っていた」

「知っています。あれほどの尊敬は、彼女には——いや、どんな女性にも、もったいないくらいだった」

「そうかもしれません」

「しかし」私は言った。「それだけ愛情があったからこそ、父は——自分を彼女の人生から完全に、誰からもなにも言われないかたちで、除いてしまおうと思った」

「その観点から見るなら——そうですね」

「もしそうだったのなら、わたしは事実を知りたい。ミスター・レイザム、父の妻とあなたの友人ミスター・マンティングとのあいだになにかあったかどうか、名誉にかけて、隠し立てなく、教えていただけませんか？」

「冗談じゃない！」彼は火を止め、フライパンから卵とべーコンを皿に移した。「そんなことはまったくなかった」

「ちょっと待ってください」私は言った。「ミスター・マンティングはあなたの友人で、あなたは彼を裏切りたくない。それは明らかだ。わたしはあなたに、私立学校《パブリック・スクール》で教育を受けた人たちがやらないことをやってくれとお願いしている、それはわかっています。わたし自身は私立学校出身ではないので、今度ばかりはイートンやハロウ（有名私立校）式の考えは捨てて、まっすぐ核心に入っていただきたいと言わせてもらいます。父は亡くなりました。わたしはあなたから個人的に、父はあなたの友人マンティングのせいで自殺したのではないと、保証していただきたいのです。そう請け合うことはできますか？」

「名誉にかけて誓いますよ、ミセス・ハリソンとジャック・マンティングのあいだには、いかなる種類の好意も愛情関係もなかった。二人はどちらかといえばおたがいを嫌っていましたよ。ジャックはこの前のイースターにとても魅力的な女性と結婚し、彼女にぞっこんです。ミセス・ハリソンには目もくれなかったし、逆もまた同じです」

彼は本心で言っているのだと私には信じられた。

「一度、なにか騒ぎがあったのではありませんか？」私は訊いた。

「ええ」彼の顔が曇った。「ありました。あの頭のおかしな女、ミス・ミルサムが、へんな話をでっち上げたんです。でも、まったくのたわごとだった。それで、ミスター・ハリソンも最後には、まるでナンセンスだったのだと理解しました。だって、あの女は今、精神病院に入っているんですよ」

「じゃ、根も葉もないことだった？」

「そのとおりです」

「それなら、なぜあなたの友人マンティングは抗議もせず、おとなしく家から追い出されたりしたんですか？」

「〝あなたの友人マンティング〟という表現はいいかげんにしてもらえませんか？　まるで不良が二人でつるんでいるみたいだ」彼はいらいらして言った。ベーコン・エッグをしばらくつついていたが、皿をわきへ押しやってしまった。

「出ていくしかなかった。あのとき、お父上はまったく道理をわきまえず――たとえ大天使ガブリエルが話をしたって、耳を貸さなかったでしょう。とにかく、こういうことは抗議すればするほど信じてもらえなくなるものです。マンティングは正しいことをした――きれいさっぱり出ていって、別の女性と結婚したんですから。倍も年上の男性と言い争いはできませんよ」

　私は立ち上がった。

「どうもありがとう、ミスター・レイザム。お邪魔しました。あなたから保証していただいて、ほっとしました。ミスター・マンティングはロンドンにおいででしょうね？」

「まさか、彼のところでまたこの話を蒸し返すつもりじゃないでしょう？」

「あのかたとも一言話したほうが、満足できますから」

「わたしならそうはしませんね。信じてください。つまりその、ミセス・マンティングのことを考慮しないと」

「奥様にはなにも言いません。でも、わたしがミスター・マンティングの言い分を聞きたいというのは、ごく自然なことでしょう」

「ええ――そう、そうでしょうね」それでも心配と不満の表情は消えなかった。「じゃ、これで。どうしてもマンティングに会いたいとおっしゃるなら、住所はここです」

　アトリエのドアをあけると、リノリウムを洗っていたミセス・カッツにつまずきそうになった。彼女は私を玄関まで送った。

「お若いかた、金を賭ける馬を間違ってやしませんかね？」彼女はささやいた。

「あんた」私は言った。「このことでなにか知っているんだな」

「かもしれない」彼女はずる賢く言った。「ミセス・カッツは舌の使い方を心得ていますからねえ。舌は疲れを知らない器官（聖書「ヤコブの手紙」の一節）、でしょうが？　聖書にはそうある」

「おしゃべりしている暇はない」私は答えた。「話があるなら、わたしはホテルにいる」私はホテルの名前を告げ、それからややむかつきをおぼえながらも、彼女の手に半クラウンを握らせた。

うやうやしく身をかがめ、玄関先でぺこぺこと何度も頭を下げている老女を残して、私はその場を離れた。

マンティングの家に向かいながら、私はばかなことをしたと自分を呪った。レイザムは必ずや彼に電話し、覚悟して待てと警告しただろう。マンティングに会ったとき、私はそう確信した。うぬぼれと気取りの強い男、という印象だった——近ごろの物書きによくあるタイプだ。

しかし、彼は実に礼儀正しく、自分とマーガレット・ハリソンとのあいだに関係があったという話はまったく根拠のないものだと、いかにも誠実な口調で請け合い、父が死ぬ前の一週間にどういう精神状態だったかは、レイザムがよく知っているはずだと言った。

この磨きぬかれた表面より奥へ侵入することはできなかったから、私は辞去した。男二人の態度からして、なにか隠し事があるのは疑いなかったが、それでも、蓋然的確実性より先へは進めなかった。

情報源としては、ミセス・カッツがいちばん希望があったものの、ここまで不潔な道具を利用することに、私はまだ気が進まずにいた。そういえば、ミス・ミルサムに接触する価値はあるかもしれない、と思いついた。頭がおかしいといっても、意外に筋は通っている（『ハムレット』の一節）ということもある。

はじめ、どうやって彼女を見つければいいのか見当がつかなかった。もちろん、マーガレット・ハリソンに訊くことはできるが、そうはしたくなかった。結局、教区司祭のシオドア・ペリー師に会い、彼のさまよえる羊がどこに行ったか、尋ねてみることにした。

私は彼とは昔からの知り合いだったから、父の家でしばらく働いていた女性の近況を尋ねることは不自然には見えなかった。その質問をさりげなく会話の中に挟み込むと、彼はすぐに知っていることを話してくれた。

「気の毒に、あの人は正常とはいえなくなりましてね。一時的なものだといいんですが。今どこにいるか、よく知りません——近代的な種類の療養所だと思いますよ。妹さんのミセス・フェアブラザーに訊けば教えてくれるでしょう。

いや、あの方たちはあまり裕福ではないと思います。ああいう施設は料金が高い。かつての信仰の時代には——あるいは迷信の時代といってもいいが——修道院がこういう人にふさわしい保護施設を提供してくれたものです。手仕事をさせ、害のない感情のはけ口を与えてくれた。ところが最近は、愉しみごとに限らず、なんにでも金を要求される」

彼はミセス・フェアブラザーの住所を教えてくれ、できるだけのことをするつもりだと私は言った。彼は聖職者独得の曖昧な微笑を浮かべ、慈善事業になるでしょうな、と言った。

私は慈善とはほど遠い気分で辞去し、ミセス・フェアブラザーに会いに行った。彼女は善良で、正直で、常識ある女性のようだったが、家族と金銭の問題に頭を悩ませているらしく、姉上が医療を必要としているあいだ、少額の年金を払おうと私が申し出ると、感謝して受けてくれた。

次にアガサ・ミルサムに会ったが、これはつらいものだった。彼女は完全に心の平衡を欠いており、その狂気の底には異性に対する不快な敵愾心があるのだ。彼女に言わせれば、父は妻を残忍非道に扱った。そして私はとりとめのない非難の言葉を長時間聞かされることになった。ジョン・マンティングの名前を耳にすると、彼女はひどく興奮し、具合が悪化するのではないかと心配になるほどだったが、残念ながら、信頼できることはなにひとつ聞き出せなかった。彼女はマンティングが自分の処女を奪おうとしていたという観念に取り憑かれていたし、言うことの多くがあまりにもばかげているため、そうでない部分も疑わしいのだ。

しかし、父に関しては、手に入ったものが一つある。家庭内の出来事について、彼女の記憶に誤りがあるかもしれないと私が言うと、彼女は自分の話を裏付けるため、過去二年間に妹にあてて書いた手紙をぜんぶ妹から取り戻して、私に送ると約束してくれたのである。

彼女の心の病気は徐々に進行してきたのだから、当時書かれたものなら、ある程度の正確さは期待できそうだった。彼女は約束を守り、手紙を送ってくれたので、私はその中から事件に関係のある日付のものを選び、この資料に加えた。ご覧いただければおわかりのように、書き方は偏見に満ちているが、その点をわきまえて読めば、内容は事実に基づいていると考えてよいと思う。

これらの手紙に私がどれだけ心を痛めたかは言うまでもない。父が耐えていかねばならなかった家庭内のみじめな状況が、これで初めて明らかになった。私は自分が中央アフリカへ仕事に行き、そのために残された父が利己的で不満だらけの妻と、半分頭のおかしい下品な女と鼻突き合わせて暮らすことになったのを強く悔やんだ。父は家庭で得られない同情を求めて外に出るような人ではなかったから、青年二人と知り合いになり、かれらが自分の趣味に少しは興味を示してくれたのをうれしく思ったのは不思議ではない。

しかし、これらの手紙からぎょっとするほど明白に浮かび上がってきたのは、レイザムが一家とこれだけ親しい関係にあったという点だった。すでにこの資料に含めた数少ない手紙が示すように、父は噂話を書き連ねたりしない人だったから、レイザムがすっかりハリソン家の居間の飼い猫と化していたことに私は気づかなかったのだ。彼は父の友人だとしか考えていなかったし、父自身もそう思っていて、意図的にせよ、偶然にせよ、そういう印象を私に与えていた。だが、それが事実でなかったことが今はっきりした。父はこの才能豊かな青年が、見たところ敬意を持って親しくしてくれるのを無邪気に喜び、しかもアガサ・ミルサムがああいうとんでもない妄想に取り憑かれていたこともあって、私たちはみな、いわば〝まんまと一杯食わされて〟いたのである。

レイザムとマンティングが示し合わせて沈黙を守り、マンティングとマーガレット・ハリソンとのあいだに過度に親密な関係はなかったと、いかにも誠実に言ってのけることができた理由が、これでわかった。父は死の直前になんの疑念も抱いていなかったとレイザムは言っていたが、今思えば確かにそれはありうる。私がマンティングに同じ質問をするのをレイザムがやめさせようとした理由、マンティングが答えはレイザムに訊けと言った理由もわかった。マンティングは友人の秘密をばらすことを拒んだが、それ以外にはなんの罪も犯していないと考えるべきだろう。それは正しい行動だと、大多数の人は思うはずだ。レイザムもまた、この件に関してはいわゆる紳士の道を守った。マーガレット・ハリソンは——しかし私はもともと彼女からは嘘しか期待していなかった。

だが、もしこれが真相なら、なぜ父は自殺などしたのだろう？　私はこのときもまだ事故説を信じていなかった。レイザムがロンドンに出かけていたあいだに目を開かれるきっかけがあった、さもなければ、私としては考えたくもないあのもっと暗い疑惑に根拠があるのだ。

私はビジネスマンだから、事実を好む。私から見れば、専門知識は事実である。専門家もたまには間違うが、専門家が間違いを犯す可能性は、芸術家と女が不倫を犯す可能性よりもずっと低いと私には思われる。それに、キノコ類に関する父の専門知識が信頼できるものであったことは、重ねて明確にしておきたい。父が料理したものは絶対に安全であった。その点は、私の上司サー・モリス・バークリーが計算した橋桁の強度が絶対に安定しているのと同じで、私は喜んでこの首を賭けてもいい。だが、レイザムとマーガレット・ハリソンのような人間の道徳心には五ポンド札一枚賭けるつもりはない。

しかし、私の疑惑が当たっていると証明するためには、もっと事実が必要だった——陪審が受け入れてくれるような事実が。かれらにとっては、キノコ類に関する父の知識はまったく事実ではないのだ。

この問題をああだこうだと検討した結果、最後には、私の気持ちがどうであれ、あのカッツという女に会うしかないとの結論に達した。彼女が私のところにやって来ればいいと思ったが、何日かたってもその気配はなかった。売るような情報がないか、さもなければ、できるだけいい条件で売ろうと、出し控えているのだ。彼女の手管は読めたが、こちらが不利な立場にあることもよくわかった。結局、私は不承不承次のような手紙をしたため、レイザムのアトリエ気付で出した。

ミセス・カッツ

先日、ミスター・レイザムのアトリエでお目にかかった際、私のために仕事をする用意があると言っておいでてでした。近い将来この種の手伝いが必要になる可能性がありますので、いつか夕刻私のホテルにおいでいただき、話し合いができれば幸いです。

これを送ってから二日目、階下に青年が会いに来ていると知らされた。降りていくと、イタチのような目つきの若者がいて、アーチー・カッツと名乗った。

「ああ」私は言った。「おかあさんに話した仕事の件で来たんだね」

「はい」彼は答えた。「母は言ってます。今は手だてがないんで、あれをここに持ってくるわけにいかないが、旦那が金曜日にうちに来てくれれば、その晩は雇い主が留守だから、お役に立てるかどうか、話し合いに応じます」

これは承諾できなかった。

「もしこちらがそれだけしなければならないのなら」私は言った。「まず第一に、わたしの求めることがおかあさんにできるのかどうか知りたい」

彼は狡猾な目つきで私を見た。

「母は言ってます。旦那がよくご存じのご婦人が書いた手紙をお見せできるが、貴重な品で、なくされるとたいへんだから、おれには預けられない」

「なるほど」私は大きな声で言った。「身元証明かね？推薦状か。なるほど。それで、おかあさんは仕事の内容がわかるし、満足のいくようにできるんだね？」

「はい、旦那」

「条件については、なにか言っておられたかね？」

「旦那にお任せするそうです。仕事を見てから決めてください」

「よし」言い争ってもしかたなかった。「じゃ、金曜日の晩に時間をつくってお訪ねすると、おかあさんに伝えてくれたまえ」

「はい、旦那。いちばん都合がいいのは九時ですから」

私は九時に行くと約束し、彼に手間賃として一シリングやった。金曜日の夜九時、私はあばら家の並ぶ長い薄汚い通りに立ち、ぼろぼろのドアをノックした。イタチ目の青年が中に通してくれた。数日前に知り合ったあの女は、ランプとウールのマット、大判の聖書を置いた丸テーブルの前にふんぞり返ってすわっていて、その姿を見ると私はかなりぞっとした。

彼女が偉そうに会釈して私を迎え入れると、若者は出ていった。

「さてと」私は言った。「ミセス・カッツ、おっしゃるとおり、こうしてあなたに会いに来ました。時間の無駄でないといいですがね。わたしはとても忙しい」

なんとか威厳をとりつくろう努力をしたが、相手は気にもとめなかった。

「それはそちらさんの決めることでね」彼女は言った。「あたしは旦那の時間に割り込むつもりでああ言ったんじゃない。あたしはまともな女ですよ、ありがたいことにね。一生懸命働いて、人に恥ずかしくない生活をして、文句を言われたことは一度もない。そりゃ、あたしの手伝いが必要な紳士がいれば、お役に立ちますよ。そうお高くとまってやしませんて」

「なるほど」私は言った。「では、必要な仕事をしてくれれば、こちらもそれなりのお返しはしよう」

「どういう仕事を考えておられますかね？」

「このあいだの話では」私は答えた。「あんたはわたしの父が死んだ状況に光をあてられるかもしれない、というようなことだった」

「かもしれない。人の死に方はいろいろだからね。ふつうにいく人、挨拶もなしにいなくなる人、それに、手を貸されて出ていく人」

「父が手を貸されてこの世から出ていったという情報があるのかね？」

「そこですがね、旦那。あたしはそこまで言いやしない——でも、否定もしませんよ。人間てもんがよこしまなものを持ってることは、日曜日に《ニューズ・オヴ・ザ・ワールド》を読めばすぐわかる。しかしね、紳士の目の届かないところで悪さをする人間がいると、そこからどういうことになるか、まるでわからないってことですよ、そうでしょう？」

「手紙を見せてくれると言っていた」

「ああ！」彼女はうなずいた。「読みがいのある手紙ってやつもありますよ、旦那。法廷に持ち出しゃ、何百ポンドの価値になる手紙がある、一部の人にとってはね」

「いや、ミセス・カッツ」私は言った。「そこまで価値のある手紙など、めったにない」

「それはあたしの判断することじゃありませんよ。もし価値がなければ、破って捨てるのは簡単だ、そうでしょう？だけど、書いた手紙を破って捨てればよかったと後悔してる人は――男か、あるいは女かもしれませんがね――たくさんいるでしょうよ。あたしは手紙は書かないことにしてましてね。口から出た言葉なら、あとには空気が残るだけって、いつも言ってます。手紙をそこいらに出しっぱなしにするような連中には、もののわかった人間が注意してやったら、感謝されるってこともある」

彼女の細めた目は自分の握っている力を意識してきらめいた。

「じきに注意してやりますよ、それで何百ポンドにもなるかもしれない。あたしは旦那をせかす必要はないんです。誰にも頼っちゃいないんでね、ありがたいことに」

「いいかね」私はぴしりと言った。「遠まわしにあれこれ言っても始まらない。わたしとしては、その手紙を見ないうちは価値を決められない。二束三文のものかもしれない」

「ええ、あたしは無茶は言いませんよ」老女は言った。「公明正大がモットーですからね。じゃ、旦那のおとうさんの奥さんが、あたしの雇い主の若紳士といい仲だったとわかるものを見せると言ったら、価値があると思われますかね？」

「それは漠然としているな」私はうまくかわした。「仲がよくても、これという害にならない関係もある」

「害がないように見えていても、ちゃんと道理をわきまえた人にはたいへんな害になるってもんもありますよ」ミセス・カッツは猫なで声で言った。「このあたりの者に訊きまわってみたらいい。ミセス・カッツはちゃんと結婚している女で、よく働いて、おせっかいは焼かず、静かに暮らしていると、誰だって言いますよ。ここいらの働き者の女が目をつけるものなんぞ、そうはありゃしませんし、ひとさまのことに首を突っ込もうってわけじゃない。だけど、限界はあるさね。誰かが自分のほんとのご亭主でない人に手紙を書いて、あんたの子供ができたとか、ほんとのご亭主のほうは生きてる権利がないとか言う、するとまもなく、そのほんとのご亭主がぽっくり死んじまう、とくれば、道理をわきまえた人がここで乗り出して、そういう手紙を安全なところにしまいこむのがいいんじゃないかと、あたしは思うわけですよ」

私はこのほのめかしに非常に興味をそそられたが、それを相手に悟られるまいとつとめた。

「口だけではしょうがない」私は言った。「手紙を見せてくれ。それから具体的な話に入ろうじゃないか」

「ああ！」ミセス・カッツは言った。「それで、もしうちの若紳士が今夜帰ってきて手紙を捜したら、あたしは厄介な目にあう。正しいことをして悪魔を見返してやれ、というのがあたしのモットーだが、モットーでは子供たちを養っていけませんよ、働き者の女が職を失ってはねえ——そうでしょう、旦那？」

そろそろこの取引をビジネスらしくする潮時だと考えた私は、ポケットから五ポンド札を取り出し、指のあいだでかさかさと感じよく鳴らした。老女のまぶたがひくついたが、彼女はなにも言わなかった。

「先へ進む前に」私は言った。「まずその手紙を見て、それが実際にあんたのいう人が書いたもので、わたしに本当に興味のあるものかどうか、確かめないと。とりあえず、お手間を取らせたから——」

私は札を彼女のほうへ押しやったが、手は離さずにおいた。

「さてね」彼女は言った。「お見せするのはかまいませんよ。見たって減るもんじゃなし」彼女はスカートの下の奥深いところから手紙の小さい束を取り出した。

「昔ほど目がよくなくてね」彼女は急に用心深くなって言った。「アーチー！」

イタチ目の青年がこれに応えて(ドアの外で耳を澄ましていたに違いない)、いやにすばやく入ってきた。彼が太い立派なステッキを持ってきたのに気づいた私は、すぐに自分の椅子を壁際に押しつけた。ミセス・カッツはゆっくりと一通を束からはずし、テーブルの上に広げて、よく舐めた親指で折り目を伸ばした。

「これはどのやつだ、アーチー?」

青年は横から手紙を見て答えた。

「〝早くなんとかして〟のやつだ、かあさん」

「ああ! それじゃ、芝居の中で殺された気の毒な紳士が出てくるやつは?」

「これだ、かあさん」

彼女は二通の手紙をすべらせて私の手に近づけた。私は札を手から離し、彼女は手紙を離し、取引が成立した。

これらは資料の43番と44番に入れたもので、日付はそれぞれ八月二日と十月五日であった。もう一度ざっと読み返せば、これらの手紙が貴重な証拠を提供しているとおわかりいただけるであろう。

私はこれが継母の筆跡で、本物の手紙であるとすぐに認めた。

「何通持っているんだ?」

「ここにあるほかにもまだある。だけど、その二通を入れて、あたしの手元にあるのが八通。紳士が急死したのはなぜか知りたいって人に興味がありそうなのは、それだけですよ」

「父がどういうふうにして死んだか、あるいは何が原因で死んだのか、はっきり書いてあるものはあるのかね?」

「いいや」ミセス・カッツは言った。「あんたみたいな紳士を騙しゃしませんよ。公明正大がモットーなんだから。この八通は、いわゆる殺人教唆ってやつでね、誰が読んだって、そう受け取るさ。だけど、〝除草剤〟とか〝青酸〟とかの言葉が出てくるかっていえば、そう白黒はっきりしたもんじゃないと言っときますよ」

「そうすると、価値は減るな」私はさらりと言った。「この手紙は確かにみっともない不倫の証拠だ。しかしね、ミセス・カッツ、誰かが死ねばいいと願うのと、その人を殺すのとは、まるで違う」

「そう大きな違いはありませんて」ミセス・カッツはやや自信を失った。「聖書にある――″兄弟を憎む者は殺人者だ(「神を愛すると言いながら兄弟を憎む者は嘘つきだ」を誤ったもの)″とね、そうでしょう、旦那？　陪審員の中にだって、おんなじように考える人はいますよ」

「そうかもしれない」私は言った。「それでも、証拠にはならない」

「わかりました」ミセス・カッツは威厳を見せて言った。「紳士には逆らいませんよ。その手紙を取り戻しておくれ、アーチー。旦那はいらないそうだ。まあ、ミスター・レイザムに良識がありゃ、こんなものは燃やしちまうでしょうからね、言ってやりますよ、場所ふさぎだって」

「それは見当違いだ、ミセス・カッツ」私は手紙を離さなかった。「これは興味深い手紙だが、思ったほどではなかったということだ。あんたとしては、いくらの値をつけるつもりだったんだね？」

「使い方を知ってる人には」――ここでミセス・カッツは値踏みするように私を頭の先からつま先までじろじろ見た――「こういう手紙は一通百ポンドの価値はある」

「ばかばかしい」私は言った。「ぜんぶまとめて五十ポンド払おう。それでも多いくらいだ」

私は二通の手紙をテーブルに戻し、軽蔑したように指先ではじいた。

「五十ポンド！」ミセス・カッツは金切り声を上げた。「五十ポンド！　あたしは職を失うかもしれないって危険を冒してやってるのに。毎週の賃金を入れなくたって、心づけやなにかでそれ以上は稼げる仕事なのに！」

彼女は手紙をまとめ、また束にして縛り始めた。

「ミスター・レイザムなら、これが安全だとわかれば、その五倍は払いますよ」彼女は付け加えた。

「まさか」私は言った。「彼は百ポンドの貯金すらないだろうよ。だが、息子さんがわたしといっしょにホテルまで来てくれれば、その場で現金を渡そう」

「いや」ミセス・カッツは言った。「手紙を持ち出してもらうわけにはいかない。ミスター・レイザムが読もうとして、そこになかったら困るからね」

「それはあんたの決めることだ」わたしは言った。「売りたくないなら、それでいい。すぐ元の場所に戻して、ミスター・レイザムにはなにも言わずにおくのがいちばんだと思うね。ゆすりというのがあるだろう、ミセス・カッツ。判事は厳しい態度で臨むからね」

ミセス・カッツはばかにしたように笑った。

「ゆすり！　これでもう誰も殺人の罪に問われない。それを忘れないでくださいよ」

「殺人など起きていない」私は言った。「では、失礼」

私は立ち上がった。女は私がドアに近づくまで動かなかったが、それから追ってきた。

「旦那、あんたは紳士で、あたしはおとうさんがお気の毒にも急死した紳士につらくあたろうとは思わない。二百ポンドください。そうしたら、写しをとってくれていい。アーチーがいっしょに行って、すんだら持って帰ってきますから」

「法廷では、写しには原本ほどの価値はない」私は言った。「宣誓証書にすることはできる」ミセス・カッツは言った。

「こう夜遅くては無理だ」私は言った。

アーチー青年が身を乗り出し、母親になにかささやいた。老女はうなずき、例のいやな微笑を浮かべた。

「旦那、危険を承知でこうしましょう。明日の朝、アーチーがホテルに手紙を持っていきますから、あんたは写しをとって、弁護士に宣誓証書にしてもらう。どうしても、あれをお渡しするわけにはいかないんでねえ。これだけだって、ちゃんとした女にとっちゃ、たいへんな危険だ」

「わかった」私は答えた。「しかし、写しはせいぜい百ポンドだな」

「きびしいことをおっしゃる」

「それでだめなら、取引はなしだ」

「そう言われるならしかたない。十時にアーチーをやりますよ」

私は同意し、辞去した。この家から出られるのがうれしかった。一晩中まんじりともせず、ミセス・カッツが夜のあいだにレイザムのところへ行き、もっと得な取引を成立させたのではないかと想像した。

しかし、朝になると約束どおりアーチーが手紙を持って現われたので、私はいっしょに弁護士事務所へ行き、タイプした写しをとらせ、それを宣誓証書にした。さらに私は原本の筆跡が継母のものであると認める旨の宣誓供述書も作った。それから、青年には合意のとおり百ポンドを紙幣で払い、別れた。

これだけの詳細をここにしたためたのは、写しが原本と相違ないこと、また、なぜ私が現在のところ原本を送付できないのかを明白にしておきたかったからである。

確かに、アーチーにはこれらの手紙を所有する権利はないのだから、こちらに渡せと迫ることもおそらくはできたであろう。しかし、いくつかの理由があって、私はあえてそうしなかった。第一に、私にも所有権はないから、そんなことをすると警察にどう思われるかわからなかった。第二に、これはもっと重要だが、手紙がなくなったことにレイザムが気づかずにいるとは期待できないし、もし気づけば、彼はこわくなって国外に逃亡するかもしれず、そうなれば私の仕事はますます難しくなる。必要な証拠をすべて集めるのにあと数週間はかかるだろうから、法に訴える準備が整ったときには、彼はうまく身を隠してしまっているかもしれない。第三に、ミセス・カッツと仲違いしたくなかった。彼女は今後も役に立ちそうだったからだ。もしこの件にさらに光をあてるような新たな手紙が届けば私のところに持ってきてくれるというだけでなく、レイザムの行動を見張っていてくれる。私はアーチーに、将来も報酬の可能性があるとほのめかし、レイザムに警戒されないようにと念を押した。

もっとも、レイザムをゆするほうが私を助けるより得だとミセス・カッツが考えることはありうる。今これを書いている現在、レイザムはまだチェルシーに住み、自分は安全と感じているらしい。しかし、私の知らないところで、ミセス・カッツは手紙を手元に置き、彼をゆすっているかもしれない。あるいは、彼女はレイザムに警告を与え、彼は手紙を破棄して安全を確保した（と思っている）かもしれない。後者の場合、もちろん法廷に原本を提出することは不可能だから、証明つきの写しの存在に意義が出てくる。

こうして不倫の証拠を手に入れた私は、これでマンティングに圧力をかけてやれる立場に立ったと感じ、早速もう一度彼に会いに行った。

「先日お目にかかったとき」私は言った。「あなたが黙っておられた理由はよくわかります。しかし、レイザムとマーガレット・ハリソンが愛人関係にあったことを示す独立した証拠が手に入ったと申し上げたら、わたしの調べに協力してもいいという気になるのではありませんか？」

彼は肩をすくめた。

「ミスター・ハリソン」彼は言った。「もしすでに証拠があるなら、協力など必要ないでしょう。その証拠とやらいうものを見せていただけますか？　充分な根拠なしに、こういうことは言えませんからね」

「継母がレイザムにあてて書いた手紙があるのです」私は言った。「それを見れば、この件に疑いの余地はまったくありません」

「そうですか？」彼は言った。「まあ、それをどこから手に入れられたのかは訊かないでおきますよ。私立探偵の仕事はわたしには興味がない。お父上が自殺に追い込まれたと信じておいでなら、実にお気の毒なことだったと申し上げますが——しかし、それでわたしに何ができます？」

「そうは考えていません」私は言った。「この手紙は強力な証拠だと思えるのですが、父はマーガレット・ハリソンにそそのかされたレイザムの手で、残忍かつ故意に殺害された、とわたしは信じているのです。そして、それを立証してみせるつもりです」

「殺害？」彼は叫んだ。「まさか、本気じゃないでしょうね！　そんなことは絶対にありえませんよ。レイザムにはやくざな面もあるが、人殺しでなんかない。誓ったっていい。まったくあなたの誤解だ」

「手紙を読んでいただけますか？」

「いやです」彼は言った。「あなたは世慣れた男性だ。ここまで来てしまったのなら、レイザムとミセス・ハリソンとのあいだに情事のようなことがあったのは認めます。やめさせようと、わたしはできるだけの努力はしたんですが、まあ、ときとして起きてしまうことですからねえ。フェアプレーじゃない、とわたしは言い、機会ができたとき――例のミルサム事件ですが――きみがきれいさっぱり出ていくなら、口をつぐんでいてやる、と約束したんです。その後、彼はしごくまじめに、あれはすべて終わったと請け合いました。そう、二人でマナトンへ行ったあの日にも訊いたが、関係は完全に終わった、と彼は繰り返した」

「レイザムは利口だった」私はそっけなく言った。「父の遺体を見せるためにあなたを連れていったんですからね。レイザムがあれを発見することが彼の得になると知っていれば、あなただって〈草庵〉に行くとき、なにか怪しいと考えたでしょうよ」

彼の顔が変わった。私は痛いところをついたらしい。

「ところで、あなたはレイザムを信じたのですか？」

「ええ――信じました」彼は考え込むように、指のあいだでパイプを回した。「情事は終わったものと信じました。だが、ミセス・ハリソンに対するレイザムの愛情が消えたかどうかは、確信が持てなかった」

「それで、父があぁも好都合に死んだとき――疑念は湧かなかった？」

「そう――ハリソンは自殺したのかもしれない、という考えが頭をよぎったことは認めます。しかし――信じたくなかった。本気で信じたかどうか、自分でもわかりません。でも、可能性として頭に浮かんだのは確かです」

「それだけですか？」

「絶対にそれだけです」

「手紙を読んで、そのあとでもまだ疑念が起きないかどうか、教えていただけませんか？」

彼はためらった。

「レイザムが無実だとそれだけ確信しておられるなら、手紙から無実が立証できるかもしれない」

彼は疑うような表情で私を見たが、やがてゆっくり手を出して手紙を取った。弁護士の裏書きを読んで、私に鋭い目を投げたが、なにも言わなかった。私の前で彼は手紙を読んだ――最初は速読し、次にはもっと時間をかけ、慎重に読み返した。

「お気づきでしょうが」私は言った。「彼があなたに情事は終わったと告げた少し前に、マーガレット・ハリソンは彼の子供をみごもったと信じていることが明らかな手紙を書いています」

「ええ、そうですね」

「そして、これが思い違いだったことを、彼は父の死後まで知らされていない」

「ええ」

「そうすると、殺人の動機はたっぷりある」

「動機はたっぷりある、たしかにね。だが、動機だけではなんにもならない。そうでしょう、動機があるというだけでみんなが人殺しに走ったら、自然死する人間なんか、ほとんどいなくなってしまう」

「でも、この手紙の中で、彼が殺人を実行するようにいろいろなかたちで促されていることは認めるでしょう?」

「そこまでは認めませんね。ミセス・ハリソンは情緒的で、想像力豊かな女性です。小説で見つけた言いまわしを使う。恋愛について、こういう漠然とした言い方をする人はいくらもいます——この愛は至高のものだ、正当化できる、愛の成就のために障害を除こう、とか言いながら、その言葉を実行に移すわけではない。わたしもそういうのを書いたことがありますよ——本の中でですが」

「そうでしょうな。あなたは現代の小説家だから、作品の中で高い道徳規準を打ち出す必要はない。しかし、実人生では、殺人を大目に見るとか、正当化するおつもりはないでしょう?」

「ええ。殺人に関してはこのわたしも旧式な偏見を持っていると告白しますよ。矛盾しているかもしれないが、それが事実です。レイザムだって同じですよ」

「レイザムは明らかにマーガレット・ハリソンに強い影響を受けている」

「むしろ逆だと思いますがね」

「ことによってはね。理論では、確かにレイザムのほうが影響を与えたでしょう。だが実践となると、彼女のほうがずっと実際的で——ずっと無節操だ。しかし、なんなら彼は強い情熱に影響されているとだけ言っておきましょう—

―それで、彼がふだんの信念なり、偏見なり、なんと呼んでくださってもいいが、そういうものと相反する行動に出たとは考えられませんか？　どうです？　さっきあなたはわたしが世慣れた男だとおっしゃった。殺人は毎日のように起きていますよ、レイザムほどの動機すらなくてもね」

彼はいらいらと指先でテーブルを叩いた。

「ええ」彼はようやく言った。「それは認めます。じゃ、議論を進めるために、かりにレイザムがお父上を殺したかもしれないとしましょう。わたしにはまったく信じられませんがね。でも、実行は物理的に不可能だった。どうやってそんなことができます？　彼はずっとロンドンにいたんですから」

「そこのところを助けていただきたいのです。なぜ不可能だったのか？　不可能だったと、あなたにはどうやってわかるのか？　不可能だったと証明できますか？」

「できると思いますよ」

「あなたがご存じの事実をすべて、初めから教えていただけますか？」

「もちろんです。もしレイザムが本当にそんなことをしたのなら、どんな罰を受けても当然だ。とんでもない人でなしだ。そりゃ、レイザムとわたしはいつも仲よくしていたわけじゃないが、それにしても――ばかげている。彼がそんなことをしたはずはない。しかし、可能性は消さないと」

彼は見るからに狼狽した様子で、部屋の中を歩きまわり始めた。私は待った。そこに家政婦が現われて、夕食の支度ができたと告げた。

「ごいっしょにいかがですか？」マンティングは言った。「ぜひ、家内に会ってください。彼女はこういうことに関してはすごく明晰な頭の持ち主ですから」

この件の核心に迫ろうというところで中断するのはいやだったから、私は招待を受けた。もちろん、家政婦が部屋にいるあいだはこのことを話題にしなかったが、食後はそろって図書室に移動し、私はそこで事件の概要をミセス・マンティングに話して聞かせた。彼女のことに触れるのは、話し合いに彼女がことさら貢献したからではなく（もっとも、若い男が女のために年上の男を殺すことはありうると、女性である彼女は夫よりも積極的に考えていた）、事実と日取りの確認のため、マンティングがウィッティントン・テラス在住中に彼女に宛てて書いた手紙を出してきてくれたためである。最後には、読み直せば見過ごしにしていた鍵やヒントが見つかるかもしれないと、彼女は私にその手紙を渡してくれた。マンティングは自分のラブレター（ああいうとりとめのない感情の発露をそう呼べるとして）をほとんど見ず知らずの他人の手に託すことに、当然ながら反対したが、夫人は笑って——おもしろいことに、高潔な女性はしばしば繊細な心遣いに欠けるところを見せる——私が個人的な部分には目をとめないだろうと言った。

「ミスター・ハリソンはあなたの『生涯と書簡』を出版しようとおっしゃっているわけじゃないのよ」彼女は言った。

　この子供じみた一言にマンティングは機嫌を直したらしく、「ああ、このかたなら安全だろうな」と言って、それ以上は反対しなかった。おそらく、彼はうぬぼれが強いので、自分の心の奥に秘めた感情をあらわにすることがいい印象を与えるだろうと考えて満足したのだろう。実際、婚約者への手紙でさえ、たいていは効果を狙って書いているのは明らかで、きっと将来これが刊行されることまで期待していたのだ。ベヴァリー・ニコルズ（小説家、随筆家）やロバート・グレイヴズ（小説家、詩人）といった青年たちが家庭内の出来事を公然と書きちらす時代だから、利口な小説家に慎みや抑制を期待するのは無理というものであろう。

　とりあえず〈動機〉の問題は片づいたから、われわれは〈方法〉と〈機会〉についての話し合いに進んだ。この二項目の中で、マンティング夫妻は殺人説に対する異論を多数挙げ、それらが手ごわい議論であることは私も認めざるをえなかった。この会話の直後に内容をまとめたものを以下に示す。

ジョージ・ハリソンの死に関連して調査すべき点

A　方法

一　ハリソンは本当にムスカリン中毒で死んだのか？

ムスカリン（アマニタ・ムスカリアの毒素）は(a)内臓、(b)夜具、(c)テーブルにあった食べ残し、から多量に検出された。

遺体の外観、付随状況から推測された病状は、どちらもムスカリン中毒の反応に合致している。

サー・ジェイムズ・ラボックは宣誓のうえ、死因はムスカリン中毒であると述べた。

〈疑問〉ほかの毒素が同様の反応を引き起こす、あるいは同様の化学分析結果を出すことはありうるか？　検死審理初日の質疑から、分析医の注意は特にムスカリンに向けられた。彼はムスカリン以外の毒素も捜したのか？

〈メモ〉サー・ジェイムズ・ラボックに手紙でこの点を問い合わせる。

二　どちらにせよ、事故説、自殺説を除くとすれば、ムスカリンはどのようにして体内に入ったのか？

かりにレイザムが自分で毒キノコを採集し、料理の途中でそれをひそかに混ぜ入れたとすれば、殺人は非常に簡単に遂行されたであろう。もし彼がそのキノコを父が採集した食用キノコの籠に入れただけなら、父は下ごしらえの段階で確実にそれを見つけ、捨ててしまっただろう。それゆえ、料理が始まってから毒キノコを加え、充分に火が通って、キノコが独得の色や形を失うまで待たなければならない。

ふだんなら、レイザムがこうするのは簡単だった。検死審理での証言からわかるように、ハリソンがスケッチや植物採集に出かけているあいだ、レイザムは一人で〈草庵〉に残ることがよくあったからだ。

実際の事件では、ここにさまざまな困難があり、その一部は〈機会〉の項目で考慮しなければならない。

〈疑問〉レイザムはアマニタ・ムスカリアを見つけ、それをほかと見分けられるほどよく知っていたか？（答え：父が彼にそれを見せ、警告を与えた可能性はある。あるいは、彼は父の著書かそのほかの本で勉強したのかもしれない）

もしそうでないなら、彼にはキノコを手に入れてくれる共犯者がいたのか？（ありえなくはないが、ありそうではない。田舎に住む人々は概してキノコ類には興味を示さないし、他人を巻き込むのは危険が大きい）

キノコはどのように調理されたか？　たとえば、煮物のようにゆっくり調理され、見ている必要が少ないもののほうが、ひそかに別の物質を加えるのは簡単だ。一方、網焼きや炒め物ならほんの数分しかかからず、絶えず料理人の目にさらされている。（答え：マンティングは記憶をたどり、残っていたのは煮物のようだったと言った。これに関連して、一九二八年十月二十二日付の父の手紙〔15番〕も参照のこと）

〈メモ〉サー・ジェイムズ・ラボックにこの点を確認してもらう。

もしレイザムがアマニタ・ムスカリアを見分け、手に入れることができたとすれば、彼はそれを前もってゆで、毒の浸出した汁を煮物に加えたのではないか？　それなら、違うキノコが混じっていると父に気づかれる危険は避けられる。（答え：この可能性は高い）

（ゆえに、〈方法〉の問題に関しては、レイザムはすでに毒を所有していたかもしれず、それをキノコ料理に加えることに外的な障害はなかった、との点は明らかに思えた。しかし、〈機会〉の問題を考慮すると、われわれはもっと重大な難関にぶつかった）

B　機会

一　ハリソンが毒を摂取したのは何時か？

上限はヘンリー・トレフューシスの証言からわかる。彼は木曜日の午前十時三十分にハリソンが生きていて、健康そうであったのを見ている。このとき、レイザムはすでにロンドン行きの汽車に乗っていたとされる。

下限はそれほど正確にはわからない。しかし、その朝配達された牛のすね肉が、のちに肉屋の紙に包まれたままで発見されたという事実からして、ハリソンが宵の口には家事に気を配ることができなくなっていたのは確実であろう。私が知っている父の習慣からして、彼が肉をこういう状態で一晩放置しておくことは絶対にありえない。だしをとるために火にかけるか、少なくとも皿に移していたはずだ——ことにすね肉の場合、べたべたしていて包み紙にくっつきやすい。私が父と〈草庵〉に泊まったときには、父は七時ごろ夕食をとるのを習慣にしていた。そのあと、皿を洗って部屋の中を整頓し、翌日必要なだしの鍋を火にかける。それからすわって一、二時間読書し、十時ごろ床に入る。寝る前にココアを飲んだり、なにか軽くつまむこともある。

それゆえ、毒が摂取されたのは、午前十時三十分から午後八時のあいだ、おそらくは午後七時ごろだろうと思われる。

〈疑問〉レイザムが実際に八時十三分の汽車でロンドンへ行ったという証拠はあるか？　彼がひそかに〈草庵〉に戻った可能性はあるか？　オートバイか車を借りれば、ボウヴィー・トレイシーか（もしこれがあからさまにすぎるなら）ブラムリー・ホルト、ヒースフィールド、ティングレース、あるいはニュートン・アボットから戻ることは簡単にできた。それから〈草庵〉付近に隠れ、ハリソンが出かけたところをみはからって、毒を料理またはだしの鍋に加える。

〈メモ〉ロンドンでのレイザムの動きを調べる。もし木曜の朝に彼に会った人がいれば、この仮説は成り立たなくなる。そうでない場合は、彼がボウヴィー・トレイシーで実際に汽車に乗り込んだか、彼らしき人物が沿線のどこかでオートバイか自動車を借りていないかを調べる。ただし、これですべての可能性を網羅しているわけではない。元気な男なら、ニュートン・アボットから〈草庵〉までの十マイルか十二マイルを容易に歩くこともできる。しかし、オートバイか自動車があれば、犯行後にすばやく逃亡できるから、その確率のほうが高いといえよう。

二　毒キノコ、あるいはその汁が、父が木曜日に採集したキノコの中ではなく、前日に採集したものの中に加えられた可能性はあるか？

三つの理由から、これはありそうにない。第一に、父はいつも、キノコは摘みたてを食べるものだと強調していた。摘んだキノコを一晩置いて翌日に食べるのは、まったく彼らしくない。父はキノコ狩りには早朝がいちばんだと考えていた。彼はウォーティー・キャップを木曜の朝摘みに行くつもりだと話し、実際、そうしているらしいところをコフィンに目撃されている。第二に、もし木曜の夜に食べたキノコが前日採集されたものなら、木曜の朝に採集されたものはどこに行ったのだ？〈草庵〉内からほかにキノコは見つからなかった。第三に、レイザムが目的を達するには、ハリソンにウォーティー・キャップを採集する意図があることが必要だった。それ以外のキノコではだめだ。アマニタ・ムスカリアと取り違えてもおかしくないキノコはこれしかない。それゆえ、ふつうウォーティー・キャップが見つかる場所で父がキノコ狩りの姿を目撃されたことは、偶然とは思えない。もちろん、この点に関してレイザムの証言は疑わしいので、真相を確認する必要がある。

〈疑問〉ウォーティー・キャップ（アマニタ・ルベスケンス）は、ハリソンがコフィンに目撃された場所に実際にたくさん生えているのか？

キノコ料理の内容物はアマニタ・ルベスケンスであると、実際に特定することができるのか？

ハリソンはアマニタ・ルベスケンス採集の意図をいつレイザムに伝えたのか？　この点は重要である。なぜなら、もし自然の状態で毒キノコを無害なものに混ぜるつもりなら、二種類が少なくとも表面的に似たものであることが絶対に必要だからだ。ある程度火が通った状態でさえ、アマニタ・ムスカリアとシャンタレル、ボリトゥス・エデュリス、あるいはアマニトプリス・フルヴァなどとを混同するはずはない。残念ながら、この点に光をあてられるのはレイザムだけで、彼が真相を話すことはないだろう。

〈メモ〉アマニタ・ルベスケンスの生育地を確認する。もしできれば、分析されたキノコ料理の中にそれが入っていたかどうかも確認する。

C　その他の疑問および反論

もしレイザムがハリソンに毒を与えたのなら、なぜ彼は土曜日に〈草庵〉に戻ったのか？　遺体が発見されるまでロンドンにいたほうが賢かったのではないか？

この反論にはかなり重みがあると私には思えた。しかし、実際的な観点からすれば無謀に見える行動にも、いくつか理由となりうることがありそうだ。

(a) レイザムは思いがけず犯行の証拠が残っている場合にそなえて、それを隠すために現場にいたかった。正確な犯行過程が不明のため、どういうものかはわからない――アマニタ・ムスカリアのエキスを入れたびん、煮出すのに使った鍋、書き込みのある本か書類、オートバイなりなんなりで以前に彼が来ていたことを示す跡、ハリソンが自分の死に方に疑惑を抱いたことを書き残した手紙、等々。

〈メモ〉マンティングの意見では、遺体を発見したあと、レイザムは初め、自分が〈草庵〉に一人で残り、マンティングに助けを求めに行かせるつもりだったが、いざとなると勇気がくじけたのだという。これは上記の説明と矛盾していない。レイザムは遺体を見て恐怖と自責の念にかられ、計画を実行することができなくなったと考えられるからだ。

マンティング自身の供述書を読めば、レイザムはロンドンでマンティングと会った時点から遺体発見の時点まで、ずっと神経質な状態であったことがわかる。

(b)犯行が未遂に終わった場合、ハリソンはレイザムが帰ってくるのを期待していたはずだ。たとえばキノコの籠の中にアマニタ・ムスカリアが混じっているのを見つけたとする――ハリソンはそんなものがどうやってそこに入ったのかといぶかしむだろうし、それでレイザムが帰ってこなければ、怪しいとにらんで気をつけるだろうから、再度殺人を試みるのが困難になる。また、ハリソンは近所の人々にレイザムが帰ってくると話していたかもしれない。その場合には、犯行が成功したあと、レイザムの不在は疑惑を招きかねない。

マンティング夫妻が提案するその他の理由

(c)レイザムは（彼が有罪だとして）おそらく被害者がいつ死ぬか見当もつかなかった。木曜、金曜、土曜がなんの知らせもなく過ぎたので、彼はいてもたってもいられなくなり、不安のあまり、どうなったのか自分で確かめに行くしかないと思った（私には間抜けな行為に見えるが、芸術家や平衡を欠いた気質の持ち主なら、そういうこともあるだろう）。

(d)殺人者は犯行現場に戻らずにいられないとされる（これは純然たる迷信で、事実に基づくものではないと私は思う）。

(e)自責の念。レイザムは自分のしたことを後悔し、手遅れにならないうちに医者を呼んでハリソンの生命を救おうと、遅ればせながら努力した（これはミセス・マンティングの案だが、希望的観測であろう）。

なぜレイザムはマンティングを〈草庵〉に連れていったのか？　これも私には異常な行為に思えるが、あるいは彼は狡猾に先を見越して、自分が疑われないようにするにはこれが最善の防御策だと考えたのかもしれない。

それに、マンティングはレイザムに土曜日一日中の完全なアリバイを与え、遺体発見の公平な証人となった。もしたとえば、ハリソンが七、八時間前に死んだのではなく、かれらが到着したときには死んだばかりだった、あるいはまだ息があったという場合、マンティングはそう証言することができた。

しかし一方、レイザムは目的を達成できなくなるばかりか、邪悪な陰謀のすべてが暴露されるという深刻な危険を冒していた。もしハリソンがまだ生きていれば、即座に医者を呼ばないわけにはいかず、それで彼は助かるか、一時的にでも回復して、レイザムが犯人だと明らかにするかもしれない。

〈メモ〉マンティングは殺人の共謀者ではないと言い切れるか？　彼は怪しい態度を見せ、情報はできるだけ長いあいだ伏せていた。この男を信頼しすぎてはいけない。

マンティングも夫人も、この部分は私ほど信じ難いとは感じていないようだ。レイザムのような性格の男なら、殺人を犯したあと、一人でいるのがこわくなり、誰かといっしょにいられるならどんな危険もいとわないだろう、と二人は言う。たとえば、パトリック・マーンはエミリー・ケイを殺害したその夜、隣の部屋に死体が転がっているというのに、軽率にも〈クランブルズ〉にミス・ダンカンを連れてきて寝かせたではないか。二人はどちらも小説家で、人間の本性を研究したはずの人たちだ。人間の本性は矛盾だらけだ、とかれらは言い、たぶんそのとおりだと私も思う。正直なところ、私にはレイザムのような男の精神はまったく理解できないので、どんなことでも信じられる。

夜も更けてから、私はもらった手紙を持ってマンティング家を辞去した。マンティングは手紙が触れていない時期の出来事、ことに〈草庵〉で正確に何があったかを供述書にまとめると約束してくれた。これは参照しやすいよう、時間でいくつかに区切って、本件の書類に含めてある。残念ながら、この供述書は非常に散漫で、不必要な個人的意見や文学的粉飾が多く加えられている。出来事を単純明快に要約してくれたほうがずっと役に立つのだが、作家はいつなんどきでもその虚栄心を満足させずにはいられないものらしい。しかし、私はあえて削除や修正の手を入れず、書かれたとおりのかたちでこれを提出した。

次に私はサー・ジェイムズ・ラボックに手紙を書き、上記の概要に記したさまざまな点の考慮を依頼した。数日後、次のような丁重な返事が届いた。

内務省
一九三〇年一月十二日

ポール・ハリソン殿

拝啓

お父上の不運な死をめぐる状況に関するお問い合わせの貴信、拝受いたしました。充分な情報を手に入れたいというお気持ちはよく理解できますし、ご指摘の点はできるだけ明確にいたす所存です。

死因は検死審理で述べたとおり、ムスカリン（アマニタ・ムスカリアと呼ばれるキノコの毒素）中毒であることに間違いありません。こういうケースでは、状況が示唆する特定の毒のみを捜すのではなく、ほかの植物性アルカリや金属性毒素も含め、あらゆる種類の毒を捜すのが慣例です。分析はごく慎重に行なわれ、ムスカリン中毒以外の可能性はすべて消去されたと、自信を持って申し上げられます。この毒は多量に検出され、誤解の余地なく確認されました。また、証人の報告による病状と遺体の外観も、この種の中毒症状に疑いなく合致しています。

なお、内臓、吐瀉物等、およびキノコ料理の食べ残しからの抽出物はそのまま保存してあると申し添えておきます。こういうケースでは、あとで新たな疑問がでてきた場合に参照、分析ができるよう、必ずこうしておくのが私の習慣です。しかし、人間的な力の及ぶ限りでは、私の分析結果は正確であると絶対に信頼していただけます。

キノコ料理の件ですが、私のメモを見ますと、これはアマニタの構造的特徴を示すキノコを丸のまま、ニンニクと野菜で味をつけたビーフ・ストックで煮込んだものでした。

次の疑問点にはやや誤解が見られます。ムスカリンそのものをキノコから純粋な状態で単独に取り出すのは非常に難しい化学実験で、私の知る限りでは、これまでにハーナックとノスナジェルの二人しか成功しておらず、その結果もまだ確認を受けていないはずです。コリン金塩化物とムスカリン金塩化物はハーナックがキノコの抽出液の分別によって取り出し、もっと最近では、キングがやはり抽出液からムスカリン塩化物を取り出すことに成功しています。
しかし、あなたのご質問は単純に、"キノコを水で煮出しただけで毒液ができるか?"という意味でしょう。これは肯定します。アマニタ・ムスカリアを煮た場合、液体部分も固体部分と同様に毒を含んでいます。ディクソン・マンによれば、このキノコは完全に乾燥させると無害で、大陸の一部では食用にする人もいるとのことなので、おそらく煮汁には、煮たあとの固体部分よりも多く毒が含まれているのではないかと思われます。
以上の事実でご質問に適切にお答えしたものと信じます。

　　　　　　　　敬具

　　　　　　ジェイムズ・ラボック

こうして疑念が取り除かれたので、私はまずマナトンでの調査をすませようと決めた。一方、マンティングは十月十七日、十八日のロンドンでのレイザムの動きを調べてくれることになった。

〈草庵〉はすっかり戸締りされて、マナトン駐在の巡査が鍵を預かっていた。私は父の遺言執行者だから、鍵は難なく渡してもらい、すぐに近所の居酒屋兼旅館でいくつか質問してみた。しかし、わかったことは多くない。土曜日の夜、ミスター・レイザムは"ひどく取り乱し"、"幽霊でも見たような顔をして"居酒屋の亭主を起こし、ミスター・ハリソンが死んでいるのを見つけた、と告げた。今にも倒れそうな様子だったから、亭主は彼を落ち着かせて強い酒を与え、ボウヴィー・トレイシーから警察官を呼び寄せた。村の巡査がたまたまなにかの職務で留守だったからだ。

待っているあいだにミスター・レイザムは元気を回復し、ロンドンに長距離電話をかけさせてもらえるかと尋ねた。これはもちろんマーガレット・ハリソンあての電話である。

電話は亭主の私室にあり、彼は客を通したあと、心遣いを示してドアを閉めたから、会話はなにも聞こえなかった。部屋から出てきたレイザムは非常に動揺した様子で、死者の家族に知らせたのだと説明した。私はこれに失望した。レイザムがどういう言葉でこの事件を伝えたのか、わかればおもしろかったのに。だが、マーガレット・ハリソンの手紙によれば、彼は事故だと言ったらしい。しかし、こうも好都合な死、しかも自分が殺人を教唆し、そのとおりに相手が死んだのだから、彼女は必ず疑念を抱いたはずだ。ただ、もともと嘘に満ちた女だから、自己欺瞞で納得してしまったということも考えられる——それはありうるだろうとマンティングも言うし、彼ならきっと、ああいうタイプの性格を今までにも見ているだろう。

　次に私は労務者ハロルド・コフィンの住所を手に入れた。家には妻がいて、夫は最近の強風で折れた木の枝を集めて運ぶので外にいる、〈草庵〉の前を通る小道をずっと行けばきっと見つかる、と教えてくれた。そのとおりに行ってみると、彼は小さい林のはずれにいた。知っていることは残らず話してやろうと乗り気で、最後に父を見たという、そこからほど遠からぬ場所へ、すぐに私を連れていってくれた。

　もちろんアマニタ・ルベスケンスの季節はもう終わっていたが、彼が指し示した場所は生育地にふさわしく見えたし、また彼も、こちらが促しもしないのに、あそこにはよくキノコが生えている、赤茶色に灰色のまだらの入った笠のものだ、と言った。私はポケットから『食用キノコと毒キノコ』を取り出し、彼に見てくれと頼んだ。彼はアマニタ・ルベスケンスとアマニタ・ムスカリアの絵のあいだでしばらく迷っていたが、ようやく、この二つのどちらかだと思う、と言った。アマニタ・ムスカリアの絵はちょっと色が濃すぎるように見えるが、本の挿絵はいつも色がうまく出ているとは限らないでしょう、旦那？　地元で〈五エーカー森〉と呼ばれているこの林には野生のキノコが豊富で、父がよくヘパティカを採集しているところを彼は見たという。これは木の幹に生える大きな茶褐色の塊で、俗に〝貧乏人のビフテキ〟という名で知られている。父はあのとき実際にキノコを採集していた、たんに探していたのではないと、コフィンは言い切った。父は彼に話しかけ、「夕食の材料を集めているんだ、コフィン。あんたも試してみるといい、うまいものを知らずにいるのはつまらんぞ」というようなことを言った。父の死を耳にしてから、彼はよくこの明るい言葉を思い出し、これを警告としなければと思った。

ミスター・レイザムは顔見知りだ、ときどき酒場でみんなと仲よく飲んでいるときに会った、とコフィンは言った。五エーカー森で彼を見かけたのは一度だけで、ミスター・ハリソンと連れ立っていた。後者の死の一週間ほど前だ。十月の最初の二週間はずっと五エーカー森の内外で仕事をしていたので――彼はミスター・ケアリーに雇われている――このあたりの土地はみなミスター・ケアリーのものだ――もしミスター・レイザムが一人でここに来たなら、いつであれ、自分の目にとまったはずだ。

コフィンに礼を言って心づけを渡すと、私は〈草庵〉に向かった。夜具その他、検死審理に必要なものが持ち去られたほかは、死亡時のままになっていた。かわいそうな父の断末魔の苦痛を物語る壊れたベッドが、まだ寝室に残っていた。レイザムの画材さえ、片隅に転がっていた。持ち帰るのを忘れたらしい。あらっぽく油絵の具を塗ったキャンヴァスがいくつか、父の繊細な水彩画ときわだった対照をなしていた。父の絵は引出しにたくさん入っていた。家の中はそこいらじゅうに厚く埃が積もっていた。

問題に光をあてる書き置きでもないかと、私は棚や引出しを注意深くあらためたが、請求書数通と、父が私から受けとった手紙一通のほかには、なにも見つからなかった。小説が一、二冊、地元の案内書と植物学の参考書がたくさん、それに画材屋のカタログがいくつかあった。こういったもののあいだから、ようやく、父の筆跡でメモが書き込まれたこの地域の大縮尺地図が見つかった。父はこれを一種の植物分布図として使っていたらしく、さまざまな植物やキノコ類が生育する場所にしるしがついていた。五エーカー森は地図ではっきりわかり、そこに父は小さい×印をつけ、〝アマニタ・ルベスケンス〟と書き込んでいた。アマニタ・ムスカリアは記されているかと捜したが、なかった。父はそれをこの地域で発見しなかったか、あるいは食用キノコだけを記すことにしていたのだろう。

これで一つの疑問がはっきり解けた。父は十月十七日に夕食用にとキノコを採集し、その採集場所は彼がよくアマニタ・ルベスケンスを見つけていたところだった。この点に疑いの余地はない。

〈草庵〉では、ほかにはこれというものはなにも見つからなかったが、それでも私は一日をそこで過ごした。その晩は村の旅館に泊まり、翌日はレイザムの動きを確認するため、ボウヴィー・トレイシーへ出かけた。

まず最初に、タクシー運転手に話を聞いた。ウィリアム・ジョンソンという男で、ハイ・ストリートに住んでいる。十月十七日木曜日にマナトンへ行き、八時十三分の汽車に間に合うようにレイザムを駅まで乗せていったことを、彼はよくおぼえていた。この直後に大事件があったから、当時の状況は強く記憶に刻み込まれていたし、また、遺体発見のわずか二日前に〈草庵〉を訪ねて被害者に会っているというので、彼はすっかり地元のスターになっていたのである。

出発の時点で、父とレイザムはごく仲よくしていたと、彼は自信を持っていた。二人は握手し、父は言った。「じゃ、気をつけて。土曜日にまた会おう。どの汽車で帰ってくるつもりだね？」レイザムはまだよくわからないと答え、「遅くなったら、起きて待っていることはありませんよ」と言い添えた。

これで疑問の一つが解け、父のほかに少なくとも一人、レイザムが土曜日に帰ってくると知っていたことが明らかになった。

私は次に、レイザムは何時にタクシーを頼んだのか、と訊いた。運転手はこれもおぼえていた。水曜日の夜九時ごろ、マナトンから電話が入った。もし必要なら、注文台帳で確認することもできる。

これはおもしろい。どうやらレイザムはロンドン行きを土壇場になって決めたらしい――それも、父が翌日アマニタ・ルベスケンスを採集するつもりだというのを聞いたあとだ。

最後に、レイザムが汽車に乗り込むのを実際に見たかと私は尋ねた。運よく、ジョンソンはこの質問にはっきり答えることができた。彼はボウヴィー・トレイシーにある印刷所に頼まれて小包を汽車に乗せたのだが、そのとき、レイザムが三等の喫煙車に席を取るのを見た。発車すると、レイザムは窓から身を乗り出し、赤帽に向かってなにか叫んだ——ニュートン・アボットでの乗り換えに関する質問だったと思う、と彼は言った。

私はこの男のタクシーを利用し——わりにいい車だった——ボウヴィー・トレイシーとニュートン・アボットのあいだにある三駅の職員に話を聞きにまわった。ここでは当然ながら、三カ月前の出来事を思い出してもらうのは難しく、レイザムを見たと記憶している人は一人もいなかった。各駅で、村に自動車かオートバイを貸してくれそうな人はいないかと尋ね、それぞれ会いに行ったが、実りはなく、そういう取引の記録はどこにも見つからなかった。

ニュートン・アボットは比較的大きい駅で、困難を覚悟していたのだが、意外にもすぐにレイザムの通った跡がわかり、私はびっくりした。彼の名前を出すやいなや、駅長はこう言ったのだ。

「ああ、はい——去年の十月に財布をなくした紳士だ。あれ、見つかりましたかね？」

このきっかけをとらえ、私は財布は見つかっていない、近所に行くから、その件を尋ねてやろうと彼に約束したのだと言った。

「そうですか」駅長は言った。「こちらでは沿線各駅に問い合わせ、何人も人を出して捜させたんだが、見つからなかった。見つかればわたしのところに届けてきたはずです。みんなちゃんとした男たちだし、ミスター・レイザムは謝礼を出すとまで言っていたんですから。たぶん、浮浪者あたりが拾ったんでしょうな。このごろはそういう連中が大勢いるし、あまり正直とはいえない」

「きっとそんなところでしょう」私は言った。「ええと——なくしたのはどこだと言っていましたか？」

「窓から身を乗り出したときに、胸ポケットから落ちたのだろうと言っていました。正確にどことはわからないが、たぶんヒースフィールドのちょっと向こうあたりだろうと。ここにわたしの書いた記録があります。紳士の名前と住所は自筆で書いてある」

私はレイザムの筆跡を認めた。マンティングの住所を私に書いてくれたのと同じだった。

「いや、面倒なことでしたね」私は言った。「でも、できるだけのことはしていただいたと思います。ところで、財布には金が入っていたんでしょうな？」

「ええ、それにロンドン行きの切符がね。それでとても困っておられたんです。買い直すだけの現金が手元にないと。それでわたしが車掌に話すと、切符なしで乗ってもらってかまわないから、ミスター・レイザムはロンドンに着いたら清算すればいい、と車掌は言ってくれました」

ここまででほとんど一日かかってしまったから、私はその晩はニュートン・アボットに泊まり、翌日車掌に話を聞くことにした。彼はまだ同じ汽車に乗車しており、レイザムと彼の切符の件をはっきりおぼえていた。ついでにその汽車でパディントンまで行くと、親切な車掌は当時この件を扱った案内所の職員のところまで、私を連れていってくれた。あちこちへ問い合わせたり、本社に電話したりした結果、事実が確立された。レイザムは確かに当日、切符を持たずに一時十五分の汽車で到着し、事情を説明して、名前と住所を残し、切符が出てきたら送ると約束した。実際には切符は見つからずじまいだったが、ボウヴィー・トレイシーの発券係はその切符を出したのをよくおぼえていて、レイザムが二度目に現われたとき、切符を売った相手だと認めたので、会社は説明を受け入れ、この件はそれで終わりになった。

これは衝撃だった。私は自分で意識した以上に強く、レイザムは途中下車してマナトンに戻ったに違いないと思い込んでいたのだ。可能性は一つだけ残っていた。パディントンで急いで下りホームに移動し、一時三十分の汽車に乗れば、ボウヴィー・トレイシーに六時三十分ごろには戻れる。これはずいぶん早業だ。パディントンで職員に事情を説明するのに、十分近くはかかっただろう。それに到着したあとは、なんらかの方法でマナトンへ行き、さらに〈草庵〉まで三マイルを行かなければならない。それから、人目のないときをみはからって家に入り、父が見ていない隙に煮物の鍋に毒をたらす。これはほとんど不可能に思えた。なにより、ニュートン・アボットかボウヴィー・トレイシーで人に見られないということは考えられなかった。改札を抜け、車を借りなければならないのだ。それ以外の方法では、夕食時より前に〈草庵〉に到着できるはずはなかった。

何度となく考え直してみたものの、答えは出なかった。この仮説は放棄するしかなさそうだった。私はすっかり気を滅入らせてホテルに帰ったが、そこにマンティングからの手紙が届いていた。それをここに添える。

50　ジョン・マンティングより　ポール・ハリソン宛

親愛なるハリソン

ひどく厄介なことが起きた。昨夜レイザムがうちに現われたのだ。家政婦が彼をまっすぐ書斎に通してしまったので、わたしは逃げ道をふさがれた。

彼は緊張し、いらいらした様子で、すぐに本論に入った。「おい」彼は言った。「あのハリソンという男はもう会いに来たか？」わたしがためらうと、彼はすぐに続けた。「はいもいいえも言えないのか？　嘘をついてなんの得になる？」

「ああ」わたしは言った。「来たよ」

「目的は？」

父上の死に関してできるだけ詳しい情報を手に入れようとしておられるのだ、とわたしは言った。

「ああ、けっこうだね」彼はぷりぷりして口をはさんだ。「きみは何を言ったんだ？　ぼくのプライバシーをあけすけに話したのか？」

「いや」わたしは慎重に答えた。「彼がすでに知っていた以上のことは話さなかったと思う」

「ミセス・ハリソンとぼくのことで、スキャンダルをばらまいているんじゃないのか？　さあ、はっきり白状したらどうだ！」

「まあ、すわれよ」わたしは言った。「そんなふうにぼくを怒鳴りつけたってどうにもならない」

「なにが、まあすわれだ！　どうせいつものようにべらべらしゃべったんだろう。他人事に関しては口をつぐんでいるくらいの気遣いはあると思っていたがね。あいつのことでは警告を与えておいたろう？　どうしてあいつを締め出しておかなかったんだ？」

「レイザム」わたしは言った。「もし会うのを断わっていたら、これはいやに怪しいと彼はにらんだだろう」

「それできみは、よい子ぶって洗いざらいぶちまけたんだな」

「実際には」わたしは言った。「彼はもうみんな知っているようだった」

「ばかばかしい！　きみが教えなければどうやってわかるんだ？」

「おそらく」わたしは言った。「きみの態度か、ミセス・ハリソンからわかったんじゃないかな。それに」攻撃がここでは唯一の防衛策だと感じて、わたしは言い足した。「あれはもうすっかり終わったと、きみはぼくに言ったんじゃなかったか？　ぼくはハリソンにそう請け合った。こっちはきみの言葉を信じるしかなかったからな。もし終わっていなかったのなら、いったいなんだってぼくをいっしょにデヴォンへ連れていったりしたんだ？　関係がまだ続いていたと知っていれば、誰がなんと言おうと、ぼくはあんなところへ行ったりしなかったと、きみにはよくわかっているじゃないか」

これに彼ははっとして姿勢を正した。

「ああ、うん」彼は言った。「もちろん、すっかり終わったさ。でも、そもそもどうしてあのことを彼に話さなきゃならなかった？」

「いいか」わたしは言った。「きみはぼくに対して正直ではなかった。ぼくはもうきみを信じない。いいかげんにしてくれ。きみはまたぼくをこの話に引きずり込んだんだ。一度は犠牲になってやったが、もうたくさんだね。きみのくだらない情事の責任をぼくがいつまでも引き受けると思っているのか？　こっちは家内のことも考えなければならないんだ」

あなたがどうやってこの不倫関係のことを知ったかという非常に厄介な点に、彼がまた戻るのではないかと不安だった。あの手紙はあなたが内証で見せてくれたものだから、それを彼に教えたくはなかったが、それでいて、この男に危険を警告してやらないのは、まったく非紳士的な態度だとも思えた。こちらはこれだけの嫌疑を聞いていながら、当人に疑いを晴らす機会を与えてやらないとは言語道断ではないのか。さいわい、彼はこの点を追及するのをやめた。

「あいつ、何が狙いなんだ？」彼は続けた。「何がわかると思っている？　事件ははっきりけりがついたじゃないか？」

「いや」わたしは言った。「本当のところを言えば、レイザム、考えてみると、どうも疑わしい――」

「疑わしい！　なんだよ、今度はきみまでいやらしい疑いを抱き始めたってわけか？　いったい何を疑っているんだ？」

「どうも疑わしいんだが」わたしはできるだけ落ち着いて続けた。「ハリソンの親父さんはなにかを知って、自殺したんじゃないかと思う」

「ほう！」レイザムは言った。「それならどうなんだ？　あの――」（この部分は伏せておく）「望まれていない場所から出ていくのが、あいつにはいちばんだった。消えてくれてせいせいした。あいつにそれを悟るだけの良識があったんなら、けっこうだね」

「それはずいぶんひどい言い方だぞ、レイザム」

「善人ぶるのはやめろ」

「本気で言ってるんだ」わたしは言った。「まるで人でなしって態度じゃないか。ハリソンはきみによくしてくれた。それなのに、きみはたまたま彼より絵がうまいというだけで、彼の奥さんを誘惑し、それから彼の別荘に泊めてもらい、彼を自殺に追い込んでも、それで当然だと思っている」

「ぼくにはなんの関係もない」彼は言い返した。「出発したとき、ハリソンは元気だった。向こうで彼に会った人に訊いてみればいい。ごく明るく機嫌よくしていた。ぼくの見ていないところで彼が何をしようと、こっちの責任じゃない。ずっとロンドンにいたんだから。証明することもできる」

「証明の必要はないと思うがね」

「ほう、そうかね?」彼は声を荒らげた。「ぼくはあると思うね。きみは次にはぼくが彼の死に関わりがあると言い出す気だろう」

彼は急に言葉を切ったので、ふと見ると、わたしがこの話に乗るかどうか探るように、横目をこちらに向けていた。これには背筋が寒くなり、胃がひっくり返ったような妙な感覚に襲われた。

「しかし」わたしは言った。「きみがそんな話し方をするのを聞いたら、誰だってそう考えてもおかしくないな」

「ほう、そうかね!」

「邪魔者を消したいなんて話をするのは危険だぞ」わたしは続け、彼の反応を見守った。

「ナンセンス!」彼は言った。「さあ、教えてやるよ、よい子のおぼっちゃま、ぼくがあのときどこにいたか、最初から最後までね――いいか、最初から最後までだぞ。聞き終わったら、失礼申し上げましたとあやまりに来ればいい」

「そんなことは聞かなくて――」

「いや、こっちは聞かせてやりたいんだ。わかったか? 聞かせてやる。どうせなら、メモを取ったらいい。さてと、木曜日だな――木曜日――いいか? ぼくは二時に歯医者に行った。ロンドンに着いて真っ先に行ったんだ。確認が取れるだろう? それとも、ぼくが歯医者を買収したとでも思うか? 住所をメモしてくれ。さあ」

「まったく、レイザム――」

「黙れ。ぼくを信じないための言い訳を見つけようっていうんだろう。じゃ、書いてやるよ。歯科医、二時、名前と住所、ほら。次は七時――きみだって、二時半から七時のあいだにデヴォンまで行って戻ってくるのは無理だと思うだろう――それとも、ぼくが飛行機をチャーターしたとでも想像する？」

「そんなことは考えていない」

「ふん、なんとでも好きに考えろよ。四時に何をしていたかは教えてやれる。それで充分だろう？　その時間にはマーロウとお茶を飲んだ。彼は絵描きだが、いくらきみでも、あの男なら正直だと思えるだろう。四時、マーロウとお茶。七時には〈ボン・ブルジョワ〉で食事をして、小切手で支払った――これは確認できるからな――それから、メイリックの芝居の初日を観に行った。劇場で彼はぼくに会っている。それでいいかね？」

レイザムは鉛筆にぐいぐいと力をこめ、紙が破れそうな勢いで、これらの時刻と場所を書き付けていった。

「あれもこれも、ずいぶんよくおぼえているみたいだな」わたしは言った。

「ああ、きみには衝撃だろうよ。悪いな。だが、きみが言い出したことだ。あの晩はアトリエに泊まった。その証人は残念ながらミセス・カッツしかいない。あの女はあることないこと、なんでも言うからな」

「そうだろうな」わたしは言った。

「きみにとっては希望の光か。だけど、ぼくはメイリックや芝居の関係者たちと初日を祝って、朝の四時まで家に帰らなかった――連中に訊いてみればいい――そうすると、時間的余裕はほとんどないだろう？　ことに、ぼくは朝九時には起きていたんだから」

「それはめずらしいな」わたしはつとめて軽い口調で言った。「なんで九時に起きたりしたんだ？」

「きみの鼻を明かすためだよ。それにたまたま、いまいましい書留が来て、サインしなきゃならなかったもんでね。天の配剤ってやつだな」

「まったくね」

「十時半にはエージェントに会いに行った。彼は知っているだろう?」わたしはそのエージェントなら知っていると認めた。

「昼はレイディー・トッテナムに会いに行って、肖像画を描く件で話をしたあと、食事になった。レイディー・トッテナムにくさい《フィッシー》ところはあるか?」

「いや、ご亭主の収入源以外はね。イワシの取引じゃなかったか?」

「ウィットにあふれてるな。今度の小説に使うといい。それからぼくはウィンザー&ニュートンの店に行き、つけを払った。小切手でね。そして、画材をいくらか注文した。かれらは喜んで注文台帳を見せてくれるよ」

わたしは黙っていた。

「夕食はホルトビーの家。すごいお屋敷さ。彼は自分の肖像画をリヴァプール市庁舎に寄贈しようと考えている。ディナーに集まったのは上流の人ばかりだった。そのあと、〈エイチボーン〉へ飲みに行った――上流の場所じゃないが、人はたくさんいたよ。その晩はグッドマン兄弟のところに泊まって、翌朝はいっしょに朝飯を食った。それからきみに会いに来た。そのあとは一日中、きみの鋭い観察眼にさらされていた。さあ、どうだね!」

なぜこんなことをそう熱心に教えたいのか、とわたしは訊いた。

「きみのお友達のハリソンに伝えてやるためさ」彼はかみつくように言い返した。「あいつはぼくのプライバシーに首を突っ込みたくてうずうずしている。やめろと言ってやれ。ぼくはあの野郎が気に食わない」

「わからないな」わたしは言った。「人が自分の父親のことでいくつかふつうの質問をしただけで、どうしてきみはそこまで極端に感情的になるんだ? そりゃ、きみがなにか隠しているんならべつだがね」

これで彼は落ち着きを取り戻した。なんとか穏やかと言える程度の表情をつくり、それから急に笑い出した。

「すまない。ついかっとなってしまった。なにか隠す? とんでもない――ただ、ハリソンに、あの――マーガレットの件を嗅ぎつけられたのがね。きっと彼女がうっかりなにか漏らしてしまったんだ。だけど、親父さんのほうは絶対になんにも知らなかった。疑いのかけらもなかった。彼は元気そのものだったし――ぼくとは仲よくやっていた。でも、あの息子のほうは好きになれないな」

わたしはずっともてあそんでいたペンを置くと、立ち上がって暖炉の前の敷物のところまで行き、彼の横に立った。「レイザム」わたしは言った。「どうしてうちに来たんだ？」

彼はこちらをひたと見つめ、一瞬、なにか打ち明ける一歩手前のように見えた。何を言うつもりなのかと、不安になった。彼がしゃべり始めたら、わたしとしては何を言うべきだったか、すべきだったか、今もわからない。もしかしたら、わたしは――いや、なんとも言えない。とにかく、ひどくおびえてしまったのだ。

だが、何も起きなかった。彼は目をそらし、妙に恥ずかしがっているような調子で言った。

「言ったろう。きみがハリソンにどう対応したか、知りたかったのさ――現状を確かめたかった。気の毒に、きみはやりにくい立場に立たされてしまったな。そこまで気がつかなかった。まあ、しかたないさ。どっちみち、いずれあの男の耳には入っただろう。それじゃ、失礼するよ」

彼は手をさしのべた。こういう状況では、わたしはとてもその手を取れなかった。わたしがイスカリオテのユダだとすれば、こちらから手を出すだけの厚かましさはなかったし、もし彼のほうが裏切り者なら、わたしはその手に触れずにすませたかった。事のまっただなかにはまり込んだわたしは、なにひとつ決断することができなくなっていたのだ。

「ああ！」彼は言った。「ぼくが一つ二つひどいことを言ったせいだな？　わかったよ。むっつりしたきゃ、するがいい。ぼくの知ったことじゃない」

彼はドアをばたんと閉めて出ていった。しばらくして、わたしはあとを追った。「レイザム！」わたしは大声で呼んだ。

何を言うつもりだったのか、自分でもわからない。答えは玄関のドアがばたんと閉まる音だけだった。

正直なところ、ハリソン、どう解釈していいのかわからない。わたしは卑劣漢だったのか、道徳的市民だったのか？　罪ある男に警告を与えたのか、罪もない男を裏切ったのか、それとも逆に裏切られたのか？　しかし、いやな気持ちだ——率直にいって、無実の人間にあそこまで水も漏らさぬアリバイがあるとは信じられないからだ。

彼がうちに来たのは、あのアリバイをわたしに押しつけるためだったことは明らかだ。だが、アリバイがあるのは間違いない。彼がちゃらちゃらと名前や住所を書き連ねた紙を同封する。確認にまわってくださってもいいが、嘘でないのは確かだと思う。彼は完全に自信を持っていた。それに——

とにかく、わたしはこの件には触れたくない。胸が悪くなる。

ところで、例の供述書は書き上げたので、ここに添える。すべて片づいて、なんでもなかったということになり、二度とこの話を聞かずにすむ日が来るのを、心から祈っている。お願いだから、できればわたしを巻き込まないでほしい。

敬具

J・マンティング

51　ポール・ハリソンの供述書（承前）

最後の数行のヒステリックな調子はともかく、全体としてはマンティングの考えは正しいし、私が予想していた以上に彼は分別と公共精神をもって行動してくれたと思う。レイザムが自信を失ってきたのは明らかだった。彼が犯人だという点にはもう疑いの余地はなかった。マナトンからロンドンへ、そしてまたマナトンへと、自分の通った跡をわざと鮮明に残し、それをぜがひでもマンティングに教えようとした態度は、罪のない人間の無考えで気楽な行動とはまるで違う。問題は、彼がすでに警戒心を起こしたことだった。いつなんどき、危険を察知して逃亡するかもしれない。そのため、私は彼のアリバイ確認に時間を浪費するのはやめた。彼がこれだけ自信たっぷりに出してきたアリバイを崩せる希望はなく、また、警察でなければ満足のいく結果が期待できないような調査も一部必要だったからだ。

明らかに、彼がマナトンへ戻ったという案は捨てなければならなかった。残された可能性はただ一つ、すなわち、父が自分でキノコ料理に毒を加えずにはいられないように、ある特定の場所に毒が置かれていた、そして、レイザムがそれを実行したのはロンドンへ出発する前だった。

〈草庵〉にあった食品はすべて慎重に分析され、キノコ料理の食べ残し以外は、どれも無害だと証明されていた。それゆえ、毒はキノコを煮たビーフ・ストックの中に加えられていたのだと結論せざるをえなかった。ほかのものでは危険すぎる。ムスカリンが、たとえば塩やコーヒーの中から検出されれば、検死陪審ですら怪しいと思うだろう。

これはまったく困難ではない。ストックは月曜に配達された牛のすね肉で作ったはずだ。父はストックの鍋を常時とろ火にかけておくのを習慣にしていた。木曜の朝には、おそらく夕食を作るのに必要な量だけ残っていて、そのあとは新しいすね肉を煮込んで、週末まで使うつもりだっただろう。

では、毒はどういう形で加えられたのか？　固体ではない。ストックの中に毒キノコが入っていれば、父にすぐ見つけられてしまう。だが、毒液を茶碗一杯くらいなら、いつでも簡単に注ぎ込むことができる。だから私は以前の案に戻り、レイザムはアマニタ・ムスカリアを手に入れ、別荘で父の留守中に毒を煮出したのだと考えた。

しかし、これをどうやって証明したものか、私にはわからなかった。動機と機会に関する証拠ならたっぷりあるが、犯罪が行なわれたことを合理的疑いの余地なく立証し、十二人の立派な陪審員を納得させられるものは、なにひとつない。それに、レイザムがアマニタ・ムスカリアを確実に見分けることができたとは、どうしても思えなかった。毒を手に入れるのに、もっと簡単で信頼できる方法はなかっただろうか？　たとえば、ムスカリンを買うことはできないか？　もしそれが可能で、レイザムが毒を購入したことが突き止められれば、犯行の意図を示す証拠になる。悪意なくして画家がムスカリンを購入する理由など、ありはしないのだから。

だが、これが困難なことはすぐにわかった。たとえムスカリンがふつうに販売されていたとしても（ありそうなことではなかった。私の知る限りでは、ムスカリンに薬としての利用価値はない）、私個人が全国の薬局を片っ端からあたってみるのは不可能だ。警察なら可能だろうが、証拠なしに警察を動かすことはできないし、その証拠がそもそも捜査の対象なのだ。しかも、薬局だけではない――研究実験所もある。とても希望はなかった。

ここで、〝実験所〟という言葉が頭に響いた。マンティングの手紙の中に、実験所の話が出てきたのではなかったか？

最初に読んだときには、さして気にもとめなかった。私はレイザムが現地でキノコを集めたものと思い込んでいたからだ。それに、この事実は生命の起源やらなにやらの漠然としたマンティング的空論の山の中に埋もれていたため、私は辟易し、飛ばし読みしてすませてしまったのだった。

だが、その手紙を読み直すと、私は前にもっとよく読んでおかなかった自分を呪った。

周辺の無意味な部分を除くと、二つの事実が非常に鮮明に浮かび上がってきた。

1　レイザムは毒物を集めた棚を見せてもらった。薬品は誰でも簡単に取れる状態で置いてあったらしい。

2　リーダーは特に合成（すなわち実験所で作られた）毒物のことを話題にし、これらは分析しても自然の植物毒素と区別できない、と言った。

これでようやく確実なことが出てきた。もし毒物の棚にムスカリンのびんもあったとすれば、レイザムは簡単にそれを失敬することができたはずだ。

外部の者が止められもせずにセント・アントニーズ医大の実験室に侵入できるものかどうかはわからなかったが、これは行って確かめればすむことだった。おそらくは医師か学生に会いに来たのだと言えばいいだろう。たとえばレイザムなら、このリーダーという男とすでに知り合いなのだから、彼に会いたいと言えばよかった。リーダーはこの件で役に立ってくれそうだった。彼との接触点になるのはマンティングだったから、紹介してもらおうと、私は次にマンティングのところへ行った。

もちろん、マンティングはこれに関わるのをいやがった。レイザムと話をしたため、ずいぶん動揺したようだった。しかし最後には、協力する義務があると納得してもらった。

「もしここでわたしを助けるのを拒否し」私は言った。「その後わたしが殺人を立証できれば、あなたは事後共犯者とされかねませんよ」

ミセス・マンティングは夫の十倍も実際的な常識に富んだ女性で、この観点に同意した。

「この件で厄介なことになったら、あなたが不愉快な思いをするのよ、ジャック。もしミスター・レイザムが本当にこんな恐ろしいことをしたのなら、それを白日のもとにさらすのに邪魔立てしてはいけないわ。ああいう男はすごく危険。毒殺魔は一度殺人に成功してつかまらずにすむと、二度目を試みる確率が高いっていうじゃないの。次はあなたか、こちらのミスター・ハリソンかもしれない」

「ほんとにそう思う?」彼は不機嫌につぶやいた。

「ええ、思うわ。それにね、ジャック! あのかたがあんなに長時間苦しんで、助けてくれる人もなく、たった一人であそこで死んでいかなければならなかった、あの残忍なやり口を考えてみて。あんなことができるのは、まったくの化け物よ。どんな言い訳があろうと、許せないわ」

「それはぼくの頭からも離れない」青ざめて病人のような顔をしたマンティングは言った。「わかった、ハリソン。最後まで付き合いますよ。それじゃ、いっしょに行こう」

私たちは黙りこくってセント・アントニーズまで歩いていった。広い入口を大勢の人が出入りしていて、誰も私たちには目もくれなかった。

「実験室はこの階段を上がったところだったと思う」マンティングは言い、先に立って行った。「それから、帽子とコートはここに掛ける」彼は重いスイング・ドアを入ってすぐ内側にある帽子掛けの下の傘立てに、からんと音を立てて傘を入れた。

「それがふつうなのか?」私は訊いた。

「このまえはそうした」マンティングは言った。「はっきりおぼえているんだ。それに、人に怪しまれずにこの中をうろつきまわれるか、試してみるのが目的なんだから、できるだけ慣れた様子を見せるのがいちばんだろう。もしレイザムが毒を捜してここに来たんなら、そのくらいの注意は払ったはずだ」

こうして、訪問者のしるしを取り去った私たちは、やがてかすかに薬局のようなにおいのする広い廊下に出た。両側に番号のついたドアが並んでいる。白衣の男数人とすれ違ったが、目をつけられることはなかった。私たちはいかにも確固とした目的があるかのようにさっさと歩き、廊下のつきあたりに近いドアを適当に選んで、大胆に押しあけた。

流しやテーブルがたくさんある広い部屋が目の前に現われた。大きな窓があって、明るい。近くでは学生が一人、ドアに背を向けてベンチにすわり、複雑なガラス管の器具に入れた液体をブンゼン・バーナーで沸騰させていた。彼は顔を上げなかった。窓際では四人の男が集まってなにかの実験をしており、すっかり没頭している様子だった。六人目の男は踏み台に乗って、戸棚の中を漁っていた。私たちが入っていくと、彼はこちらに目を向けたが、捜し物を見つける役に立つ人間ではないと判断したらしく、無視して踏み台から降りると、バーナーを使っている学生のところへ行った。

「……どうなった?」(よく聞き取れなかった)彼はいらいらした口調で訊いた。

「知るわけないだろ」相手は言い返した。なにかの液体を漏斗に注いでいるところで、気を散らされてしゃくにさわったらしい。「グリッグズに訊けよ」

私たちは無視されたまま部屋を出て、別のドアを試した。こちらは小さい部屋で、年配の男性が一人で背を丸め、顕微鏡に向かっていた。彼はレンズから目を離し、こわい顔をして振り向いた。私たちは詫びを言って退いた。ドアが閉まる前に、彼の頭はもう顕微鏡の接眼部に戻り、さっきからひっきりなしに動いていた右手は、さらにメモを取り続けていた。

ほかの部屋に侵入するのも同じように簡単で、誰にもとがめられなかった。講義室では四、五十人の学生が黒板の前で実地授業をする教授を囲んでいた。次の実験室は無人で、もう一つの実験室には熱中している男が二人と死んだウサギが一匹。最後に入った四つ目の実験室では、十二、三人の学生が楽しそうに話をしながら、誰かを待っている様子だった。

手持ち無沙汰の学生が一人こちらに進み出て、誰かに会いたいのか、と訊いた。マンティングはミスター・リーダーを捜していると答えた。

「リーダー?」学生は言った。「ええと、二年生ですよね? リーダーがどこにいるか、誰か知ってるか?」

眼鏡をかけた青年が、リーダーならたぶん二七号室だろう、と言った。

「ああ、そうだな。二七号室に行ってみてください――右手の廊下から階段を昇って、左の二つ目のドアです。もしいなければ、部屋にいる連中が居場所を教えてくれるでしょう。いや、どういたしまして」

二七号室へ行くと、一群の学生のあいだにリーダーがいて、マンティングを見ると派手に喜びを表わして挨拶した。私は紹介してもらい、少しうかがいたいことがあるので、時間を割いていただけないだろうか、と言った。

　彼は私たちを静かな片隅に連れていき、マンティングは前回レイザムといっしょに訪問し、合成毒物の話をしたことに触れた。彼は快く協力してくれ、すぐに私たちを別の部屋に案内した。そこには例によって実験に没頭している男が二人ばかりむこうの隅にいたが、こちらに目を向けもしなかった。

「ここです」リーダーは明るく言い、ガラスびんの並んだ戸棚をあけて見せた。「われわれが母なる自然を負かしたという証拠ですよ。合成チロキシン――喉の甲状腺が作り出すものだが、体にメスを入れるなんて面倒なことをしなくても、こうして手軽に手に入る。毎日少し飲むと元気になりますよ。うちの自主ブランド製品のカンフル、風邪を治し、虫を殺す。ちょっと嗅いでみてください。豊かな自然の芳香がすばらしい。シンコニン、これはぼくが自分で作った、というか、正確に言えば、ベントン教授の作品です。アドレナリン――これをやると髪が逆立つ。腎臓にパンチを食らったって感じです。ムスカリン――紅天狗茸ほどきれいではないが、腹痛を起こす力に変わりはない。尿素――」

「そいつはとても興味をそそられる。そうじゃありませんか？」マンティングは言った。

「ええ、とてもね」私は言った。リーダーからびんを受け取る私の手は少し震えた。ずんぐりした広口のガラスびんで、中には半分くらい白っぽい粉が入っていて、ラベルにははっきり〈ムスカリン（合成）$C_5H_{15}NO_3$〉と書いてあった。

「猛毒でしょうね」私はできるだけ無頓着を装って言った。

「まあね」リーダーは言った。「自然のものほど強力ではないはずですが、効き目はありますよ。茶さじ一杯で人一人と犬一匹やっつけられる。症状がまたけっこうでね。嘔吐、失明、譫妄、おまけに痙攣」彼はいとおしむように、薬びんに向かってにやりとした。「試してみますか？　水に溶かして飲めば、もう二度と所得税に悩むことはなくなる」

「何でできているんだね、リーダー？」マンティングは訊いた。

「ああ——無機物ですよ——すべて人造のものです。具体的にはおぼえていないな。よかったら、調べましょう」彼はロッカーの中をあさって、ノートを一冊取り出した。「ああ、そうか。コリンです。まず、人造のコリンから始める」

「それは何だ？　肝臓に関係があるのか？」

「ええ、まあ、ふつうはね。でも、酸化エチレンをトリエチルアミンといっしょに加熱すると作れるんです。これでコリンができると。そうしたら、次はそれを希硝酸で酸化させる——希硝酸ってのは、銅版画を腐食させるのに使うやつですよ。たいしたもんでしょう？」

「それで、そいつをまた化学分析すると、本物と区別がつくのか？」

「もちろん、つきませんよ。これだって本物なんですから。あれ天然のムスカリンはここには置いていないと思います。あれ

ば目につくはずだ。でも、ぜんぜん違いはない。自然はぶきっちょな化学者というだけなんです。あなたは化学実験室だ、あなたの体はね。ぼくだって、ほかの誰だって同じです。ただ、かなり不注意で不正確な実験室でしてね、不必要に派手な装飾を作り出す傾向がある。あなたの顔とか、紅天狗茸とか。ムスカリンが欲しいというときに、キノコを作る必要はどこにもない。そう考えれば、あなたの顔だって、あまり必要はない——化学的観点からすればね。実験所であなたを作り上げることだって簡単にできるんだ。大部分は水で、それに塩とかリン酸塩とかが混じっているだけなんだから」

「いや、リーダー、そうはいかないね。そうやってこしらえたわたしを、歩かせたり、しゃべらせたりすることはできないだろう？」（これはもちろんマンティングだ）

「ええ、まあ、そこにちょっと障害があるのは認めます——あなたの明るいおしゃべりを聞きたいという人間がいると仮定すればですがね」

「それなら、きみたち化学者にも真似のできないもの——わ

たしが〝生命〟と呼ぶものがあることになる」

「ええ、まあね。でも、いずれできますよ。そう変わったものではないはずでしょう？ だって、生命はそこらじゅうにごろごろしている。問題は、それが化学分析で見つからないってことです。もし見つかれば、たぶんごくありきたりなものだとわかり、そうしたら、それを作り出すことができるようになる」

「『ロッサムの万能ロボット』（チェコの作家カレル・チャペクの一九二一年作の戯曲）の失われた公式か」

「そんなもんです」リーダーは言った。「それって、劇でしょう？ ぼくはハイブラウな芝居はぜんぜん観に行かない。ナンセンスばかりなんだもの――あなたの好みだな。それはともかくとして。あなたを分析すれば、無機物の塊にすぎないとわかる。紅天狗茸を分析すれば、このムスカリンが入っている。そう考えると、自然の驚異なんてたいしたものじゃないと思えてきませんか？」

「ただ」お得意の分野にすっかりはまり込んだマンティングは言った。「生命というちょっとした偶発事件を別にすればね。それは確かにきみの言うように些細なことかもしれないが――」

私は割って入った。

「形而上学でミスター・リーダーの時間を無駄にしては申し訳ない」

「ああ」マンティングはまだあきらめなかった。「でも、わたしが知りたいのは――」

廊下にばたばたとやかましい足音が聞こえたと思うと、ドアがぱっとあいて、白衣姿の若い男が大勢なだれ込んできた。

「あ、たいへんだ」リーダーは言った。「ここを出なきゃだめだ」彼は腕時計を見た。「あの、これで失礼させてもらっていいですか？ どうしても出席しなきゃならない実地授業がある。残念ですけど、ぼく、ディモックの科目には遅れをとっているんで、どうにかして詰め込み勉強しないと。お会いできてよかった。出口はわかりますか？」

「ちょっと待ってくれ」マンティングは言った。「去年、わたしが連れてきた男をおぼえているか？ レイザムという――芸術家だ」

「ええ、もちろん――毒物にすごく興味を持っていた人でしょう。致死量はどのくらいかとか、ずいぶん質問された。ここにある合成毒物にすっかり感心していましたね。人造ムスカリンと天然のものとが化学分析で区別がつかないというので、びっくりしていた。とても頭のいい人だと思いましたよ――芸術家にしてはね。よくおぼえています。どうかしましたか？」

「あのあと、彼に会ったかね？」

「いいえ。なぜです？」

「いや、べつに。きみに会いに行くと、いつだったか言っていたから」

「そうですか、会っていませんよ。休暇中に来たのかもしれないな。そのころにはここには誰もいないから。試験勉強に必死になっているガリ勉とばかもの以外はね。学期中に来るよう、言ってあげてください。それじゃ、もうほんとに行かないと。いつか夕飯を食いに来てくださいよ」

マンティングはそうすると約束し、リーダーはそそくさと出ていったが、あわてるあまり、入ってきた教授と勢いよく正面衝突してしまった。私たちはつかまって質問などされたくなかったから、続いて部屋を出た。

「あれはベントンだ」マンティングは閉まろうとするドアを振り返って言った。「あの人と話ができればいいんだがな。もしリーダーが――」

「生命の起源についてだろう？　生命の起源に凝り固まっているな。わたしたちが調べているのは死の起源だ。ここに来た目的は達した。誰でもふらっと入ってきて、あの毒薬を一服失敬するくらい、わけもない。今日、あちこち覗いたが、誰にも見とがめられなかった。しかも今は学期中だ。休暇のあいだなら、ほとんど人はいない。もしレイザムが休暇中にロンドンにいたなら――いや、確かにいた。マーガレット・ハリソンの手紙をおぼえているだろう？　彼は七月にここにいた」

「ああ」マンティングは考え込む様子で同意した。「うん、それはよくわかる。でも、難しいのはそれを立証することだ。入ってくるのがやさしいんだから、目撃者がいる確率は百万に一つだ。そんな漠然とした可能性を陪審が受け入れてくれるはずはない。もし天然と合成のムスカリンのあいだに分析可能な違いがあれば、もちろんそれがちゃんとした根拠になる。偶然に合成ムスカリンを口に入れてしまうことはありえないんだから——実験室の中は別としてね。でも、違いはなさそうだ」

 これで酔いが醒めた。問題解決にぐんと近づいたと、私はいい気持ちになっていたのだが、まだ距離はまったく縮んでいないことがはっきりした。明快でもなければ裏付けもない、こんな仮説を受け入れる陪審など、世界中どこにもいない。確かに、姦淫の罪を犯す者は殺人の罪をも犯しかねないということなら、蓋然性となると、人はどちらを信じるか——誰も聞いたこともないような、特殊な珍奇で不可解な実験室の産物を男が計画的に盗み出し、その毒物のもとで計画的に相手に毒を与えた? それとも、"不自然な"食べ物を実験するのが趣味のエキセントリックな人物が、誤って野生の毒キノコを食べてしまった? 答えは明らかだった。

 それに、有罪判決を得るには疑いは許されない。殺人の確率が事故よりも圧倒的に高くなければだめだ。判事はその点を指摘する注意を怠らないだろう。

 ——レイザムは合成ムスカリンで父を毒殺した。それは私がこうして生きているのと同じくらい確実だった。だが、レイザムが完全に立証不可能な殺人方法を見つけたことも、やはり確実に思われてきたのである。

52　ジョン・マンティングの供述書

（追加された結びの部分）

レイザムの一件は実にいまいましい。

人は殺人を扱った本を書き、そこに登場する若い男女は探偵の仕事を楽しむ。推理はおもしろいゲームだし、わたしはその種の本を読むのが好きだ。しかし、そういう若い男女の感情はよほどしっかり制御されているか、まるでなおざりにされているか、作家の書きっぷりはいつもそんなところだ。かれらは自分が卑しい虫けらになったようには感じないし、友人から罪の告白をしぼり出すのに成功しても、それで夕食が喉を通らなくなりはしない。なにか確実なことがわかってしまうかもしれないという恐怖に、吐き気を催すことはない。それに、こういう複雑な困難とたたかっている最中に、出版社との契約に縛られて働かなければならないわけでもない。ときに、かれらは厳しい悲しみにとらえられる――格好のいい、ブルータスのような感情だ。わたしはかれらの太い神経がうらやましい。

わたしの神経はセント・アントニーズ医大を訪れたころから弱ってきた。殺人の証拠がないと指摘することに、わたしは一種のヒステリックな喜びをおぼえた。証拠など欲しくなかった。知りたくなかった。あれかこれか、決定的な返答を要求するいやらしい手紙を書いたようなものだ。その手紙を投函して待つ。いずれある朝、相手の筆跡を封筒に認めて、竹の切れ端のようにうつろな気分になることは承知の上だ。そして、待つ。返事は来ない。しばらくすると、自分に言う。「途中で紛失したんだ。これでもう、知る必要はない。今のところは。大丈夫だという顔をつくっていればいい。今日はなにも起こらない。夕食を食べて、ラジオを聞ける――ひょっとすると、永遠にそれが続くかもしれない」

レイザムの問題の答えは郵送途中で紛失した手紙のように思えた。家ではこのことは話さなかった。家内はわたしがこの件におびえて触れようとしないのを知っていた。おかげで、ほかの話題も口に出せなくなった。たとえば、女性がいかに恋人に影響を与えるか——できるだけ遠くを狙って、ゴードン・クレイグ（劇場芸術家）の劇場用仮面、『グリル・グレインジ』（トマス・ラヴ・ピーコックの一八六一年作の風刺小説）、ロード・カリフィンのエケイア（『グリル・グレインジ』でギリシャ喜劇の上演準備中、カリフィンは古代円形劇場の音響装置エケイアを再現しようとして失敗する）、といったところから話を始めるのだが、そう先へ進まないうちにクリュタイムネストラ（ギリシャ悲劇で、愛人にそそのかされて夫アガメムノン王を殺す）の姿が水平線上にぷかぷか浮かんでくる。わたしは早口になり、それをさっさと片づけて、ギリシャ語の叙情短詩型と合唱歌、あるいは合唱歌舞団や舞台のからくり、そんな専門的な話に飛び込む。はたまた、エリザベスが夕食は何にしましょうかと訊いただけなのに、キノコが入っていない料理、ビーフ・ストックを使っていない料理を思いつくのさえ困難になる。二人ともすっかり神経過敏になり、丸一週間、魚だけを食べ続けたことさえあった。

　時がたつにつれ、ようやくそんな気分は消え、ありがたいことに、レイザムからも接触はなかった。ところがある日、朝食の席にこの件を思い出させるかすかなこだまが響いたのは、三月のことだった。ミスター・ペリーから手紙が来たのだ。かつて一度、エディントンの著書を貸してくれた司祭である。彼の名前を見ると、古傷がうずいた。

　手紙は夕食への招待だった。彼の学生時代の友人である、有名なホスキンズ教授が訪ねてくる。ホスキンズはもちろん、非常に優秀な物理学者だ。彼に会うのはおもしろいだろう。ほかにも一人か二人、客が来る。ごく簡素な食事でかまわなければ、話のはずむ一夕となると思う、とペリーは言っていた。

　反射的に、断わろうと思った。あの地域へ行き、ハリソン一家とわずかでもつながりのある人の顔を見るのはいやだった。だが、ホスキンズに会うというのは魅力があった。わたしには漠然とした探究心があり、最新情報を教えてもらうのが好きなのだ。自分では面倒で一つの実験もできないし、そもそもどういう実験をしたらいいのかさえ、まるっきりわからないくせに。あまったれた、消極的な、二十世紀の心。全面的にオープンで、風が吹くたび、そちらになびく。科学的な男性とおしゃべりするのはいい気分転換になるだろう、ハリソン一家のことに触れる必要はない、とエリザベスは言った。結局、わたしは招待を受けた。その席でハリソン一家の話は出なかったから、どうやらエリザベスがペリーにそれとなく警告を与えておいてくれたようだった。

わたしが到着すると、ペリーのみすぼらしい小さな居間は、男たちと煙でいっぱいになっていた。ホスキンズ教授はひょろっとやせぎすで、頭は禿げ、新聞などに載る写真よりもずっと人間的に見えたが、スプリングの壊れた革の肘掛椅子に腰を落ち着け、ペリーを〝ジム〟と呼んでいた。二人が〝スティンゴー〟と呼ぶ、浅黒い顔に眼鏡をかけた小男は、遺伝の分野で功績をあげている生物学者のマシューズ教授とわかった。やたらと元気のいい、大柄でがっちりした赤ら顔の人物は、ウォーターズだと紹介された。彼はあとの三人より若いが、敬意を払われており、期待の新進化学者らしい。とりとめのないおしゃべりを続けるうち、マシューズ、ホスキンズ、ペリーはオックスフォードの同期生で、ウォーターズはマシューズが連れてきたことがはっきりした。この二人は仲よく異論をぶつけあう間柄だった。最後の一人は熱心な態度のやせぎすの青年で、いくらかきあげても垂れてくる前髪の持ち主だ。聖職者用カラーをつけていて、自分は新任の補助司祭で、ミスター・ペリーのような人の下で聖職者としての第一歩を踏み出せるのは〝すばらしい機会〟だと言った。

満足のいく食事だった。巨大な牛肉の蒸しパイ、同じくらい大きなアップル・パイ、それにかつてペリーがボート競技で獲得したカップに注いだビールをたっぷり腹におさめると、みんないい機嫌になった。ペリーの禁欲主義が硬いこまぎれ肉の煮物とレモネードという形をとらなかったのはありがたい。壁にはキャベツのゆで汁で生きているような、色黒でやせこけた隠者を描いた陰気なアランデル画（美術の普及を推進するアランデル協会発行の複製画）が何枚も掛かっていたが、彼の主義はどちらかというと〝牛肉、おしゃべり、教会、無作法、ビール〟のほうで、今夜の客たちも若いころはさぞ学生監督の世話になっただろうと思われた。しかし、こちらには退屈な学生時代の思い出話は、しばらくすると適当な詫びの言葉とともに終わりになり、マシューズはやや挑発するように言った。

「さてと。きみがあきらめずに司祭を続けているとは意外だな、ペリー。司祭職を困難にしたのはどっちだ――大戦か、われわれのような人間か？」

「大戦だ」ペリーはすぐに言った。「あれで人間は熱意を失った」

「ああ。あれでいろいろと物事の正体があからさまになったからな」マシューズは言った。「なにかを信じるのが難しくなった」

「違う」司祭は答えた。「信じるのはやさしく、信じないのが難しくなったんだ――対象が何であれね。なんだっていい。みんな、無気力になんでも信じる――きみを、わたしを、ウォーターズを、ホスキンズを、幸運のお守りを、降霊術を、教育を、日刊新聞を――そのどこがいけない？そういう信仰のほうが簡単だし、それぞれ相殺《そうさい》して消えてしまうものが多いから、ある一定の方向に確実に踏み出す必要がなくなる」

「新聞がなんだ」ホスキンズは言った。「教育がなんだ。早わかりを狙った記事に、ちゃちな教科書。こっちが実験結果を確かめる暇もないうちに、ジャーナリストたちは寄ってたかって理論を編み出せと騒ぐ。それで理論を編み出してやれば、かれらはそれを誤解するか、誤用するんだ。誰かがトマトにはビタミンがあると言えば、みんなが見境もなくトマト理論を話題にする。誰かがガンマ線はネズミの癌細胞に作用を及ぼすと言えば、ガンマ線は老衰から鼻風邪まで、なんにでも効く万能療法だということになる。そして、誰かが片隅で静かに高圧電流を使って実験をすれば、みんながいいかげんな知識を振りまわして核分裂の話を始める」

「ああ」マシューズは言った。「このあいだ、そのことできみの言葉だというおかしな意見が出ていたようだったな」

「新聞記者はわたしの時間を無駄にする」ホスキンズは言

った。「あっちが言わせたいことをそのまま言ってやっただけさ。きみの言うとおりだ、ジム、あいつらはなんでも信じる。不老不死の霊薬――かれらが手に入れたいのはそれさ。いい見出しになるからな。人間の万病を治す単純明快な公式を与え、天地創造を説明してやれなければ、おまえはプロでないと言われる」

「ああ!」ペリーは目をきらりとさせた。「だが、もし教会が同じ目的で一組の公式を与えると、かれらは公式や教義はいらない、愛があればいいと言うぞ」

「教会は現代人の要求に応えていない」ウォーターズは言った。「かれらは最新の公式、最新の発見が欲しいんだ」

「しかし、教義なら最先端をいっている」ペリーは言った。「このスティンゴーを見ろ。彼の理論では、もし二人の不健康な人間が結婚すれば、その不健康は三代目、四代目まで伝わり、一族はそのあと、おそらくは頽廃から死に絶えてしまう。そんなことくらい、われわれは三千年、四千年前から人に教えてきた。マシューズはようやく追いついただけなんだ。実際、きみたち科学者はわれわれの味方だ。きみたちがこういうことを教えてやれば、現代人も信じるようになるかもしれない」

「そして、その教えどおりに行動するようになる?」マシューズは言った。「だが、こっちはかれらのために汗水たらして働いて、公式を見つけてやらなきゃならないんだ。きみが信心深い生活をしてみせなきゃならないようにね」

「それはちょっと違うな」ペリーは言った。

「かなり近いね。だけど、われわれのほうが進むのは速い。因果関係を明らかにできるからな。細菌を見せてくれれば、わたしはペストやコレラの治療法を教えてやれる。だが、これは罪を犯す者に天罰が下ったのだと考えれば、あきらめて死を待つしかない」

「でも」補助司祭が言葉をはさんだ。「罪に対して天罰が下ったと考えることは、聖書ではっきり禁じられています。シロアムの塔の下敷きになった十八人はどうです(聖書「ルカによる福音書」の一節)?」

「もしそれが誰かの罪だったとすれば」ペリーは言った。「たぶん、塔を建てた人間が不注意だったのが悪いんだ」

「それに、罪があるから罪を犯す者がいる」ウォーターズがひきとった。「残念ながら、罪を犯す者は必ずしも犠牲者にはならない」

「犠牲者になる必要がどこにある？」マシューズは言った。「自然は既成の計画や勧善懲悪式の正義に従って動いているわけじゃない」

「神も同じだ」ペリーは言った。「われわれはたがいのために苦しむ。それが当然だ。みんな、たがいの体の一部なのだからな（聖書「エペソ人への手紙」の一節）。子供と父親を分けることはできるか？　人と獣を分けることは？　あるいは、人と細胞を分けることはできるかね、スティンゴー？」

「いや、できない」マシューズは言った。「人は神の似姿に造られたとか、人は自然の支配者だとかいう話をみんなに信じさせようとしてきたのは、きみたちのほうだ。だが、鎖をたどっていけば、すべての環がつながっているのがわかる――きみ自身、父親と母親の染色体が機械的に組み合わさってできたものだ。先祖なら、先史時代のネアンデルタール人と、そのいとこのオーリニャック人までさかのぼれる。ネアンデルタール人は失敗作で、うまくいかずに絶滅してしまったが、鎖はまだまだ続く。その途中で、適応しないものは消え、安定したものは残った。樹上生活人、共通の先祖であるタルシウス猿、最初の哺乳類、鳥類、爬虫類、三葉虫、そして、水の中で永遠に分割を続ける、形のないゼリー状の生命にまでさかのぼれる。周辺の環境にバランスよく適応できるものは存続し、そうでないものは絶滅した。ときたま奇形が現われ、その奇形が有利にはたらくと、新しいバランスが生まれ、新しい種類の生命が始まった。ペリー、きみの言う〝神の似姿〟は、この鎖のどのへんになる？」

「わたしは」ペリーは言った。「アダムが土の塵《ちり》で造られたことを否定しようとは思わない。それに、きみの〝猿と虎〟先祖説のおかげで、わたしは少なくとも科学的権威をもって原罪（人間の生まれながらの罪）を語ることができる。ルソーの〝気高い未開人〟（文明に汚されず罪のない原始人の理想的典型）にもめげず、教会がこの教義を手放さなくてよかった。もし教会が原罪の概念を捨ててしまっていたら、科学者たちが無理にもそれをまた教会に押しつけてきただろう。そうしたら、われわれはずいぶん愚かしく見えたはずだからな」

「だが、天地創造の話はすべて当て推量じゃないか」マシューズが言い返した。「霊感と呼ぶこともできるだろうが、それにしても不正確だ。もし〈創世記〉の作者が、人は海水で造られた、と言っていれば、少しは真実に近かったのに」

「ああ」ウォーターズは言った。「でも、作者は水の面《おもて》から生命が始まったとしているから、そんなに的をはずれてはいない」

「しかし、生命はどうやって始まったんです?」わたしは訊いた。「だって、有機物と無機物のあいだには差がある。というか、あるように見える」

「それはウォーターズの専門分野だな」マシューズは言った。

「あまり知ったかぶりはできないが」化学者は言った。「無機物がコロイド状態を経て有機物に進化した可能性はあるようだ。それ以上はなんとも言えないし、まだ――今のところは――実験でそれを再現するのに成功していない。マシューズはたぶん、精神は物質の一機能だとまだ信じているだろうが、もし実験でそれを見せてくれと彼が頼んできたら、わたしは失礼させてもらうよ。生命が物質の一機能であることさえ、見せてやることはできないんだ」

「行動主義心理学者は、知性と自由意志のように見えるものも、実は物質的刺激に対する機械的反応にすぎないと考えているようですが」わたしは言った。

「しかしねえ」ホスキンズは煙草の煙のむこうから、にやりと笑って言った。「きみたちは物質とは何か、わかったような顔をして気楽に話をしているけれども、わたしにはわからないし、それを知るのはわたしの仕事だ。もう一度、さかのぼるんだな。コロイドと海水を通り過ぎ、土の塵に戻る。海が始まる前は、灰が渦巻いていた。それから、太陽に戻る。太陽から惑星が飛び出したのはまったく予想外の出来事だった。こんなめずらしい偶然は、あと何億年も起きないかもしれない。星雲に戻る。原子に戻る。今話題の核分裂実験をする。すると、きみたちの言う物質はどこにある？　どこにもないね。無の中で押したり引いたり渦を巻いたりの繰り返しがあるだけだ。それに、きみが言っていた機械的因果関係の連鎖だがね、マシューズ、よく考えると、それは結局のところ、存在もしない媒体の中にある定義できないなにものかのまったく偶発的な動き、ということになる。きみのお得意の遺伝だって、偶発的なものだ。どうして染色体は、ある特定の組み合わせになることが多い？　可能な組み合わせがすべて現実に起きるのでない限り、因果関係の連鎖は本物とは言えない。なにかが起きている、それは確かだ——つまり、われわれが物事を論じるためには、それを基本的な前提にしなければならない——だが、それがどういうふうに始まったのか、あるいはなぜ始まったのかは、いまだに神秘だ。頭のいい未開人の最初の一人が、それを説明するのに神を発明したときと、ちっとも変わっていない」

「なぜ始まらなきゃならなかった？」マシューズは言った。「物質がさまざまな形態を経ていくあいだに、いろいろな力も変化していく。どうして始まりがあった——あるいは終わりが来る——と考える必要がある？　世界は常時変化を続ける万華鏡で、あらゆる形に変容しては、また一からやり直すのだと考えては、どうしていけない？」

「どうして？」ホスキンズが答えた。「そりゃ、そう考えれば熱力学の第二法則（力学的変化の方向を規定する法則。仕事が熱に変化する過程は不可逆）に正面からぶつかって、一巻の終わりだからさ」

「ああ！」ミスター・ペリーは言った。「〝集合体の統計においてはなにも〟という言葉でチャーミングに始まる、あの法則だな——このごろでは、律法と預言者をひとまとめにして、あれ一つでよくなったらしい」

「そうだ」ホスキンズは言った。「一般的な意味としては、時間は一方向のみに働き、すべての順列および組み合わせが使い尽くされると、時間は止まる。なぜなら、その方向を区別するための材料がもうなくなっているからだ。すべての可能性は試し尽くされ、すべての電子は力を失う。電子がすべきことはもうなにも残っていないし、なにかしようにも、そのための放射エネルギーがもう残っていない。終わりがあるはずだという理由はそれさ。そして、終わりがあるのなら、始まりもあると仮定できる」

「すると、終わりは始まりの中に潜在的に含まれている？」わたしは言った。

「ええ。しかし、中間段階は細かい部分まで必然性があるわけではなく、全体として圧倒的に蓋然性があるというだけだ。だからな、ペリー、天啓による予知と人間の自由意志とを、ここで両立させることができる」

「それじゃ、生命はでたらめな世界の中のでたらめな一要素にすぎない、ということになりそうですね」わたしは言った。

「おそらくそう仮定できるな」ホスキンズは言った。

しばらく間があった。

「生命って、何なんですか？」わたしはふいに訊いた。

「ポンテオ君（ポンテオ・ピラトはキリスト処刑の是非を群衆に尋ねた）」ウォーターズは言った。「その質問にわれわれが答えられるなら、それ以上なにも疑問を持つ必要はなくなるよ。現在のところ——化学の分野でいえばだが——わたしが出せるいちばん近い定義は、生命とは一種の偏りだ、というものだな——つまり、左右不均衡ということだ。生命が常軌を逸脱しているのは、そのためだといってもよさそうだ」

「わたしは自分でそんなようなことを言ったおぼえがあります」わたしはびっくりして言った。「つまらない警句のような感じで。偶然に真実を探り当ててしまったんでしょうかね？」

「まあね。つまり、現在までのところ、対称で光学活性のない化合物を非対称で光学活性のある化合物に変化させられるのは、生きた物質だけだ、というのは真実なんだ。この地球上に生命が現われたとき、いろいろなものの分子構成になにかが起きた。ねじれが生じたんだ。それを機械的に再現することには、誰も成功していない——少なくとも、故意に選択的知性を働かさない限りはね。そういう知性もやはり生命のしるしだといえるだろう」

「ありがとう」ペリーは言った。「その前半の部分を、子供にもわかる言葉でもう一度話してもらえるかね？」

「ええ、こういうことです」ウォーターズは言った。「地球が冷えたとき、もともと惑星上にあった無機物の分子は対称だった——結晶化すれば、結晶も対称だった。つまり、幾何学の立方体のように、左右両側が同じで、鏡像のように逆向きにしても、形は変わらない。こういう種類の物質は、光学活性がないといわれます。つまり、偏光器を通して見ると、これには偏光光線を回転させる力がない」

「きみの言葉を信じるしかないな」ペリーは言った。

「いや、ごく単純なことです。ふつうは、エーテル（光や電磁波の仮想的媒体）の中の振動は——エーテルを説明する必要はありますか？」

「できるものならね」ホスキンズは言った。

「エーテルはいいことにしよう」ペリーは言った。

「ありがとう。それで、ふつうは光を伝播させるエーテルの振動は、光線の通り道に対して直角の角度であらゆる方向に起こります。アイスランド石（無色透明の方解石）の結晶に光線を通すと、振動はすべて一面に集まり、平たいリボン状になる。これが偏光光線と呼ばれるものです。いいですね。この偏光光線を分子構成が対称である物質に通しても、なにも起きない。すなわち、物質は光学活性を持たない。ところが、たとえば蔗糖の溶液に通してやると、偏光光線はゆがんで、紙テープを右か左にねじったときのような、らせん状になる。すなわち、蔗糖は光学活性を持っている。それはなぜか？　蔗糖の分子構成が非対称だからです。砂糖の結晶は完全に発達していない。片側に不規則的な部分があって、結晶とその鏡像は逆になる。右手と左手をこうしたみたいにね」彼は右手のてのひらを左手の甲に重ねて、意味を説明した。わたしたちはみんなで眉根を寄せ、自分の手で同じことをしてみた。

「いいですね」ウォーターズは続けた。「さて、かつては生物組織が作り出すしかないと考えられていた物質を、今われわれは実験室で無機物から合成することができます——たとえばカンフルとか、薬品に使用する種々のアルカロイドなどです。しかし、われわれの製造過程と自然のそれとはどう違うのでしょうか？　こういうことです。合成して作られた物質は、つねにラセミ形と呼ばれる形態を取ります。これは二組の物質から成っています——一組は非対称が右手向きで、もう一組は左手向きなので、物質全体としては、無機質の対称化合物としての性格を持っています。つまり、二つの非対称が相殺して、光学活性がなくなり、偏光光線を回転させる力がないのです。この物質を天然の産物と正確に同じものにするには、これを二つの非対称部分に分けてやらなければならない。これを機械的に実行することはできません。もちろん、われわれの生きた知性を働かせて、結晶を一つずつせっせと分別していくことはできる。あるいは、その物質を呑み込んで、あとは体に任せる。たとえば、ぶどう糖なら、体は右旋光性のある（偏光光線を時計回りのらせん状に回転させる）部分を消化吸収し、左旋光性のある部分は変化させずに排出してしまいます。あるいは、青カビのような生きた菌類にやってもらうこともできる。青カビはパラ酒石酸のラセミ形のうち、右旋光性のある側を食べて破壊し、左旋光性のある側、つまり実験室製の人造の部分は変化させません。しかし、機械的な実験過程一つで、無機質の光学活性のない対称化合物を、光学活性のある非対称化合物に変えることは、われわれにはできない――生物は毎日のようにらくらくとやっていることなんですがね」

ウォーターズはこぶしでドンとテーブルを叩いて、解説を終わらせた。わたしにはわかった。これは郵便配達のノックだ。わたしのあの手紙に、とうとう返事が届いたのだ。ずんと沈み込むようないやな気分をみぞおちのあたりに感じて、あと数分のうちに質問しなければならないと悟った。どうしてそんなことをする必要がある？　非日常的で難解な話題だ。理解できないというふりを装うのはやさしい。たとえ合成物質と天然の産物とのあいだに本当に差があるとしても、それを調べるのはわたしの仕事ではない。ウォーターズは話題を変え、天地創造の第一日目に戻っていた。こん畜生！　そこから動くな！

「だから、ジャップ教授が一八九八年という昔に言っていたとおりですよ。〝立体化学の諸現象は、若い世代の生理学者たちが復活させた生気論（有機体には無機物の機械的結合以上の生命原理があるとする説）の原則を支持し、ある支配力の存在を示している。この力は生命そのものとともに登場し、原子の反応機構の法則を破ることなく〟――これで安心しただろう、ホスキンズ――〝生体内部においてそれらの法則がいかに働くかを決定する。すなわち、生命が最初に生まれたとき、一つの支配力が作用を始めた——この力は、知性あるオペレーターがその意志を働かせて、ある結晶鏡像体を選択し、その逆の非対称のほうは拒絶するという能力とまったく同質のものである。〃この一節は昔、暗記したんです。うぬぼれを戒め、自分の専門分野を前にしたとき、謙虚であろうとしてね」

「言い換えれば」マシューズは言った。「きみは奇跡を信じる。なにかがどこからともなく現われるというのを信じる。きみが天使の側についているとは残念だな」

「何を奇跡と見るかによりますね。すべての背後には知性が働いていると、わたしは思います。そうでなかったら、そもそもどうしてなにかが起きたりするんです？」

「でも、ジーンズはきみの味方だ」ホスキンズが口をはさんだ。「彼はこう言っている。〃無限に遠くはない、ある時点、あるいはいくつかの時点において、天地創造の具体的な一事象、あるいは一連の事象が起きたということを、すべてが圧倒的な力をもって示している。宇宙はその現在の構成要素から偶然に生まれたものであるはずはない。〃もっとも、何がガスの最初の分子を生み出したのか、わたしには言えないし、何が生命の最初の非対称分子を生み出したのか、きみには言えない。司祭にはわかっているかもしれないがね」

「わたしも知らないね」ペリーは言った。「でも、名前はある。わたしはそれを神と呼んでいる。きみたちはエーテルが何であるか知らないが、それにそういう名前をつけ、その反応から属性を推断する。わたしも同じことをしたってかまわないだろう？　きみたちはわたしの仕事をずいぶんやりやすくしてくれている」

もうだめだ。決定的な質問をしないわけにはいかなかった。わたしはこの神学論議の途中で、唐突におよそ関係のないことを言って、無理に割り込んだ。

「すると」わたしは言った。「実験所で合成した物質と、生物組織が作り出したものと、区別するのは可能だということですか？」

「そうですよ」ウォーターズはややびっくりした様子でこ

ちらを向いたが、わたしがこの真実をこうも遅れて悟ったのは、たんに非科学的で鈍い知能のせいだと考えて納得したらしかった。「もちろん、その合成物質が最初の形態、つまりラセミ形のままであればですがね。そうすれば、光学活性がない。一方、生物組織が作り出したものは、偏光器で見れば、偏光光線を回転させるのがわかる。ただ、もしラセミ形が知的オペレーターか、ほかのなんらかの生物的作用によって、右旋光性と左旋光性の二つの部分に分割されていれば、それを自然のものと区別するのは不可能です」

逃亡の道がひらけたと思った。セント・アントニーズにあったムスカリンには、この分割処理が施されていたに違いない。わたしが干渉すべき理由はどこにもない。そんなことを考えて黙り込んでしまうと、会話は別の方向へ進んでいった。

まわりで人が動き出し、わたしは我に返った。マシューズがそろそろ帰らなければならないと言い訳していた。いっしょに帰ろうと、ウォーターズが立ち上がった。もうすぐ彼はいなくなり、機会は失われる。ここでじっとしていればいいだけだ。

わたしは立ち上がり、良妻が家で待っていますから、と間の抜けた別れの挨拶をした。招待主には礼を言い、楽しい一夕だったと言った。ほかの男たちについて狭い玄関ホールに出た。傘立てには傘が詰まり、醜い壁紙は色が褪せていた。

「ドクター・ウォーターズ」わたしは呼びかけた。

「はい？」彼はこちらを振り向いて微笑した。今なにか言わなければ、阿呆だと思われる。

「ちょっと話をさせていただいてもかまいませんか？」

「ええ、いいですよ。おたくはどちらの方向ですか？」

「ブルームズベリーです」わたしは言い、彼がヘンドンかハリンゲイにでも住んでいればいいのにと願った。

「それはいい。わたしもその方向です。タクシーに相乗りしましょうか？」

わたしはマシューズ教授がどうのと口ごもった。

「いやいや」教授は言った。「わたしは地下鉄でアールズ

・コートへ行きますから」
わたしたちはタクシーを拾って、乗り込んだ。

「さてと、どんなお話です？」ウォーターズは言った。

もうあとには引けなかった。わたしはすっかり話して聞かせた。

「いやあ」彼は言った。「実におもしろい。殺人方法としては卓抜なアイデアだ。全国どこの陪審だって、もちろんそれは事故だと信じるでしょう。神を恐れぬ冒険をした本人が悪い、とかいうことにされてね。それに、その犯人が合成ムスカリンをラセミ形のまま使うという愚かな真似をしたのでなければ、残念ながら完全犯罪を達成したと言わざるをえないでしょうね。もちろん、チャンスはあります。合成過程が分割までいっていないということもある。どうして医大でベントンに尋ねてみなかったんです？」

「そう思ったことは思ったんですが」わたしは認めた。

「まあ、そのときはラセミ形うんぬんのことを知らなかった。人造のものと自然のものとを区別する方法が、なにかあるのではないかとは思ったんです。でも、ハリソンは満足したようでしたし――」

「そうでしょうな。その手の人間なら知っています。自分の専門外のことにはまったく興味を示さない。エンジニアか――彼こそ、分子構造についての知識を持つべきなんだ。ところが、有機化学を勉強する機会がないものだから、そこに知るべきことがあるとは思いも及ばない。アントニーズの一年生の言うことだけで、彼には充分なんだ。あなたにはもっと想像力がある。しかし、どうして――」

「自分でも本当に知りたかったのかどうか、わからないんです」

「悪いやつはほっておけ？　しかし、これはおもしろい。だって、成功したらすごい新聞種になりますよ! "偏光器でとらえられた初めての殺人〟というわけだ。クリッペンと無線よりいい。ただ、新聞は説明に苦心するでしょうがね。それで、われわれとしてはどうします？　分析をやったのは誰です？」

「ラボックです」

「ああ――内務省の人ですね。彼に連絡しないとだめだ。

まだ手元に保存しているかもしれない。え？　ああ、確かにとってある。それはよかった。それなら、あとはちらりと一目見るだけでわかります。つまり、それがラセミ形なら、合成だとわかります。そうでなければ、絶対にわかりようがない。今、何時です？　十一時十五分。思い立ったが吉日だ。運転手さん！」

彼は仕切りから首を突き出し、ウォーバン・スクエアの住所を告げた。

「どうせ通り道だし、ラボックは十二時前には寝ない。よく知っているんです。彼はこの話に乗ってきますよ」

わたしは弱々しい抵抗を示したものの、彼のエネルギーに押し流されてしまった。数分のうちに、わたしたちはサー・ジェイムズ・ラボックの玄関先に立ち、呼び鈴を押していた。

ドアをあけた男の召使に、サー・ジェイムズは在宅かと、ウォーターズは訊いた。

「いいえ、今夜は内務省でまだお仕事中です。砒素中毒事件だと思いますが」

「ああ、そうか。こいつは運がいいぞ、マンティング。ひとっぱしり内務省へ行って、あっちで彼に会おう。スティーヴンズ、彼に電話して、わたしが急用でこれからすぐ会いに行くと伝えてくれたまえ。わたしが誰だかわかっているね？」

「はい、ドクター・ウォーターズでございますね。かしこまりました。サー・ジェイムズは実験室のほうにおいでですから」

「わかった。じゃ、急ごう。さもないと、行き違いになるかもしれない」

わたしたちはまたタクシーに飛び乗った。

「実験室に入るのは難しくないんですか？」

「そんなことはない。前にも行ったことがあるんだ。ここからたいして時間はかからない。スティーヴンズが電話する前にむこうを出てしまったのでなければ、待っていてくれるはずだ。ああ！　着いた」

わたしたちは大きな官庁ビルのわきのドアに近づいた。勤務中の警備員と一言話をすると、すぐに通してもらえた。

わたしはウォーターズのあとについて、よろめきながら陰気な廊下をいくつも抜けていったが、やがて、小さい控えの間のようなところに着いた。

「歯の検診に来たような気がする」わたしは言った。

「それで、今回はなにも治療の必要はありませんと言われればいいと、きみは思っている。ところがわたしのほうは、それが悪性でめずらしいものだといいと願っている。煙草をやりませんか？」

わたしは煙草を受け取った。あの寂しい小屋で苦しみながら死んでいったハリソンのことを考えようとしたが、頭に浮かんでくるのは、髪を振り乱し、歯を食いしばり、いつものようにさらさらと見事な絵を描いているレイザムの姿だけだった。神か、自然か、科学か、あるいはほかのなにか邪悪で強力なものが罠を仕掛け、わたしは彼をそこへ追い込んでいるのだという気がした。神であれ、なんであれ、容赦ない仕打ちだと思った。タン、タンタ、タン、タンタ、タン、タンタ、タン、タンタ――わたしは神経質になにかのメロディーを口ずさんでいて、何なのか思い出せなかった。ああ、そうだ――ハイドンの『天地創造』だ――ティンパニーが静かに、容赦なく、同じ音程で鳴る、あの部分――「そして神の魂はー（タンタ）水の面《おもて》を動きー（タン）」――ただし、動いているのは神の魂ではなく、非対称分子のようで、それだとリズムに合わなかった。誰かが廊下を歩いている。静かな、押し殺した足音のビートがティンパニーを思わせた。「光あれー（タンタ、タン）そして光が――」

ドアがあいた。

サー・ジェイムズ・ラボックだと、もちろんすぐにわかった。もっとも、今は白衣を着て真紅のスリッパを履いていて、検死審理のときほどぴしっとした身なりではなかった。彼はウォーターズを温かく歓迎し、わたしの名前を聞くと、やや当惑の面持ちになった。

「ミスター・マンティング？　ええと――以前お会いしたことがありましたかな？」

わたしはマナトンのことに触れた。

「ああ、はいはい。見覚えのあるお顔だと思ったわけだ。

小説家のミスター・マンティングですな。あのときよりも明るい状況でまたお目にかかれてさいわいです」

「そう明るいかどうか、わからないな」ウォーターズは言った。「実は、こうしてうかがったのは、そのハリソンの事件のためなんだ」

「ほう？　なにか新たな展開でもあったかね？　いや、つい先日、あの人の息子さんから手紙が来てね。なんだか妙な手紙だった。この事件にはもっと裏がありそうだとでも考えているみたいで。分析で、ほかのもの——ストリキニーネかなにかも見つかったのではないかと、ほのめかしていた。むろん、ばかげた考えだよ。死因には疑いの余地はまったくなかった。ムスカリン中毒。はっきりしている」

「なるほど。ところで、ラボック、そのムスカリンを偏光器にかけようとは思いつかなかったかな？」

「偏光器？　いや、まさか。どうしてそんなことをする必要がある？　役に立つことがわかるわけじゃない。ムスカリンならよくご存じだろう。右旋光性。なにもややこしいところはない」

「もちろんだ。しかしね、わたしたちはちょっとした話し合いをしていて——実のところ、ラボック、その点を確認してもらえると——ミスター・マンティングも、わたしも、ぐんと心が晴れるんだがね」

「まあ、どうしてもというなら、ごく簡単なことだ。しかし、その謎というのは何なんだ？」

「たぶん、なんでもない。間接証拠が一つふえるというだけだ」

「なにか狙いがあるんだろう、ウォーターズ。教えてはもらえないのかね？」

「やってくれれば、そのあとで教える」

サー・ジェイムズ・ラボックは首を振り、豊かな半白の髪が揺れた。

「いかにもウォーターズだ。こいつはシャーロック・ホームズみたいな男でね。ドラマチックなところを見せずにはいられない」

「いや」ウォーターズは言った。「生まれつき用心深いというだけさ。確固としたことを言ってしまってから、恥をかきたくはない」

「やれやれ、じゃ、さっさと片づけてしまうとしようか」

「お仕事の邪魔ではありませんか？」わたしは言った。礼儀で訊いたつもりだったが、実際には決定的瞬間を遅らせようと、むなしい希望にすがっていたのだと思う。

「とんでもない。ちょうど一仕事終えたところでね——帰り支度をしていたときに、あなたがたからの伝言を受けたんだ」

わたしたちはさらにいくつかの廊下を通り抜け、ようやく大きな実験室に入った。電球が一個ついているだけで、薄暗い。戸棚に鍵をかけていた助手が振り返ってこちらを見た。

「いいんだ、デニス。あとはわたしがやる。きみはどうぞ帰ってくれたまえ」

「わかりました。では、お先に失礼します、サー・ジェイムズ」

「お疲れさま」

サー・ジェイムズはほかの電灯もつけたので、殺風景な部屋がぱっと明るくなり、ポーがどこかで〝不気味なこの世ならぬ光輝〟（エドガー・アラン・ポー「アッシャー家の崩壊」の一節）と表現していた雰囲気になった。自分の名札のついた丈の高い戸棚に近づくと、彼は懐中時計の鎖につけた鍵で戸をあけた。

「これがわたしの青ひげの小部屋だ（昔話で青ひげは殺した妻たちを小部屋に隠して鍵をかけていた）」彼はにやりとして言った。「ありとあらゆる犯罪と悲劇の遺物。びん詰めの殺人。びん詰めの自殺。小説のプロットには事欠きませんよ、ミスター・マンティング」

そうでしょうね、とわたしは言った。

「これだ。ハリソン。胃の抽出物。吐瀉物の抽出物。キノコ料理の抽出物。どれがいいかね、ウォーターズ？」

「どれでもいい。キノコ料理のを使おう。そのほうが変化が——つまり、そのほうがわれわれの目的には適していそうだ。これはなんだ、ラボック？」

「え？ ああ、それはわたしが作ったムスカリンだ。比較して、毒の強さを決定するためにね」

「キノコから作ったのか？」

「ああ。毒素を完全に分離したとは保証できないが、かなり純粋に近い」

「そうか。じゃ、これも見せてもらえるかな?」

「もちろんだ」

彼は二本のびんを出し、実験台の上に置いた。見たところ、二つは区別がつかなかった――セント・アントニーズの実験室で見たのと同じ、白い粉だった。

サー・ジェイムズ・ラボックは別の戸棚を開錠し、望遠鏡を台に据え付けたような大きくて重い道具を取り出した。それを二本のびんのそばに置くと、彼は水を取りに行った。サー・ジェイムズがそれぞれのびんから出したムスカリンを水に溶かして準備しているあいだに、ウォーターズはわたしに向かって言った。

「これは頭の中ではっきりさせておいたほうがいい――つまり、これからどういうものを見ることになるか、正確に知っておいたほうがいいだろう」

「ええ」わたしは言った。「正直なところ、『月長石』(ウィルキー・コリンズの一八六八年作の小説)でいつ爆発が起きるのかと尋ねる、あの善良な婦人みたいな気分です」


「残念ながら、そこまですごいことにはならないよ。元気を出したまえ、顔が真っ青だぞ。この道具の向こう端には、半透明の鉱物の薄板がついている。電気石《トルマリン》だ。宝石屋の店先で見たことがあるだろう。きれいな石だが、ここに使われているのは、それがごく薄くはがれやすい構造にできているからなんだ。ふつうの光線では、振動があらゆる方向に起きるが、光線を電気石の薄片に通してやると、振動は一面に集まり、光は偏光する。さっき、夕食の席で話し合っただろう、おぼえているね。この電気石の薄片は、偏光子と呼ばれる。よしと。そして、こちら側の端、接眼部のそばには、もう一枚、電気石の薄片がついている。これは回転させることができて、検光子と呼ばれる。さて、検光子を回転させて、薄片を偏光子と平行にすると、光は両方を通過するが、検光子の薄片を偏光子と直角にすれば、光は通過しないから、暗くなる。ここまで、わかりましたか?」

「よくわかりました」

「けっこう。それでは、この検光子がこういう角度で暗くなっているときに、光学活性のある物質の溶液を電気石の薄片二枚のあいだに置くと、光は――もうおわかりでしょう――リボン状の光ですよ」

「ええ、おぼえています。リボン状の光はその物質を通過するあいだに回転する」

「そのとおりです。光は回転して検光子の薄片と同じ角度になり――」

「検光子を通過する!」わたしは勝ち誇って言った。

「頭のいい人が相手でありがたい。おっしゃるとおり、通過します。ゆえに――」

「光が見える!」わたしは言った。

(タン、タンタ、タン、タンタ――容赦ない太鼓の音がどうしても耳から離れない。わたしの心臓も重く鼓動しているようだった)

「だが」ウォーターズはサー・ジェイムズのほうを見ながら言った。サー・ジェイムズは流しの上でガラス棒を使って溶液をかき混ぜているところだった。「もし物質に光学活性がなければ――たとえば、それが実験室で無機物から合成されたものだったら――偏光光線を回転させないから、暗いままになる」

それはわかった。

「さあ、これですっかり理解できた。これからムスカリン溶液を偏光器にかけて、光が見えれば、なにも証明されない。それは自然のものであるか、あるいは、合成物をすでに二つの光学活性のある部分に分割してあるかで、どちらとも決定はできない。しかし、もし暗ければ――そのあとはかなり暗い展開になりますね、ミスター・マンティング」

わたしはうなずいた。

「さてと、ウォーターズ」サー・ジェイムズは陽気に言った。「講義はすんだかね?」

「ええ。優秀な生徒です」

「それはよかった。じゃ、あとはきみしだいだ。何をすればいい?」

「まず、純粋溶液のほうから始めましょう。ミスター・マンティング、これはキノコの生物組織から作られた物質だ。

偏光光線を回転させるところが見えますからね。では、始めてください」

サー・ジェイムズは無色の溶液が入ったガラスの試験管をわたしによこした。鼻を近づけてみたが、においはなかった。

「味見はすすめませんよ」サー・ジェイムズはすごみをきかせて言った。それからマッチを擦ってブンゼン・バーナーに火をつけ、その炎の上に、金属の取っ手の先につけた皿をかざした。皿の上のなにかが燃えた。

「塩化ナトリウム」ウォーターズは言った。「いや、なにも謎めかすことはない。ただの食塩ですよ。電気を消しましょうか?」

パチンと電灯のスイッチを切ると、塩の炎の光だけになった。そのいやらしい緑色の薄明かりの中に、ひとつの顔が浮かび上がって近づいてきた——死体の顔——青ざめ、蠟のようで、腐敗が始まっている——鼻孔と眼窩の下に深い影ができている——ハリソンの顔、わたしが〈草庵〉で見たあの顔が、黒い口をあけて、文句を言っているのだった。

「たいした見ものでしょう」サー・ジェイムズは明るく言い、わたしははっと気を取り直して、わたしの顔もむこうから見れば同じくらい不気味なのだと気づいた。だが、さっき見えたのは確かにハリソンの顔で、その瞬間から、もうわたしにとってレイザムはどうでもよくなっていた。

サー・ジェイムズは慣れた手つきで慎重に実験にとりかかった。溶液の入った試験管を偏光器にかけ、接眼部を調節してから覗き込んだ。それから、ウォーターズのほうを向いた。

「ここまでのところ」彼はそっけなく言った。「自然の法則に異状はないようだ。見てみるかね?」

「ミスター・マンティングに見てもらいたいですね」ウォーターズは言った。「さあ、どうぞ。あ、ちょっと待って。まず試験管をはずしておこう。さあ、自分でやってみてください」

わたしの心臓は高鳴っていた。サー・ジェイムズに替わって偏光器の前に進み出ると、心臓の鼓動がテーブルを揺らしていると空想したほどだった。

「まず」ウォーターズは言った。「検光子を偏光子と平行にする。こうだ。光線が見えますね？　ここに調節がある。自分で回してごらんなさい」

わたしがそれを回すと、光は消えた。

「そのまま」ウォーターズは陽気に言った。「そうすれば、なにも怪しいところはないのが確かですからね。じゃ、またムスカリン溶液を入れますよ。ほら！」

彼がガラス管を所定の場所に置くと、光の輪が戻ってきた。

「はい」わたしは言った。「見えます」

「これで奇跡が納得できる」ウォーターズは言った。「それに、物事全般の偏りというものがね。じゃ、これはこれでいい。今度はハリソンを殺した毒を見てみよう。いや、長官、教師、牧師、主人は尊敬すべし（英国国教会の教義問答の一節）。まずはサー・ジェイムズからやってもらおう」

サー・ジェイムズは肩をすくめ、わたしと交替した。ウォーターズはわたしの腕に手をあてた。

いらいらするほど慎重に、分析医は第一の試験管をはずしてわきへのけ、第二の試験管を取り上げた。見守るわたしの口の中はからからになった。彼は試験管を偏光器にかけ、覗いた。しばし間があった。それから、ううむ、というような声。それから、手が調節ダイアルに伸びた。さらに間があり、苛立ちを示す声が上がった。彼は急に接眼部から目を離し、偏光器の外側をためつすがめつ眺めた。ウォーターズの手に力がこもり、痛いほどだった。サー・ジェイムズの手がまた伸びて、今度は試験管に触れた。彼は試験管を取り出し、目の前に掲げてひとしきり見てから、ごく慎重に元の場所に戻した。また偏光器を覗き、長い沈黙が続いた。

ようやく聞こえたサー・ジェイムズの声は、いかにも当惑したようで、奇妙に響いた。

「ウォーターズ。なにかおかしい。ちょっと、見てくれないか？」

最後に一度、ぐいと力をこめてから、ウォーターズはわたしの腕を握っていた手を離し、サー・ジェイムズに替わって偏光器の前にすわった。彼は一、二度試験管を前後に動かし、それから裁判官のような調子で「なるほど!」と言った。

「それをどう解釈する?」サー・ジェイムズは訊いた。

「二つに一つです」ウォーターズはきっぱり言った。「自然の法則が一時停止になったか、このムスカリンに光学活性がないか」

「というのは?」サー・ジェイムズは強い口調になった。

「つまり」ウォーターズは言った。「これはラセミ形をもつ、合成物質である」

「しかし、そんなはずは——」サー・ジェイムズの言葉が途切れた。頭の中でさまざまな可能性を検討する彼の顔が青白い光に照らされていた。わたしは見守った。「それがどういう意味だか、わかっているんだろうな、ウォーターズ」

「推測はできます」

「殺人だ」

「ええ、殺人です」

また間があった。沈黙がこちこちの固体に変わったように思えた。それからサー・ジェイムズは、ゆっくりと言った。

「あの人は殺害された。なんということだ。いい教訓になったよ、ウォーターズ。なにごとも見過ごしにするな。誰がこんなことを考え出すなんて——? しかし、それは言い訳にならない。わたしとしては——まず、再確認しないとな。もう一度、溶液を作り直そう。それにしても——どうして思いついたんだ?」

「一杯飲みに行きましょう」ウォーターズは言った。「そうしたら、ぜんぶお話ししますよ。その前にまず、きみもこれを見たほうがいい、マンティング」

わたしは偏光器を覗いた。死のように黒い空間。だが、たとえそれが虹の七色に見えたとしても、わたしにはなんの結論も引き出せはしなかっただろう。呆然としてすわっていると、誰かが電灯をつけ、ブンゼン・バーナーを消し、器具類をぜんぶしまって鍵をかけた。

それから、気がつくとわたしは二人のあとについて、よろよろと歩いていた。二人はああだこうだとしゃべってい て、その話の中にわたしも登場しているようだった。しば らくすると、ウォーターズは振り向き、わたしの腕を取っ た。

「きみに必要なのは」彼は言った。「ダブルのスコッチだ、 ソーダなしでね」

どうやって家に帰り着いたかよくおぼえていないが、そ れはダブルのスコッチのせいではなく、頭の中が混乱して いたせいだと思う。家内を起こし、経緯を話して聞かせた のはおぼえているが、みじめな様子でろくに筋の通らない 話をべらべらとぶちまけたのだから、彼女は当惑し、さぞ 心配したに違いない。床に入ってもしょうがない、とても 眠れそうにないから、と言ったのはおぼえている。そして、 今朝遅く目を覚まし、誰かが死んだ、という気がしたのも おぼえている。

ここまでのことはすべて書き留めた。必要かどうかはわ からない。今ごろはもう、サー・ジェイムズが動き出して いるだろうから。しかし、供述書を書くと約束したので、 その結果がこれだ。

もう一つ、起きたことがある。話の辻褄が合っているか どうか、これを読み直していたとき、電話が鳴った。家内 が出て、答える声が聞こえてきた。

「はい？——もしもし？——はあ？——どちらさまですか ？——ああ、はい——どうかしら——見てきます——しば らくお待ちいただけます？」

彼女は受話器を手で押さえ、ほとんどささやくような声 で言った。

「ミスター・レイザムよ、あなたと話したいって」

「なんだって！」わたしは言った。

今のうちに警告を与えてやれば——まだ時間はある—— あの男とは学校でいっしょだった——いっしょに暮らした こともある——それに、優れた画家だ——レイザムが絞首 刑になれば、世界はなにかを失う。

エリザベスはなにもしなかった。受話器を手にして立っ たままだった。

「言ってくれ――」

「ぼくは出かけているって」

「はい？」

彼女は電話に戻った。

「申し訳ありませんが、主人は出かけております。なにかご伝言はありますか？　そうですか。あとでかけ直してくださいますのね。では、失礼します」

彼女はわたしのそばに来た。

「エリザベス、教えてくれ、ぼくは言語道断の悪党だろうか？」

「いいえ。あなたにできることは、ほかになかったわ」

レイザムはあの女のためにあんなことをした。彼女がどういう女か、わかっているのだろうか。彼女はどこまで知っている、あるいは見当をつけているのだろうか。彼を行動に駆り立てたあの手紙を書いたとき、彼女は彼を、あるいは自分自身を、騙していたのだろうか。これまでの何ヵ月ものあいだ、あの女にはそれだけの価値があると彼は考えてきたのだろうか、それとも、ぞっとする幻滅を経験し、彼女の本性は下品で悪質、あとの部分は彼自身の光を屈折してきらきらと放射していただけだと悟ったのだろうか。あんなことをして何になった？　何を悟ったにせよ、あの女にはそれだけの価値があると、彼は自分に言い聞かせ続けてきたに違いない。そうでなければ、気が狂ってしまう。

ペリーなら、これは神の審判だと言うだろう。蹂躙された生命が、死と地獄の力にもめげず、みずからの名誉を守り抜いた。いや、ペリーは神の審判をはっきり否定している。それに、もしレイザムがもう少し化学に詳しければ、神の審判すら負かしていたはずだ。法律上、無知は言い訳にならない。自然の法則上も同じことだ。それは誰にでもわかっている。しかし、もしわたしがレイザムの立場なら、くだらない非対称分子一個のためにしてやられるのはごめんだ。

レイザムからもう電話が来ないことを願う。

53　ポール・ハリソンの覚え書

上記の供述書をもって証拠書類を締めくくり、ここに提出いたします。すでにサー・ジェイムズ・ラボックはそちらにご連絡し、合成ムスカリンの実験の経緯をお伝えくださったと理解しております。この実験が証明する内容はめずらしいものであり、また専門的性格を帯びていますが、それをふつうの知性のある陪審員に説明する一助として、マンティングの供述は価値があるのではないかと思われます。

この事件で不満が残るのは、おわかりのように、あの女、マーガレット・ハリソンに関する部分です。46番の手紙が示すとおり、彼女は共犯の疑いをかけられるまいと、非常に気を遣っています。倫理的には彼女はレイザムと同等に有罪であり、私個人としては、あの手紙は厚顔無恥な欺瞞であるという点に疑いを持っておりませんが、自分が実際に殺人の罪を犯したと彼女にわからせるのは困難でしょう。彼女が教唆、鼓舞したことは確実であると私は思いますが、レイザムは懸命にこれを否定するでしょうし、私は彼女の罪を示す信頼できる証拠を手に入れることはできませんでした。この忌まわしい女が罪を免れることのないよう、ご尽力のほど、お願い申し上げます。

この書類箱を再開封し、付け加えます。ミセス・カッツから伝言が届き、レイザムは家主に一週間後に引っ越すと伝えた由。これが一大事であるか、そうでないかはわかりませんが、即座に行動開始したほうがよいと思われます。

公訴局長官サー・ギルバート・ピューは、手稿の最後の一枚を読み終えると、数分間黙ってすわっていた。彼は法廷を頭に浮かべた――正直だが無教育な陪審員たちを前に、専門家証人は非対称分子を展示し、被告側弁護人は破壊的攻撃の言葉を浴びせる。彼はため息をついた。この種の事件はいつも面倒で、仕事が多い。

「シモンズ！」

「はい、長官」

「電話で警視総監を呼び出してくれ」

（書類箱に後日留めつけられたもの）

《モーニング・エクスプレス》切り抜き、
一九三〇年十一月三十日付

マナトンの殺人犯、絞首刑に

本日午前八時、エクセター刑務所において、ハーウッド・レイザムの死刑が執行された。レイザムはマナトンの〈草庵〉で、ムスカリンを用いてジョージ・ハリソン氏を毒殺したものとして、十月に有罪判決を受けていた。

解説

評論家
三橋　暁

この由緒あるミステリ叢書〈ハヤカワ・ミステリ〉の新刊に、ドロシイ・セイヤーズの名を見つけて、小躍りしているファンも多いことと思う。本書『箱の中の書類』は、セイヤーズが一九三〇年に発表した長篇ミステリであり、単行本としては、今回が本邦初お目見えとなる。

一九九六年に英国推理作家協会（ＣＷＡ）がイギリスの三〇年代を通じて最高のミステリ／スリラーを選出するという試みを行った際、並みいる強豪を押しのけてその〈ラスティー・ダガー賞〉という栄誉に輝いたのが、セイヤーズの『ナイン・テイラーズ』だった。海の向こうにおけるドロシイ・セイヤーズの高い人気と評価は、没後半世紀近くを経ても、一向に衰えを見せていないようだ。しかし、わが国のセイヤーズをめぐる状況は、わたしがミステリを読み始めた今から四半世紀前と現在とでは、隔世の感がある。

今でこそ、セイヤーズのほとんどの作品が翻訳で入手可能という、英米ではクリスティーと並び称されるというミステリの女王に相応しい状況がわが国でも整っているが、かつてセイヤーズの翻訳書は軒並み絶版品切れ状態が続いていた。ごく稀に古書店で見かけても目の飛び出るような価格が付けられているのが常で、一般の読者には高嶺の花としか言いようのないアイテムだった。そんな長かった冬の時代に業をにやして、ニュー・イングリッシュ・ライブラリーやエイヴォンのペイパーバックスを、ろくすっぽ読めもしないのに、洋書店で注文していた遥か昔を懐かしく思い出したりもする。

セイヤーズといえば、誰もが思い浮かべるのがレギュラー探偵のピーター・ウィムジー卿だが、『箱の中の書類』にはこのお馴染みのオクスフォード出身の貴族探偵は登場しない。セイヤーズは、都合十三篇の長篇ミステリをものしているが、ただひとつウィムジー卿が登場しないのがこの作品である。

しかし、本作にはもうひとつ例外的な要素がある。それは、この『箱の中の書類』がセイヤーズ単独で書きあげられたものではないということだ。

セイヤーズには、本作のほかに、生前書きかけのまま中断されていた原稿に、イギリスの女性ミステリ作家であり、熱烈なセイヤーズ・ファンであるジル・ペイトン・ウォルシュが加筆し、出版された作品（*Thrones, Dominations* 1998）がある。この作品は、最後の長篇である『忙しい蜜月旅行』のあとを受けたピーターとハリエットのその後の物語であり、また貴族の妻という地位と作家というキャリアの板挟みになったハリエットの苦悩がテーマとなっているという。しかし、その興味深い内容はさておき、セイヤーズの遺稿自体は、誰が殺されるかさえ示されていない未完成原稿だったらしく、そういうところから察すると、セイヤーズ・ファンとして長いキャリアを持つというウォルシュの果たした役割が非常に大きかったことは想像に難くない。

一方、本作『箱の中の書類』は、それに較べると、セイヤーズの意図が明確に伝わってくる仕上がりになっている。ふたりの役割分担は推測するしかないが、共作者のロバート・ユースタスは、森英俊編著の『世界ミステリ作家事典［本格派篇］』によれば、医学博士だという。（ちなみに、本書では省略されているが、英米の原書ではロバート・ユースタスの名を共著者として併記するのが通例のようである）彼がこの作品で果たしたのは、本作の題材に対する技術的なアドヴァイスに過ぎず、小説自体はほとんどセイヤーズひとりが執筆したのではないかと想像されるのだが、どうか。

そう考える理由のひとつとして、本作のメインテーマである毒に関する知識が専門的な領域にまで及んでいることが挙げられる。しかし、理由はそんな消極的なものだけではない。かんじんの小説部分は、お馴染みのウィムジーものと同様に、まさにセイヤーズとしかいいようのない饒舌な文学性と社会性に貫かれており、それが何よりもこの作品における作者のアイデンティティーを明確に裏付けている。

一般に、セイヤーズはパズルとユーモアを主眼においた初期作から出発して、次第に小説部分に比重を置いた作風に転じたとされているが、その境界線は実は判然とはしない。そのいい例が、この『箱の中の書類』である。セイヤーズのビブリオグラフィの中では、比較的初期の作品に属する本作は、確かにハウダニットに重点を置いたクラシックな謎解き小説の趣を備えている。しかし、それだけが取り得のパズル・ストーリーなどでは決してない。

ひと癖もふた癖もある登場人物たち、そして彼らが交わす日常のやりとりの饒舌な面白さ。彼らの交わす会話ときたら、フェミニズムからヴィクトリア朝の風俗、果ては生命の起源にまで話が及んでいくのだ。当時のトリック一辺倒だった凡百のミステリに対して、登場人物への性格付けや、巧みな心理描写を持ち込むことにより、セイヤーズのミステリをパズルから豊かな普通小説へと近づけようとした試みは、この『箱の中の書類』でも大きく実を結んでいる。

そんなセイヤーズの資質を高く買っているのが、優れた実作者であり、ミステリ評論家として慧眼の持ち主として知られるイギリスのH・R・F・キーティングである。キーティングは、その著作『海外ミステリ名作100選』の中で、セイヤーズのこの作品を俎上に上げ、次のように語っている。すなわち、「この作品の成し遂げたものはすばらしい偉業であり、純粋で単純な探偵小説の全盛期と一般的に見なされる時期に、この作品が登場したことはなおさらすばらしい」(長野きよみ訳)と。

キーティングは、『箱の中の書類』を謎解きに主眼を置いた典型的な探偵小説と位置付けたうえで、作者が描こうとしている主題を表現する媒体として探偵小説がいかにすぐれたものであるかを証明することができた素晴らしい作品と賞賛している。つまり、キーティングは、たかがミステリと見下されることが多いこのジャンルを、作家の力量次第では、社会的、政治的メッセージはおろか、哲学的、宗教的な命題を読者に提示することが出来るという、無限にも等しい文学的な可能性に挑戦したものとしてセイヤーズの作品を高く評価しているのだ。

さらに個人的な感想を言わせてもらえば、セイヤーズ作品の小説としての質の高さは、本作の大団円にも顕著に現れているといえるような気がする。すなわち、物語の幕切れ近くで、マンティングが供述書の中で真犯人の行動について述懐する一節は、ミステリというエンタテインメントの領域を突き破りかねない、暗く重たいテーマを読者に突きつけてくる。後年の『学寮祭の夜』や『忙しい蜜月旅行』にも引き継がれていくこの小説としての深みは、ひいてはセイヤーズがミステリそのものから手を引かざるをえなくなるきっかけであったようにも思えて、非常に興味深い。

最後に、この作品の特異な構成についても触れておきたい。本作は、全篇のほとんどが登場人物たちの書簡と供述書からなっている。この手の小説作法は一般には異色かもしれないが、ミステリでは必ずしも珍しいものではない。古くは、事件の調書や写真に加えて、証拠物件の毛髪や血染めのカーテンの断片までをも収録したジョー・リンクス原案、デニス・ホイートリー著の『マイアミ沖殺人事件』があまりに有名だが、最近ではサラ・コードウェルの遺作となった『女占い師はなぜ死んでゆく』でも遠隔地における安楽椅子探偵ものという趣向に絡めて、有効に使われていた。

セイヤーズが用いるミステリとしての仕掛けは、一様に凝ったものが多いとはいうものの、往々にしてその使い方があまりにストレートであるがゆえに、それだけをとった場合、興ざめすることが少なくない。しかし、『箱の中の書類』の書簡体は、断片的な事実を提供することによって、それをパッチワークのように再構築させるという一種のゲーム性のようなものを読者に付与して、成功を収めている。

紹介が遅れたために、本作はこれまでセイヤーズを語るうえで、わが国ではあまり言及されることがなかった。しかし、海の向こうでは、ジェイムズ・サンドーやハワード・ヘイクラフトという名だたる面々に、歴史的な名作とのお墨付きをもらってきたという経歴があり、それは決して伊達ではなかった。数あるセイヤーズの作品の中でも、その秀でたミステリ作法と小説的な面白さで高い評価を与えられるべき作品だと思う。

＊本書は《ミステリマガジン》二〇〇一年一月号〜三月号に分載されたものです。

HAYAKAWA POCKET MYSTERY BOOKS No. 1713

松《まつ》下《した》祥《さち》子《こ》
上智大学外国語学部英語学科卒
英米文学翻訳家
訳書
『聖女が眠る村』フランセス・ファイフィールド
『武器と女たち』レジナルド・ヒル
『紙の迷宮』デイヴィッド・リス
（以上早川書房刊）他多数

この本の型は，縦18.4センチ，横10.6センチのポケット・ブック判です．

検印
廃止

〔箱《はこ》の中《なか》の書類《しよるい》〕

2002年3月15日初版発行　2004年7月15日再版発行

著者	ドロシイ・セイヤーズ
訳者	松下祥子
発行者	早川浩
印刷所	中央精版印刷株式会社
表紙印刷	大平舎美術印刷
製本所	株式会社明光社

発行所　株式会社　早川書房
東京都千代田区神田多町2ノ2
電話　03-3252-3111(大代表)
振替　00160-3-47799
http://www.hayakawa-online.co.jp

〔乱丁・落丁本は小社制作部宛お送り下さい
送料小社負担にてお取りかえいたします〕

ISBN4-15-001713-1 C0297
Printed and bound in Japan

ハヤカワ・ミステリ〈話題作〉

1728 甦る男 イアン・ランキン 延原泰子訳

〈リーバス警部シリーズ〉上司と衝突し、警察官再教育施設へ送られたリーバスは、そこで未解決事件を追うという課題を与えられる

1729 雷鳴の夜 R・V・ヒューリック 和爾桃子訳

嵐に遭い、山中の寺へ避難したディー判事一だが、夜が更けるにつれて不気味な事件が続発。ミステリ史上にその名を残す名探偵登場

1730 死の連鎖 ポーラ・ゴズリング 山本俊子訳

女性助教授脅迫、医学生の不審な死、射殺された人類学教授……一見無関係な事件には、不気味な関連が。ストライカー警部補登場！

1731 黒猫は殺人を見ていた D・B・オルセン 澄木 柚訳

〈おばあさん探偵レイチェル・シリーズ〉猫を連れて赴いたリゾート地で起こった殺人事件に老婦人が挑む。〝元祖猫シリーズ〟登場

1732 死が招く ポール・アルテ 平岡 敦訳

〈ツイスト博士シリーズ〉密室で発見されたミステリ作家の死体。傍らの料理は湯気がたっているのに、何故か死後二十四時間が……

ハヤカワ・ミステリ〈話題作〉

1733 孤独な場所で
ドロシイ・B・ヒューズ
吉野美恵子訳
〈ポケミス名画座〉連続殺人鬼となった帰還兵のディックス。次に目をつけた獲物は……ハンフリー・ボガート製作・主演映画の原作

1734 カッティング・ルーム
ルイーズ・ウェルシュ
大槻寿美枝訳
〈英国推理作家協会賞受賞〉競売人のリルケが発見した写真には、拷問され殺される修道女が。写真に魅せられたリルケは真実を追う

1735 狼は天使の匂い
D・グーディス
真崎義博訳
〈ポケミス名画座〉逃亡中の青年は偶然の出来事からプロ犯罪者の仲間に……ルネ・クレマン監督が映画化した、伝説のノワール小説

1736 心地よい眺め
ルース・レンデル
茅　律子訳
愛なく育った男と、母を殺された女。二人の若者が出会ったとき、新たな悲劇の幕が……ブラックな結末が待つ、最高のサスペンス！

1737 被害者のV
ローレンス・トリート
常田景子訳
ひき逃げ事件を捜査中の刑事ミッチ・ティラーが発見した他殺死体の秘密とは？　刑事たちの姿をリアルに描く、世界最初の警察小説

1738 死者との対話 レジナルド・ヒル 秋津知子訳
〈ダルジール警視シリーズ〉短篇小説コンテストに寄せられた、殺人現場を描いた風変りな作品。そして、現実にその通りの事件が！

1739 らせん階段 エセル・リナ・ホワイト 山本俊子訳
〈ポケミス名画座〉孤立した屋敷で働く若い家政婦に迫る連続殺人鬼の影。三度にわたって映画化されたゴシック・サスペンスの傑作

1740 007／赤い刺青の男 レイモンド・ベンスン 小林浩子訳
JAL機内で西ナイル熱に酷似した症状の女性が急死した。細菌テロか？　緊急サミット開催の日本へジェイムズ・ボンドが急行する

1741 殺人犯はわが子なり レックス・スタウト 大沢みなみ訳
11年前に失踪した息子を見つけてほしい――老資産家の依頼を受けたネロ・ウルフだが、捜し当てた息子は、殺人容疑で公判中だった

1742 でぶのオリーの原稿 エド・マクベイン 山本　博訳
〈87分署シリーズ〉市長選の有力候補者が狙撃された。全市を揺るがす重大事件を担当するオリー刑事だが、彼の関心は別のところに